그
이름을
부를
때

그 이름을 부를 때

영화 「김복동」이 일깨워준 세상을 기록하다

초판 1쇄 발행 • 2021년 8월 14일

지은이 | 송원근
펴낸이 | 박혜진
책임편집 | 김선영
조판 | 한향림
펴낸곳 | 도서출판 다람
등록 | 2012년 6월 29일 제2012-000034호
주소 | 서울시 광진구 아차산로 378, 3층
전화 | 02-447-0879
팩스 | 02-6280-3748
전자우편 | darambooks@gmail.com
홈페이지 | www.darambooks.com

ISBN 979-11-952123-7-8 03810

* 이 책 판매 수익금의 일부는 일본군 '위안부' 피해자 문제 해결을 위한 활동에 기부됩니다.

* 책값은 뒤표지에 표시되어 있습니다.

영화 「김복동」이
일깨워준 세상을
기록하다

송원근 에세이

그
이름을
부를
때

차례

| 프롤로그 |

지난겨울, 1년간의 휴직을 끝내고 회사로 복귀했다. 1년 만에 되찾은 일상. 출근길에 마주한 순간들은 바로 어제도 겪었던 것처럼 아무렇지 않게 다가왔다. 책상 위에는 1년 전에 올려둔 수첩이 그대로 있었다. 충남 보령에서 지역민들이 함께 모여 영화 「김복동」을 관람하고 감상을 적어 보내준 것이다. 수첩 안에는 손으로 꾹꾹 눌러 쓴 글씨로 영화에 대한 소감이 담겨 있었다.

"할머니, 꽃으로 나비로 다시 우리 곁에 와주세요."

"영화를 보고, 참 부끄러웠습니다. 일본군 '위안부'라는 말을 들었지만, 제가 어떤 일을 해야 한다는 생각을 해본 적이 없었습니다. 당당한 김복동 할머니의 모습에 박수를 보냅니다."

"할머니의 이름을 꼭 기억할게요."

"마지막까지 희망의 끈을 놓지 않았던 김복동 할머니. 그 희망, 이제는 제가 이어받겠습니다."

"피해자로만 알고 있던 김복동 할머니를 이제, 인권운동가로도 기억할 수 있게 되었습니다."

"잊지 말아요. 슬픈 역사가 반복되지 않도록."

그저 영화를 잘 봤고, 김복동 할머니의 이름을 기억하겠다는 내용일 뿐인데, 이상하게 글을 읽어내려가는 동안 눈물이 날 것만 같다. 영화를 개봉한 지 2년이 지났어도 심장이 두근거린다. 잊힌 줄 알았던 울림이 다시 살아난다. 오랜만에 느껴보는 감정이다. 처음 이 수첩을 받았을 때만 해도, 이런 감정을 느끼진 않았다. 영화 「김복동」을 만들며 느낀 잠들어 있던 감정들이 이 수첩 한 권으로 모두 깨어나는 듯하다. 영화를 제작하던 그 날들, 그 순간순간의 기억들도 되살아난다. 그렇게 살아난 기억들이 멍해진 마음을 붙잡고 뒤흔들어댄다. 잊고 살았던 거냐고, 묻는 듯하다.

2019년 영화 「김복동」을 개봉하고 학교와 지역 공동체 상영을 위해 전국을 다니며 학생들과 활동가들을 만나는 일을 겨우내 계속했다. 누적 관객 수 89,011명(2019년 12월 23일 기준, www.kobis.or.kr) 외에 공동체 상영으로만 1만 명이 넘는 관객이 관람했다는 것은 어쩌면 영화 「김복동」이기에 가능했던 결실이었다. 그해 12월 26일, 영화 잡지와의 인터뷰를 끝으로 한 해의 활동을 마무리했다. 이듬해엔 아팠던 몸을 회복하느라 1년간 휴직을 해야 했다. 그러는 사이 '김복동'의 정신은 훼손되고 찢기고 짓밟혔다. 2020년 영화 「김복동」이 제7회 들꽃영화상 심사위원 특별언급상을 받았다. 김복동 할머니를 떠올리게 하는 '들꽃' 때문인지 시상식장에서 급기야 참았던 눈물을 보이고 말았다. 그렇게 모든 게 조심스러운 날이 되고 말았다.

적어도 영화를 만드는 동안 있었던 일들을 글로 정리해 남겨두고 싶었다. 영화 「김복동」을 통해 사람들이 일본군 '위안부' 문제를 가슴으로 받아들일 수 있게 하고 싶었던 것처럼, 이 기록을 통해서 '위안부' 문제가 그렇게 쉽게 끝나고 비하되어서는 안 된다는 생각을 전하고 싶었다. 「김복동」은 누군가의 사리사욕을 채우기 위해 제작되었거나 어떤 정치적인 목적을 이루기 위해 만든 영화가 아니다. 오로지, '김복동'이라는 일본군 '위안부' 피해자의 삶이 사람들의 가슴에 오래도록 스며들게 하고 싶은 마음뿐이었다. 이런 바람은 함께 영화를 제작했던 김근라 작가, 윤석민 편집감독, 김기철 촬영감독, 최기훈 기자, 신동윤 피디도, 그리고 김복동 할머니의 다큐 제작을 처음 제안한 몽구 님도 마찬가지였으리라.

영화를 개봉한 지 2년이 다 되어간다. 뜨거웠던 2019년의 시간들을 떠올린다.

1부 발자국

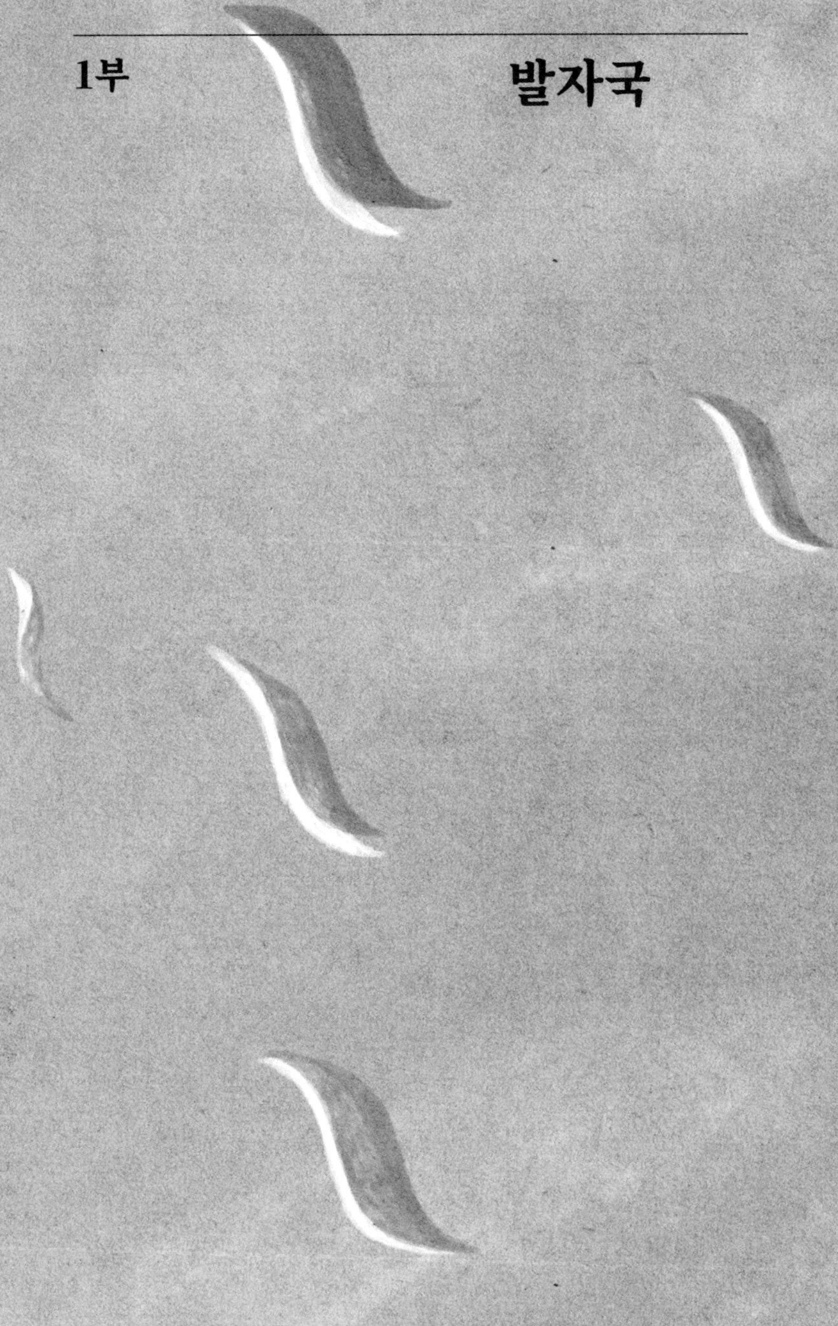

2018년 10월 16일 화요일

나는 김복동을 잘 모르는데

"김복동 할머니 기억하시죠?"

가을볕이 좋은 날, 잠시 바람을 쐴 겸 올라간 회사 옥상에서 전화를 받았다. 1인 미디어 '미디어몽구'(www.mongu.net)를 운영하는 몽구 님이었다. 김복동? 김복동 할머니? 기억한다기보다 조금 알고 있는 정도였다. 일본군 '위안부' 피해자. 뉴스에서 종종 들어본 이름. 아, 더 있었다. 그때가 2월이었나? 언젠가 몽구 님이 보여준 핸드폰 영상 속 노인의 모습이 떠올랐다. 한 노인이 차 안에서 고통스러워하며 비닐에 무언가를 게워내고 있었다. 김복동 할머니라고 했다. 게워내고 있는 것은 배 속에서 나온 핏덩어리였다. 그때 나는 영상을 보며 양미간을 좁히고 인상을 찌푸렸다. 그 모습이 그저 괴롭게만 보였다. 어디가 얼마나 아픈지는 몰라도 상황이 아주 좋지 않구나, 생각했다. 핏덩이를 다 게워낸 후 할머니는 비닐에서 얼굴을 떼어냈다. 이어서 숨을 한번 내뱉고 천천히 몸을 일으켜 그대로 승합차 의자에 기댔다. 눈을 감고 기대앉는 순간의 그 표정. 신기하게 그 표정이 갑자기 떠올랐다. 바로 전에 온몸을 구부린 채 괴로움에 몸부림치던 사람이라고 할 수 없을 만큼 이상하리만치 편안해 보이는 얼굴이었다. 잠깐의 고통이 끝난 시원함 때문일까. 그 영상을 본 후 벌써 8개월이 지나 있었다. 그때 몽구 님은 할머니에게 남은 생이 6개월가량이라고 말했다. 암세포가 할머니의 몸을 잠식해간다고 했다. 그리고 할머니의 삶을 다큐멘터리로 만들기 위해 촬영 중이라고 했었다.

"그때 말했던 다큐, 송 피디님이 할 수 있을까요?"

8개월 전 그때, 나는 죽음 앞에 선 사람의 마음이 궁금했다. 죽음을 앞둔 자만이 그리워하는 소중한 순간이 있다고 생각했다. 돌아갈 수만 있다면 반드시 돌아가서 되찾고 싶은, 어떤 한 순간. 그 순간이 언제일까. 나는 김복동 할머니의 속마음이 궁금했고, 알고 싶었다. 하지만 나는 김복동 할머니를 잘 알지 못한다. 내가 아니더라도 할머니의 마음을 들여다보는 누군가가 있을 거라고 생각했다. 그렇게 나는 거리를 두고 있었다.

그런데 오늘, 갑작스러운 연락을 받은 것이다. 김복동 할머니의 다큐멘터리를 제작해보면 어떻겠느냐는 제안이었다. 김복동 할머니에 대해 궁금한 것이 많았지만, 자세한 이야기는 만나서 묻기로 했다. 자꾸만, 피를 토하고 있는 할머니의 모습이 떠오른다.

2018년 10월 22일 월요일

선뜻 대답하다

이제 겨우 10월 중순이 지났을 뿐인데, 바람은 이미 겨울 바람이었다. 몹시 추웠다. 마치 유령도시 한복판에 덩그러니 서 있는 듯 사방에서 바람이 온몸을 밀고 때렸다. 종로3가에서 몽구 님을 만났다. 나는 무엇보다 김복동 할머니의 현재 상황이 궁금했다. 남은 생은 어느 정도인지, 현재 할머니의 몸 상태는 어떤지를 물었다. 의료진은 3개월가량을 남은 시간으로 본단다. 석 달이 될지, 두 달이 될지 알 수 없지만 지금 당장 숨을 거두어도 이상한 일이 아니라고 했다. 아흔을 넘긴 나이에 대장에서 암을 발견했을 때 이미 다른 장기로 전이가 시작된 상태였다고, 할머니가 아직 버티는 것이 기적으로 보인다고 했다.

나는 김복동 할머니에 대해 잘 알지 못한다. 아니, 거의 모른다. 할머니의 정확한 나이가 아흔셋인 것도 오늘에야 알았다. 그렇게 연세가 많은 줄 몰랐다. 할머니가 겪은 그 끔찍한 고통의 실체도 알지 못한다. 전쟁이 끝난 후 어떻게 살아 돌아왔는지 들어본 적도, 궁금해한 적도 없다. 그저 일본군 '위안부' 피해자로, 김복동이라는 이름을 가진 할머니로, 일본 정부와 날을 세우며 싸우는 분으로만 알고 있을 뿐이다. 김복동 할머니가 싸워서 이루고자 하는 것이 무엇인지, 그 마음이 무엇인지는 짐작도 못한다.

내가 왜 해보겠다고 선뜻 대답했을까. 막연하고, 막막하다. 무슨 이야기를 해야 할까. 할 수 있는 이야기가 있을까. 일제강점기 시절부터 지금까지 100년 가까운 시간, 그 질곡의 역사를 살아온 사람의 이야기. 지금 내 머릿속에서는 딱 이 정도의 아이디어만 떠오를 뿐이다. 취재된 것이 없고, 알고 있는 사실이 없으니, 이야기의 방향조차 제대로 서질 않는다. 자료가 있긴 한지, 어떤 자료가 있는지 알 수 없으니 답답하다. 이제부터 하나하나 알아가야 한다. 몽구 님은 김복동 할머니가 정의기억연대(일본군성노예제문제해결을위한정의기억연대)와 오랫동안 활동해왔다고, 그동안의 활동 기록들도 정의기억연대에는 있을 거라고 했다. 또, 병원에 입원한 김복동 할머니는 삶이 덧없다며 씁쓸해한다고, 그 모습이 그렇게 아플 수 없다고 말했다.

바깥 날씨는 여전히 쌀쌀했다. 거리에는 마른 낙엽이 끊임없이 바람에 실려 다니며, 사람과 차에 밟혀 부서지고 있었다. 종로에서 집까지 40분 거리를 걸었다. 북촌을 지나 와룡공원에 들어섰다. 공원에 들어서자 겨울 채비에 한창인 나무들이 보였다. 여기저기, 색깔 옷을 갈아입은 나무들이 눈에 들어왔다. 그렇게 한 해가 가고 있는 모습을 확인할 수 있었다. 드문드문 보이는 빨간 잎들이 잘 익은 홍시 같기도 했다. 결실을 잘 맺을 수 있도록, 절대 서두르지 말자는 다짐을 해본다.

2018년 10월 23일 화요일

야만의 시대

조정래의 대하소설 『아리랑』(해냄, 1995 완간) 열두 권을 모두 읽었다. 『아리랑』 마지막 12권에는 일본군 '위안부' 문제의 참상이 세밀히 그려져 있었다. 소설인지 사실인지 구별이 안 될 정도로 처참했다. 그 묘사가 무척 구체적이어서 읽는 내내 소름이 끼쳤다. 소설 속 피해자의 이름은 '복실'이다. 복실이가 전쟁터에 성노예로 끌려가기 전 살던 마을의 모습과 노란 군복을 입은 두 사람이 복실이 엄마를 협박해 복실이를 끌고 가던 장면, 부산항에서 폭격을 피해 밤에만 이동하고 낯선 땅에 도착해 죽을 듯한 고통에 시달려야 했던 현실이 생생하게 그려졌다. 무엇보다 그렇게 전쟁터로 끌려간 소녀들이 사람이 아닌 군수품 취급을 받았다는 사실이 충격적이었다. 일본군에게 '위안부'는 그저 일본군의 성 노리개, 성욕 배출의 수단으로 필요했던 군수물자였던 것이다. 그 잔혹함이 역겹고 치가 떨렸다. 아무리 전쟁이라도 사람 취급은 하지 않았을까 생각했던 나 자신이 한심스러웠다.

소설 속에 묘사된 피해자 복실이의 삶을 읽어내려가다 김복동 할머니를 떠올렸다. 할머니도 당시에 이렇게 끌려갔을까, 할머니도 이런 일을 겪었을까, 할머니도 이렇게 노예보다 못한 삶을 산 것일까, 이렇게 사람대접도 못 받는 처참한 상태로……. 야만의 시대. 미개한 방식으로 짓밟고 짓이겨 약탈하고 사람을 물건 취급하던 시대. 해방이 되고 70년이 넘는 세월이 흐른 지금은 어떤가. 피해자들이 여전히 고통받고 있는데, 야만의 시대가 끝났다고 말할 수 있을까.

병상에서 김복동 할머니는 여전히 '사죄와 배상'을 울부짖고 있다고 한다.

2018년 11월 9일 금요일

김복동을 검색하면

며칠 무섭게 내리던 비가 그쳤다. 그동안 산적한 일들을 처리하다 겨우 정신을 차렸다. 인터넷에 '김복동'을 검색해보았다. 단편적인 기사들만 어지럽게 나열되어 있었다. 기사를 통해 확인할 수 있는 건 할머니가 끌려갔던 당시 상황과 살아 돌아와 겪은 일이었다. 매번 반복되는 이슈 때마다 할머니가 발언한 내용이다. 맥락을 잘 알지 못하고 기사를 읽으니 한 인물을 제대로 알 수가 없었다. 할머니의 삶이 잘 정리된 기사도 없었다. 이래서는 할머니의 삶이 어떠했는지 파악할 수 없다. 언제나 하는 공식적인 답변 같은 말들이 아닌, 가슴 속에 오래 품었던 말을 찾고 싶었다. 평소 '위안부' 문제에 큰 관심을 두지 않고 지내오던 나 자신의 한계가 명확해지는 기분이었다. 답답했다.

퇴근길에 광화문에 있는 서점에 들렀다. 지금 일본군 '위안부' 문제에 대한 나의 지식은 거의 제로에 가깝다. '김복동'으로 책을 검색했다. 두 권이 나왔다. 할머니의 구술과 그간의 활동을 촬영해 담은 사진집과 김복동 할머니의 증언을 담은 김숨의 소설 『숭고함은 나를 들여다보는 거야』(현대문학, 2018)가 있었다. 소설이지만 구술 인터뷰를 기반으로 했으니 이 책으로 공부를 시작하면 도움이 될 듯했다.

소설은 그리 길지 않았지만 책장을 쉬이 넘길 수 없었다. 손가락이 떨리고 숨도 고르게 쉬어지지 않았다. 한번 떨리기 시작한 마음은 쉽게 가라앉지 않았다. 글로 옮겨진 이 일들이 모두 인터뷰를 기반으로 한 내용이고 실제 있었던 사실이라니 참담했다. 제발 허구의 소설이면 좋겠다는 생각까지 들 정도였다. 전쟁터에서 겪은 그 끔찍한 일은 살아 돌아온 김복동의 삶을 내내 따라다녔다. 이웃에도, 가족에도 할머니가 겪은 일은 낙인이 되었고, 할머니는 그 낙인의 고통에서 헤어나지 못했다. 누구보다 평범한 삶을 꿈꾸었던 할머니는 결코 평범하게 살지 못했다. 자신의 삶을 망가뜨린 가해자들로부터 제대로 된 사죄조차 받지 못한 채였다. 세상에 숨어 있는 온갖 '불합리함'이 주위를 맴도는 삶. 김복동 할머니의 삶이 꼭 그러했다.

짧은 책 한 권을 읽는 동안 온몸에 힘이 다 빠져나가버린 듯했다. 지금껏 전혀 몰랐던 현실이 이제야 보였다. 엄연히 옆에서 벌어지는 일인데도 내 시야가 미치지 않아 모르고 살아왔을 뿐이다. 생각지도 못했다는 말, 몰랐다는 말, 그것은 아주 오랫동안 무관심했다는 말과 다르지 않다.

2018년 11월 12일 월요일

정의기억연대 첫 방문

몽구 님과 함께 마포에 있는 정의기억연대 사무실을 찾았다. 김복동 할머니 다큐멘터리 제작에 관련한 이야기를 나누기 위해서였다. 할머니는 지금까지 수요시위를 비롯한 모든 활동을 정의기억연대와 함께했다. 당연히 그곳에는 김복동 할머니의 지난 활동 기록이 남아 있을 것이다. 정의기억연대 방문은 오늘이 처음이다. 전철을 타고 홍대입구역에서 내린 후 마을버스를 타고 '전쟁과여성인권박물관' 정류장에서 내렸다. 신호등을 두 번 건넌 후, 작게 난 골목길 안쪽으로 100미터가량을 걷자 오른편에 사무실이 있었다.

문을 열고 사무실로 들어갔다. 사무실 입구에는 수많은 상자가 쌓여 있었다. 수요시위에서 사용하는 물품이 든 상자 같았다. 수요시위 현장에서 얼굴을 본 적이 있는 활동가들이 입구를 들어선 나에게 큰 소리로 인사를 했다. 무척 활기찬 느낌이 들었다. 나는 쑥스러워 허리를 깊이 숙여 반복해 인사했다. 사무실 안쪽에 있는 윤미향 대표와 인사를 주고받았다.

몽구 님과 함께 세 명이 회의석에 앉았다. 윤 대표는 김복동 할머니가 암 투병을 시작하고 난 후 자신의 지난 활동과 시간이 잊히는 것이 두렵다는 말을 자주 했다고 전했다. 할머니의 삶이 잊히지 않으려면 무엇이 필요할지 생각하다 몽구 님과 다큐멘터리 제작에 대한 이야기를 나누었고 그때 몽구 님이 나를 추천했다고 한다. 나는 지금은 비록 김복동 할머니도, 일본군 '위안부' 문제도 잘 모르지만 차근차근 공부해서 할머니의 삶에 누가 되지 않는 다큐멘터리를 만들도록 노력하겠다고 말했다.

김복동 할머니는 현재 연남동에 있는 쉼터 '평화의우리집'에서 길원옥 할머니와 함께 지내고 있다고 한다. 요즘은 응급실을 찾는 횟수가 잦아지고 있는데, 며칠 전 새벽에도 응급실에 실려가 한동안 입원 치료를 할 정도로 상황은 좋지 않다고 했다. 지난달 초까지만 해도 수요시위에 참석하고, 시위 참석자들 앞에서 발언도 했는데, 날씨가 쌀쌀해지며 거동이 확연히 줄었다고 했다.

다큐멘터리 제작을 위해 가장 중요한 것은 김복동 할머니와 관련된 촬영 영상과 사진 기록의 확보였다. 할머니가 걸어온 길을 돌아보기 위해서는 무엇보다 할머니의 생생한 기록을 들여다볼 수 있어야만 한다. 그러기 위해 몽구 님이 촬영한 지난 7년의 영상과 정의기억연대가 보관 중인 김복동 할머니의 활동 기록이 필요하다고 말했다. 사소하지만 일상적인 기록, '이런 걸 넘겨도 될까' 고민하지 말고 할머니와 관련한 자료는 모두 부탁한다고 말했다. 음성, 사진, 영상 등 남아 있는 기록을 최대한 많이 수집하는 것이 급선무다. 이미 다른 제작자들의 시선으로 완성된 제작물이 아닌, 할머니의 일상과 활동이 기록된 촬영 원본이 우선이었다. 원본 속에 담긴 할머니의 말과 활동 기록을 다 확인하면 비로소 이번 다큐멘터리에서 말하고 싶은 것이 무엇인지를 결정할 수 있을 것이다. 나는 조만간 김복동 할머니를 직접 만나 뵙고 싶다고 말했다. 할머니의 건강 상태를 확인하고 최대한 이른 시일 내로 자리를 마련하기로 했다.

2018년 11월 13일 화요일

활동 기록 수집

자료 수집 회의를 위해 오후 늦게 정의기억연대 사무실을 다시 방문했다. 활동가들에게 가볍게 인사를 하고, 회의실로 들어갔다. 그곳에서 전쟁과여성인권박물관 김동희 관장을 처음 만났다. 김 관장이 박물관에 필요한 수많은 자료를 정리해왔기 때문에 김복동 할머니의 지난 역사를 가장 잘 파악하고 있을 터였다. 김복동 할머니와 길원옥 할머니가 거주하는 평화의우리집 책임자 손영미 소장도 참석했다. 현재 가장 가까운 거리에서 김복동 할머니의 몸 상태를 체크하기 때문에 쉼터 내부를 촬영하거나 할머니와 인터뷰할 때 반드시 연락을 취해야 하는 책임자였다. 현장에서 늘 카메라를 들고 할머니들의 활동을 기록하는 류지형 팀장도 참석했다. 몽구 님도 함께 했다.

실무 책임자들이었기에 바로 필요한 부분을 설명했다. 시일이 좀 소요되더라도 할머니가 지금까지 활동한 기록을 꼼꼼하게 수집하는 것이 필요하고, 특히 원본을 찾는 것이 중요하다고 말했다. 가령 해외활동이 끝난 이후 할머니의 모습이 담긴 사진이나 영상, 평화의우리집에서의 일상, 특별한 행사에 참여할 때 할머니의 속마음이 담겨 있는 영상 등 그동안 촬영해온 모든 영상을 다시 살펴봐달라고 부탁했다. 영상이든 사진이든 음성이든 구분 없이 모으는 것이 지금은 가장 중요하다고 설명했다.

김동희 관장은, 김복동 이름으로 따로 영상 제목을 정하고 파일을 정리해오지 않았기 때문에 할머니의 활동 영상이나 사진을 구분하는 데 시간이 꽤 소요될 것이라고 했다. 특히 테이프 방식으로 촬영된 2012년 이전의 기록을 찾기 위해서는 자료실에 있는 촬영 영상을 일일이 들여다보아야 한다고 했다. 다만, 류지형 팀장은 최근에 김복동 할머니를 촬영한 영상이나 회고록을 위해 준비한 인터뷰 영상 몇 개는 컴퓨터에서 쉽게 찾을 수 있다며, 내일 수요시위 현장에서 복사본을 전달하겠다고 했다.

손영미 소장에게 현재 김복동 할머니의 상태를 묻자, 할머니가 퇴원한 지 얼마 되지 않았기 때문에 당장 만나는 것은 어려울 것 같다고 했다. 할머니가 기력을 더 회복하면 만나서 인사하는 것이 좋겠다고 했다. 할머니의 최대한 좋은 모습을 카메라에 담고 싶다. 앞으로 평화의우리집 내 촬영과 관련해서는 손 소장과 상의해 진행하기로 하고 회의를 마쳤다. 어느새 해가 무척 짧아져 있었다.

2018년 11월 15일 목요일

역사적 배경

김복동 할머니가 걸어온 시간은 일본군 '위안부' 문제의 역사 속에서 살펴야 한다. 할머니 개인의 이야기로 이번 작업의 초점이 맞춰져서는 안 된다. 한 개인의 삶만을 보여준다면 휴먼다큐와 다를 바 없다. '김복동'이라는 인물이 어떤 배경에서 어떻게 행동하고, 생각하고, 발언했는지를 살펴야 한다. 그 모든 것에 나름의 이유가 있을 것이다. 그 이유를 명확하게 설명할 때 비로소 김복동 할머니의 활동에 공적 의미가 부여될 수 있다.

일본군 '위안부' 문제를 대하는 우리나라 정부의 입장 변화도 확인해야 한다. 동시에 일본 정부 입장 변화의 흐름도 큰 사건들 위주로 정리해야 한다. 특히, 일본 아베 정부가 들어선 이후 일본군 '위안부' 문제가 어떻게 부정되기 시작한 것인지를 살펴볼 필요가 있다.

일본 정부는 당시 일본군 '위안부'들이 자발적으로 위안부가 되었고 강제로 끌려간 것은 사실이 아니라며 강하게 책임을 회피하고 있다. 1993년 고노담화나 1995년 무라야마담화 당시보다 지금 일본 정부의 입장은 오히려 퇴보했다. 어쩌면, 김복동 할머니의 활동은 아베를 필두로 한 일본 정부와의 싸움은 아닐까. 1990년대까지 반성하는 모습을 보인 일본 정부는 무슨 이유로 저렇게 표변하게 된 것일까. 확인할 필요가 있다.

한국과 일본, 국제 사회에서 '위안부' 또는 '정신대' 등의 키워드로 검색해 일본군 '위안부' 문제와 관련한 주요 역사적 흐름을 살펴보기로 했다. 뉴스타파 김강민 기자가 데이터를 수집하기로 하고 관련 데이터의 검색 범위를 정했다. 데이터가 정리되면 김복동 할머니의 활동 배경과 이유를 찾기 더 쉬울 것이다. 예를 들어, 1992년 1월 김복동 할머니가 피해자로 신고를 했던 시기의 우리나라와 일본 내의 정세, 미국과 유럽 등 국외의 정세는 어땠는지 등을 동시에 살피는 것이다. 50년이 넘는 시간을 숨죽이고 살던 김복동 할머니가 자신을 피해자라고 신고한 데는 국내외적으로 정세가 변하고, 일본군 '위안부' 문제와 관련한 변화도 있었기 때문일 것이다. 그 변화가 무엇인지, 배경이 무엇인지를 찾아야 할머니의 행적을 입체적으로 살필 수 있을 것이다. 역사란 실제 이렇게 서로 맞물리는 일들의 연속이기 때문이다.

2018년 11월 16일 금요일

할머니를 직접 만나고 싶다

김복동 할머니를 직접 만나는 일정은 여전히 잡지 못하고 있다. 손영미 소장은 할머니가 여전히 기력을 회복하지 못하고 있다고, 조금만 더 상황을 지켜보자고 했다. 나는 알겠다고 했지만 한편으로 마음이 조급해진다. 시간은 흘러만 가는데, 이러다 인사 한번 제대로 드리지 못하는 건 아닐는지……. 주말 동안 할머니의 몸 상태가 호전되기를 빈다. 다음 주에는 할머니를 직접 만나 인사드리고 싶다.

2018년 11월 21일 수요일

스스로 양분을 흡수하지 못하는 나무

지난 월요일 평화의우리집 손영미 소장에게서 연락이 왔다. 김복동 할머니 몸이 많이 좋아졌다고 했다. 오늘 평화의우리집으로 가서 할머니에게 인사를 하기로 했다. 오전에 집을 나서려는데, 할머니가 지난 새벽에 혈뇨와 혈변을 봐 새벽에 응급실로 이송되었다는 연락이 왔다. 응급조치를 취하고, 여러 검사를 했다고 한다. 다행히 큰 이상은 아니었지만, 의료진은 언제든 위급 상황이 생길 수 있는 몸 상태라는 것을 다시 주지시켰다고 한다. 할머니는 하루하루 생과 사를 넘나들고 있었다.

결국 나는 행선지를 바꿔 병원으로 향했다. 할머니는 침상에 누워 눈을 감고 있었다. 간병인은 조금 전에 잠이 들었다고 했다. 깨울 수가 없어 그냥 마음으로 인사했다. 할머니의 표정은 언제 아팠냐는 듯고요했다. 혈압과 맥박을 체크하는 전자 기계음만 병실에 울려퍼지고 있었다. 병실에 잠시 앉아서 상황을 전해 들었다. 병원이 주는 무거움에 몸도 마음도 편치 않았다. 혈액 주머니에서 떨어져 혈관으로 들어가는 핏방울을 하염없이 쳐다봤다. 내가 더 긴장해서인지 손에서 땀이 났다. 1시간 정도 지났지만, 할머니는 잠에서 깨지 않았다. 다음에 다시 기회가 있을 거라고 얘기한 후, 병실을 나섰다.

깨어 있을 때 할머니는 자꾸 집에 가고 싶다고, 퇴원시켜달라고 얘기한다고 한다. 담당 의사가 지금 상태로는 그럴 수 없다고 하면, 의사에게 화를 낸다고 한다. 할머니는 아무도 없는 자신의 방 안에 홀로 머무는 시간이 그리운 것일까. 할머니의 역성이 효과를 보았는지 담당 의사는 밤이 되어 내일 퇴원을 허락했다고 한다. 그 대신 일주일에 두 차례 평화의우리집에 간호사를 보내 지속적인 처치를 할 계획이라고 했다. 의사는 말미에 언제든 이렇게 병원을 찾게 될 수 있다며, 응급실을 찾는 횟수는 늘어날 것이고 그 간격도 잦아질 거라고 말했다고 한다. 나는 의사의 안내인지 예측인지 알 수 없는 그 말이 참 무서웠다. 그것은 마치 죽어가는 사람에게 하는 경고처럼 들렸다. 스스로 양분을 흡수하지 못하는 나무. 문득 김복동 할머니가 그렇게 느껴졌다.

2018년 11월 22일 목요일

집으로

할머니가 퇴원해 쉼터, 집으로 돌아왔다. 할머니들이 생활하며 휴식을 취하는 곳이어서 다들 '쉼터'라고 부른다. 오전에 몽구님이 할머니의 퇴원을 도우며 그 모습을 촬영해두었다.

2018년 11월 23일 금요일

평화의우리집

오늘은 만날 수 있기를. 퇴원한 할머니 모습을 보기 위해 평화의우리집을 찾았다. 평화의우리집을 직접 방문하는 것은 오늘이 처음이다. '평화의 우리 집'이라는 이름은 김복동 할머니가 지었다고 한다. 2012년 봄, 서울의 한 교회에서 피해자들이 편하게 지내길 바란다며 집 한 채를 무상으로 대여해주었고, 당시 김복동 할머니가 '평화'와 '우리'를 합쳐 '평화의 우리 집'으로 부르자고 했다는 것이다. 김복동 할머니와 길원옥 할머니, 이순덕 할머니가 생활하다가 2017년 이순덕 할머니가 돌아가신 후부터는 김복동 할머니와 길원옥 할머니 두 분만 거주 중이다. 평화의우리집은 연남동의 주택가에 있었다. 주택들이 즐비한 골목길을 이리저리 지나자, 검은색 철제 대문이 하나 나왔다. 대문 너머로는 주택가에서 흔히 볼 수 있는 2층짜리 집이 있었다. 대문을 열고 들어서자 널찍한 마당이 보인다. 마당 오른편에 빨간 홍시가 주렁주렁 매달린 감나무가 서 있다. 홍시는 무척 탐스러워 보였다. 이제 겨울인데, 저 홍시는 언제 따는 걸까, 까치밥 몇 개 남기고 다 따야 하는 거 아닌가, 생각하며 마당을 지났다. 마당 왼편 담벼락에는 김복동, 길원옥 할머니의 웃는 얼굴이 출력된 큰 현수막이 걸려 있다.

집으로 들어서자 손영미 소장이 반갑게 맞아주었다. 집 안쪽 오른편으로는 주방과 함께 거실이 있고, 요양보호사로 보이는 분이 집안일을 하고 있었다. 거실에는 소파와 테이블이 놓여 있었다. 바깥 창문 쪽으로는 각종 수상 트로피와 기념품들이 보기 좋게 놓여 있었다. 작은 소녀상이 햇빛에 반사되어 반짝이고 있었다. 이게 다 할머니들이 지나온 역사라는 생각이 들었다. 생각해보니 이 공간은 2015년 한일 일본군 '위안부' 합의 다음 날, 외교부 차관이 피해자들을 방문하던 날의 배경이 된 장소였다.

1층에 있는 방은 길원옥 할머니가 사용한다고 했다. 함께 간 몽구 님과 인사하기 위해서 방으로 들어서자, 침대에 비스듬히 누워 음악을 듣던 길원옥 할머니가 일어나 웃으며 맞아주셨다. 노래를 좋아해서 얼마 전에는 음반도 냈다는 말을 들었는데, 정말 음악을 좋아하시나보다. 인기척을 느낀 할머니는 일어나 몽구 님을 반겼다. 두 손을 덥석 잡은 모습이 그들이 지금껏 쌓아온 시간을 대변해주는 듯했다. 두 사람은 그렇게 앉아 이런저런 안부를 주고받으며 웃었다. 나는 이런 상황이 어색해 멀찍이 떨어져 앉아 애먼 방바닥만 긁었다. 무슨 말을 해야 할지 몰라, 머릿속이 하얗게 변해버리는 듯했다. 몽구 님의 소개로 겨우 인사만 했다.

길원옥 할머니 방 앞에는 2층으로 오르는 갈색 나무 계단이 있었다. 2층에 김복동 할머니 방이 있다. 계단 모서리에는 미끄럼을 방지하는 천이 붙어 있었는데, 손 소장이 할머니들 미끄러지지 말라고 붙여두었다고 한다. 계단은 눈으로 보는 것보다 더 가팔랐다. 이 높은 계단을 김복동 할머니가 오르내렸다고? 아흔이 넘은 노인이 이 높은 계단을 오르내리는 게 쉽게 상상이 되지 않았다. 계단 옆에 엘리베이터가 있긴 하지만 특별한 경우가 아니면 사용하지 않는다고 했다. 당뇨로 고생하는 길원옥 할머니가 불편할까봐 김복동 할머니가 선뜻, "내가 2층 방 사용할게." 하고 이 계단을 오르내리게 됐다고 한다.

삐걱거리는 계단을 올라 2층에 올랐다. 조금 열린 방문 사이로 김복동 할머니가 침상에 누워 있는 모습이 보였다. 할머니는 원래 온돌 생활을 하는데, 얼마 전 퇴원 후부터 어쩔 수 없이 침상을 사용하고 있다고 했다. 2층은 1층보다 더 적막한 느낌이 들었다. 할머니의 얕은 숨소리만 들릴 뿐 대부분의 소리가 차단된 공간이었다. 얼마 전 병원에서 만난 간병인이 여전히 할머니를 돌보고 있었다. 할머니는 오늘도 눈을 감고 있었다. 혹시나 인기척이 들리면 깨지 않을까, 잠시 기다렸지만 할머니는 깊은 잠에 빠진 듯 보였다. 문밖에서 낮은 목소리로 할머니를 불러도 할머니는 여전히 대답이 없었다. 간병인은 할머니가 아침에 죽을 몇 숟가락 들지 못했다고 했다. 지난밤에 잠을 잘 못 주무시고, 지금에야 깊이 잠든 것 같다고 했다. 또 아침에는 침상이 불편하다며 제발 침상 좀 치우라며 화를 냈다고 한다. 집으로 돌아올 때는 깨끗이 나아서 돌아와야 하는데, 낫지도 못하고 병원에서 쓰던 침상까지 함께 따라오니 역정이 나실 법도 하다. 나는 문밖에서 할머니의 모습을 바라보았다. 차마 방 안으로 들어갈 용기가 나지 않았다. 오늘도 깨어 있는 할머니의 모습을 보지 못했다.

2018년 11월 24일 토요일

눈

아침에 눈을 뜨니 세상이 눈으로 뒤덮여 있었다. 도로는 눈과 물이 뒤섞여 차량은 엉기적거리며 움직이고 있었다. 기습적인 눈 폭탄으로 사람들은 소란스러워졌지만 한편으로 하늘에서 내리는 눈은 사람들에게 생각할 거리를 던지기도 한다. 눈이 오면 평화의우리집에 눈이 쌓이는 모습을 꼭 촬영하자고 얼마 전 몽구 님과 이야기 나누었다. 이 계절의 변화를 담으면 좋을 것 같아 전화해보니 이미 촬영하고 있다고 했다. 눈이 내린다는 소식에 김복동 할머니가 몸을 일으켜 창밖의 눈을 하염없이 바라보는 모습을 상상해보았다.

2018년 11월 26일 월요일

인간 존엄성 회복

아침에 출근해 책상에 메모를 하나 써 붙였다. '인간 존엄성 회복'. 앞으로 김복동 할머니 다큐멘터리를 제작하는 동안 스스로 깊이 새기고, 방향을 잃을 때마다 중심을 잡기 위해서다. 내가 하는 작업은 김복동 할머니가 짓밟히고 빼앗긴 인간으로서의 존엄성을 되찾아주는 일이라고 스스로 의미를 새겼다.

현재 일본 정부가 일본군 '위안부' 문제를 보는 입장은 명확하다. '1965년 한일 청구권 협정'과 '2015년 한일 일본군 '위안부' 합의'로 모든 문제가 해결되었다는 것이다. 1965년에 맺어진 청구권 협정으로 일제강점기 강제징용의 피해자 배상 문제는 해결이 되었고, 2015년의 합의로 최종적이고 불가역적인 합의가 이뤄졌다는 것이다. 일본 정부는 할 만큼 했으나 한국 정부가 해결하지 못하고 있다는 입장인 셈이다. 그러니 일본 정치인들 입에서 '한국은 약속을 지키지 않는 나라'라는 발언이 서슴없이 나오는 것이다.

일본 정부의 이런 태도에는 일본군 '위안부' 피해자를 '인간'으로 보지 않는 인식이 바탕에 깔려 있다. 지배하는 사람 입장에서 이 문제를 바라보기 때문에, 피해자들을 여전히 전쟁 소모품과 군수물자로 보는 것이다. 그러니 한 인간이 다른 인간에게 하는 사과가 무엇인지 모른다. 왜 우리가 저런 사람에게까지 사과해야 하느냐고 생각하고 있을지 모른다.

일본 아베 총리는 피해자 당사자에게는 고개 한번 숙이지 않은 채, 박근혜 전 대통령에게 전화로 사과했다고 밝혔다. 박근혜 전 대통령에게 무엇을 사과했고 무엇을 반성한다고 했는지조차, 아베 총리는 자신의 입으로 말하지 않고 있다. 당사자를 배제하고 이뤄진 사과가 무슨 효력이 있는지 모르겠다.

2018년 11월 28일 수요일

김복동의 희망

어제저녁 김복동 할머니가 재일조선학교 학생들을 위해 당신의 남은 재산 5천만 원을 기부한다는 소식을 들었다. 재일조선학교에 5천만 원. 나에게는 조금 뜬금없는 소식이었다. 왜 재일조선학교일까 궁금했다. 오늘 오전 10시에 평화의우리집에서 관련 행사를 연다고 했다. 할머니가 행사를 치를 수 있을 만큼 기력을 회복한 건가. 불과 며칠 전까지도 깨어 있는 모습을 볼 수 없었는데.

행사 시간에 맞춰 평화의우리집 2층 할머니 방에 도착했다. 며칠 전까지만 해도 침상에 누워 투병 중이던 할머니가 마치 다 나은 듯한 모습으로 허리를 꼿꼿이 세운 채 방 안에 앉아 있었다. 불편하다며 치워달라던 침상은 이미 사라져 있었다. 할머니는 이불로 무릎을 덮고, 얼굴엔 안경을 쓰고, 흰 머리는 깔끔하게 빗어 넘긴 모습으로 양반다리를 하고 바닥에 앉아 있었다. 그 모습이 낯설어 나는 한참을 바라보았다.

할머니가 꼿꼿이 앉아 있는 모습은 여전히 믿기 어려웠다. 알 수 없는 어떤 힘이 할머니에게 잠시 일어나 앉으라고 떠민 것일까. 할머니를 중심으로 10여 명의 활동가들이 둘러앉아 평상시처럼 아무렇지도 않게 대화를 나누는 모습이 나에게는 무척 낯설었다. 이렇게 일어난 김에 할머니가 기적처럼 더 오래 사셨으면 좋겠다고 생각했다.

잠시 후, 간단한 행사가 열렸다. 따로 식순이 있는 것은 아니었다. 김복동 할머니가 소감을 말했다. 할머니는 이 돈이 일본 내에서 차별받고 사는 조선학교 학생들을 위해 잘 사용되길 바란다고 말했다. 그들이 공부하고 생활하는 데 부족하겠지만 자그마한 힘이 되길 바란다고 했다. 지난 9월 오사카 조선학교를 방문해 태풍 피해를 복구도 못한 채 공부하던 아이들을 만난 후, 할머니는 한시도 마음이 편할 날이 없었다고 한다. 당시 강당에 모인 학생들에게 할머니는 일본에서 차별받고 산다고 기죽지 말라고 했다. 할머니의 그 마음이 장학금 기부로 이어진 것이다. 어쩌면, 할머니가 건네는 마지막 선물이 아닐까.

사진 촬영이 끝난 후, 나는 할머니에게 질문했다. 가장 궁금한 것은 지금의 마음이었다. 자신의 전 재산을 멀리 타향의 아이들에게 전한 기분이 어떤지 물었다. 할머니는 문지방 너머에 앉아 있는 나를 가만히 한참 쳐다보더니 천천히 대답했다.

"만점이지."

만점. 기분이 무척 좋을 때 하는 표현 아닌가. 이유가 궁금했다. 할머니는 이번에도 곧바로 말하지 않고, 주변을 한 바퀴 느리게 둘러보았다. 마치 한 사람 한 사람 모인 사람들의 얼굴을 바라보는 듯했다. 그리고 말했다.

"이렇게 다 모여가지고 쓰잘것없는 나를 받들고 또 나를 이렇게 위해주니 고맙고, 또 어떤 면에서는 여러분이 안쓰럽기도 하고……."

할머니는 또다시 말을 멈추었다. 그러고는 '희망'이라는 단어를 꺼냈다.

"이런 희망이 나에게 또 올 것인가……. 희망을 잡고 살자. 희망을 잡고 살아. 모두 희망을 잃지 말고, 희망을 잡고 삽시다."

할머니의 말이 이어지는 동안 행사에 참석한 활동가들은 훌쩍이며 눈물을 훔치고 있었다. '희망을 잡고 살자'는 할머니의 말과 그 말에 눈물짓는 활동가들의 모습이 영화 속 한 장면인 것만 같았다.

김복동 할머니가 말한 희망이 대체 무엇일까 궁금했다, 하지만 더 물어볼 수는 없었다. 할머니에게 진정 희망이라는 것이 존재했을까. 우리가 아는 희망과 할머니의 희망은 다른 것일지도 모른다. 할머니에게 희망은 혹시 잡으면 바스러지는, 그런데도 자꾸 잡을 수밖에 없는 지푸라기 같은 것이 아닐까. 그것마저 없다면 당신이 산산이 부서지고 말았을 최후의 한 조각을 희망이라고 이름 지어 부르는 것은 아닐까. 할머니의 희망은 그래서 결국 처절함의 다른 이름이 아닐까.

행사가 끝나고 할머니에게 따로 인사를 드렸다. 할머니의 삶을 다큐멘터리로 만드는 사람이라고 소개했다. 몽구 님이 "할머니 영화 만들 거예요."라고 말하니, 할머니는 "그거를 한다꼬?" 하며 웃었다. 잠시 후 할머니는 힘이 든다며 바닥에 누워 이불을 덮었다. 마지막으로 왜 재일조선학교 학생들에게 기부했는지를 물었다. 할머니는 누워서 천장을 바라보며 눈을 몇 차례 껌벅인 후 말했다.

"이상하게 그 아이들을 볼 때마다 그렇게 눈물이 난다. 일제 때 징용으로 끌려간 사람들의 자손이지 않나. 내가 여유가 있다면 더 돕고 싶지만, 그렇게는 못해주니까 아쉽지……. 힘닿는 데까지, 손끝 닿는 데까지 해봐야지. 한 사람이라도 더 공부시키고 싶다……."

할머니는 자신이 일본군에 끌려가던 시절을 떠올리며 말하고 있는 것처럼 보였다. 일본인들 속에서 차별받는 아이들의 모습에서 자신의 모습을 보는 것만 같았다.

할머니가 말한 '그 아이들을 보면 눈물이 난다'는 말이 숙제를 던져주었다. 삶의 끝에 다다른 할머니의 손을 그 아이들에게 뻗게 한 무언가를 담아내야 하는 숙제가 남았다. 할머니는 이내 다시 눈을 감았다. 다음을 기약하고 방에서 나왔다. 방을 나서는데, 할머니가 불을 꺼달라고 했다. 불을 끈 할머니의 방은 한순간에 어두워졌다. 바깥은 미세먼지로 가득한 잿빛 하늘이었다. 꼿꼿이 앉아서 말하는 김복동 할머니를 만나는 건 오늘이 마지막일 것만 같은 무거운 예감이 들었다.

2018년 11월 30일 금요일

김복동 타임라인

"이걸 잘 쓰실 수 있을지 모르겠어요." 김복동 할머니의 활동 자료를 넘기며 정의기억연대 활동가가 말했다. "저희는 이걸 찾으며 재미있었는데, 이게 다큐에서 어떻게 쓰일지 잘 모르겠네요." 활동가는 영상들을 찾으며 느낀 소감도 전했다. 자료는 6밀리미터 촬영 테이프 40권과 각종 영상 및 사진 파일이 담긴 외장하드였다. 2주가 넘는 시간 동안 정리해서 모인 할머니의 지난 기록들이다. 원자료들이 '김복동'이라는 이름으로 저장되지 않았기 때문에, 할머니의 주요 활동 날짜를 검색하고 그날 촬영된 영상들에서 일일이 할머니의 모습을 확인했다고 했다. 최근 영상은 그나마 파일로 저장이 되어서 검색이 용이했지만 6밀리미터 테이프는 플레이어에 직접 넣고 재생하면서 찾아야 했기에 시간이 몇 배로 소요되었다고 한다. 듣고 보니 고생을 많이 했겠다는 생각이 들었다. 꽤 묵직한 자료들을 들고 사무실로 복귀하는 발걸음이 가볍지 않았다. 앞으로 해야 할 일에 대한 책임감으로 자료가 더 무겁게 느껴졌다.

사무실에 돌아와 외장하드를 먼저 확인했다. 수없이 많은 영상과 사진 파일이 담겨 있었다. 핸드폰으로 촬영된 저화질 영상부터 최근의 고화질 영상도 있었다. 김복동이 지나온 내밀한 시간이 담긴 영상들이었다. 국내 활동 모습, 생활하는 모습, 인터뷰하고 이야기 나누는 모습 등이 담겨 있었다. 수많은 수요시위 현장들과 해외에서 외국인들을 상대로 이야기하는 무거운 표정의 할머니 모습도 보였다. 전문가가 촬영한 영상들은 아니었지만 카메라는 김복동의 모습을 놓치지 않았다. 김복동의 지난 기록으로써 충분히 의미 있는 영상들이었다. 모두 살피는 데도 꽤 긴 시간이 소요될 것 같았다. 우선은 영상들을 활동 시간순으로 배열하는 게 급선무일 듯하다. 일종의 '김복동 타임라인'을 만드는 것이다.

문제는 6밀리미터 촬영 테이프들이다. 이 테이프들을 확인하려면 모두 디지털 파일로 변환해야 한다. 분류를 위해서 테이프에 임의로 1번부터 40번까지 숫자를 매겼다. '913차 수요시위'라고 적힌 테이프를 '1번'으로 시작하여, '요시미 요시아키 교수 int', '2012 히로시마 여학원', '오사카시청 방문' 등의 테이프 40권 모두에 번호를 매겼다. 다음 주 여의도에 있는 전문 업체에 파일 변환을 의뢰하기로 했다.

이제 할머니의 지난 시간을 확인할 수 있게 되었다.

2018년 12월 4일 화요일

악순환

김복동 할머니의 외래 진료를 동행 취재하려던 계획이 무산되었다. 호전되는 듯한 할머니의 병세가 지난밤 악화됐다는 연락을 받았다. 할머니가 예정된 진료를 받으러 가지 못하고, 손영미 소장이 대신 약 처방을 받기 위해 병원에 갈 계획이라고 했다. 병원 로비에서 만난 손 소장은 오늘도 할머니가 통 음식을 먹지 못했다고 했다. 얼마 전만 해도 미음을 조금씩 넘기며 기력을 회복하려 했던 할머니가 요 며칠간은 그마저도 넘기지 못했다고 걱정했다.

진료실로 들어간 손 소장이 담당 의사에게 할머니의 상태를 다시 전했다. 의사는 시간이 갈수록 할머니의 장기가 제 역할을 하지 못할 거라고 했다. 식사를 못하는 것이 그 증거라고 하며 남은 것은 '악순환'뿐이라고 했다. 식사를 못하니까 기력이 없어 못 움직이고, 그러면 근육이 점점 사라져 더 움직이기도 어렵고 배도 고프지 않고, 다시 음식을 먹지 못하니 기력이 사라지는 것. 그게 악순환이라고 했다. 이 '악순환'을 끊기 위해서는 원인이 되는 병을 치료해야 하지만 할머니의 암은 이미 다른 장기로 전이되어 치료할 수 없는 상태라고 했다. 결국 고통을 경감하는 것 외에 달리 방법이 없다는 것이다.

할머니 상태에 대한 설명을 들으며, 나는 마치 내 몸에 대한 설명을 듣는 듯 얼어붙어 움직이지 못했다. 숨을 제대로 쉴 수 없고 답답했다. 진료실을 빠져나왔지만 한동안 아무 말도 할 수 없었다. 할머니의 현재 상태를 담아내려는 건 그저 내 욕심인 것만 같았다. 어리석게 느껴졌다. 피를 덩어리째 뱉어내고 기대어 눈을 감고 있던 할머니의 모습이 떠올랐다. 할머니는 지금 무슨 생각을 하고 있을까. 아니, 지금 생각을 할 수 있는 몸 상태이긴 한 걸까.

2018년 12월 7일 금요일

깊은 숨

지난주 정의기억연대로부터 넘겨받은 김복동 할머니의 활동 기록들을 한 주 동안 살폈다. 지난 30년 가까운 시간 동안 할머니가 걸어온 발자취를 조금이나마 확인할 수 있었다.

김복동은 1992년 자신을 피해자로 신고하고, 그해 8월 세상 앞에서 자신의 피해를 처음 증언한다. 1993년에는 유럽을 찾아 피해 사실을 증언한다. 그 후 기록이 드문드문 남아 있다가 2012년이 되어 일본으로 건너가 '살아 있는 피해자'로서 일본인들 앞에서 증언한다. 2014년과 2015년 유럽을 돌며 당시 일본군의 야만에 대해 전 세계에 증언하고 자신이 겪은 일을 말하는 모습이 영상 속에 담겨 있다. 그러는 사이 예순일곱의 김복동은 아흔이 넘어간다. 시간의 흐름은 쇠퇴하는 기력으로 느낄 수 있다. '2015 한일합의' 이후 김복동은 대체로 기운이 없어 보인다. 올해 가을, 김복동은 스스로 삶을 하나 둘 정리해간다. 긴 여정을 마무리하는 듯이.

외장하드 영상의 많은 부분은 수요시위에서 촬영된 것들이었다. 비가 오나 눈이 오나, 같은 자리에 앉은 할머니는 일본대사관(주대한민국일본국대사관)을 향해 "일본 대사는 들어라, 일본 대사는 전해라."라고 말한다. '사과'라는 말이 아닌 '사죄'라는 말을 사용한다. 일본군의 행동이 '과오'가 아닌 '범죄'임을 분명히 한 것이다. 할머니는 우리나라 일본대사관 앞에서뿐만 아니라, 독일, 프랑스, 미국 등 전 세계에서 수요시위를 열고 그 나라의 일본 대사를 꾸짖고 사죄를 촉구했다.

영상에는 담배를 피우는 할머니의 모습이 많이 담겨 있었다. 할머니는 피해 사실을 증언하는 강연이 끝나고 종종 담배를 꺼내 물었다. 어디인지 모를 먼 곳을 응시하거나, 괴로운 표정을 보이거나 가끔은 세상 편한 표정으로 담배를 피웠다. 불붙은 담배를 빨아들이는 할머니의 숨은 무척이나 깊었고, 내뱉는 숨 역시 길었다. 그렇게 깊고 진한 담뱃불은 본 적이 없다. 빨아들이는 숨 한 번에 1센티미터가 넘는 담배가 새빨갛게 타들어갔다. 담배 한 대를 태우는 데는 오랜 시간이 필요하지 않았다. 할머니는 몇 살에 담배를 피우기 시작했을까. 왜 담배를 피워야겠다고 생각했을까. 나는 전쟁터에서 죽을 수 없어 담배를 피워 물던 열여섯 김복동의 모습을 잠시 떠올린다. 담배를 빨아들이는 저 숨은, 버티어온 지난 80년의 세월만큼이나 깊다.

2018년 12월 10일 월요일

살아 있는 증거

6밀리미터 테이프에 담긴 영상의 변환 작업이 완료되었다. 드디어 김복동 할머니가 더욱 적극적으로 활동하던 2010년부터 2013년까지의 영상을 확인할 수 있게 되었다. 당시 할머니의 말에는 당당함이 서려 있었고, 마이크를 잡은 손아귀에는 힘이 넘쳤다. 지금에 비하면 걸음도 행동도 거침이 없었다. 눈이 내리는 수요시위 현장을 할머니는 끝까지 지켰다. 일본으로 건너가 일본의 학생들과 시민들에게 '살아 있는 피해자'로 자신을 소개하는 모습도 담겨 있었다. 젊은 학생들을 향해, "여러분은 전쟁을 아십니까?"라고 말하는 할머니의 눈에 눈물이 고였다. 밖에서는 혐한주의자들이 일본어로 크게 소리를 지르고 다른 시민들은 무관심하게 지나가고 있었다.

무수히 많은 사람이 모인 강당에서 길원옥 할머니와 함께 강연하는 영상도 있었다. 참석자들에게 농담을 건네고 박수를 유도하는 김복동 할머니의 모습엔 여유가 느껴지기도 했다. 전쟁과여성인권박물관 개소식에 옥빛 한복을 입고 참석해 인사말을 하는 모습, 오사카 시장을 찾아가 "증거가 여기 살아 있는데, 왜 증거가 없다고 합니까?"라며 호통치는 모습, 그리고 일본인 역사학자 요시미 요시아키 교수를 만나 일본군에 끌려갔던 행적을 증언하는 할머니의 모습도 보였다. 예쁘게 깎은 사과를 포크로 찍어 요시아키 교수에게 건네며 "사과 먹고 하자."라고 말하는 할머니의 손길엔 떨림이 없었다. 떳떳하게, 이 일을 고스란히 역사에 남기고야 말겠다는 결기가 느껴졌다.

2012년 3월, 할머니는 길원옥 할머니와 함께 전쟁 성폭력 피해여성을 위한 '나비기금'을 설립했다. 출범식에서 "배운 게 남자 상대하는 법밖에 없었지만, 살아 돌아와서는 살기 위해 누구보다 열심히 살았다."고 말하는 할머니의 입술은 떨렸다. "내 힘이 닿는 데까지 우리 같은 여성들을 지키기 위해 애쓰겠다."고 하며 할머니는 오히려 주변 사람들에게 고맙다고 말하고 있었다.

이제는 김복동 다큐멘터리의 모습을 구체적으로 그려가야 한다. 기획안이 필요하다. 더욱 자세하게 영상을 파악해야 하고, 영상에 나오는 일본어 번역도 의뢰해야 한다. 오늘 뉴스타파 데이터팀 김강민 기자가 넘겨준 일본군 '위안부' 문제의 주요 이슈들까지 살피니 대략적으로나마 할머니가 남긴 발자국이 눈에 들어온다. 그 발자국을 잘 연결하면 김복동 삶의 흐름을 읽을 수 있을 것 같다.

2018년 12월 12일 수요일

열여섯, 열일곱

영상을 확인하다가 재일조선학교 학생들을 만나 눈물을 흘리는 김복동 할머니의 모습을 보았다. 지난 6월 재일조선학교 학생들에게 '김복동장학금'을 전달하는 도쿄의 행사장에서였다. 모두 기쁜 마음으로 이야기를 나누던 중, 장학금을 받는 학생들이 행사장으로 들어왔다. 학생들은 검은색 치마에 흰색 저고리로 된 한복을 입고 있었다. 그 한복이 학생들의 교복이라고 했다. 학생들의 나이는 열여섯, 열일곱. 할머니는 별다른 말 없이 학생들의 손을 잡고서는 갑작스레 눈물을 흘렸다. 나는 같은 장면을 여러 번 돌려 보았다.

2018년 12월 14일 금요일

갑자기 흐른 눈물

왜 그랬을까. 그저 다큐멘터리를 어떻게 만들겠다는 계획을 정리하고 그 안에 담을 내용을 짧게 써내려갔을 뿐이었는데 갑자기 눈물이 흘렀다. 할머니의 삶이 슬펐는지, 아니면 그걸 몰랐던 내가 부끄럽고 미안했는지, 며칠째 알 수 없는 그 마음을 움켜쥐고 기획안을 쓰고 있다.

2018년 12월 17일 월요일

김복동 기획안

주말 동안 기획안을 완성했다. 지난 27년간의 일본군 '위안부' 운동역사 속에서 김복동의 삶을 짚어내면서, 김복동이 피해자에 머무는 것이 아니라 전쟁을 반대하고 평화를 사랑하는 인권평화운동가로 진화해가는 과정을 담는 것이 이 다큐멘터리의 목표다. 김복동이 걸어온 길에 대한 이야기지만, 김복동은 공적이고 상징적인 인물인 만큼 너무 개인적인 사연에 초점을 맞추는 것은 지양해야 한다. 그렇다고 위인으로 만들어서도 안 된다. '그럼에도 불구하고'라는 마음으로 묵묵하게 뚜벅뚜벅 걸어나갔던 김복동의 모습을 보여줘야 한다.

우리가 김복동이라는 인물을 기억해야 하는 이유는 무엇인가. 그것은 그가 일본군 '위안부' 피해자라는 존재에 자신을 가두지 않고,

자신과 같은, 또는 자신보다 더 참혹한 처지에 있는 이들을 보듬어 주는 적극적인 존재로 살아왔기 때문이다. 다시는 자신과 같은 피해자가 생겨서는 안 된다, 전쟁이 벌어져서는 안 된다고 외쳐온 일본군 '위안부' 피해자, 그리고 동시에 다른 성폭력·국가폭력의 희생자들에게도 손을 내밀며 그들을 따뜻하게 감싸준 인권운동가.

김복동이 처음부터 적극적이었을까? 그렇지 않다. 1998년 이전까지 김복동은 지금의 모습과는 많이 달랐다. 급기야 1998년에는 다른 피해자들과 함께 모여 사는 '나눔의집' 생활이 싫다며 부산으로 내려간다. 부산에서 동생을 비롯한 가족과 함께 지내는 12년 동안 김복동은 두문불출했다. 그러던 김복동은 2010년 다시 거리로 나온다. 거리 위에서 일본 정부의 사죄와 배상을 외치고, 전 세계를 돌며 일본군의 강제적 성노예제도가 존재했음을 증언한다. 무엇이 김복동을 변하게 한 것일까? 그 이유를 다큐멘터리 속에 담아내야 한다. 어쩌면 이것이 김복동 다큐멘터리 제작의 가장 큰 숙제가 아닐까.

김복동의 행적을 알리는 것에 머물러서도 안 된다. 김복동의 마음이 느껴질 수 있는 장치를 다큐멘터리 곳곳에 마련해야 한다. 김복동의 삶이 그저 지나간 역사가 아닌, 현재에도 살아 있는 이야기임을 느낄 수 있도록 해야 한다. 그러기 위해선 김복동이 남긴 흔적을 최대한 찾아내야 한다. 김복동의 삶의 궤적에 존재한 사람들을 최대한 만나서 묻고 들어야 한다. 김복동과 함께 활동하고 살아오며 웃고 울었던 사람들, 김복동을 기억하는 사람들의 이야기를 들어야 한다. 하지만 어떤 한 사람의 이야기로 김복동의 삶을 규정하지 말자. 최대한 여러 사람의 말을 복수로 체크해서 김복동의 삶을 입체적으로 재구성해보자. 이번 다큐멘터리 제작의 시작점이 몽구 님의 촬영 영상과 정의기억연대의 영상임을 부정할 수 없다. 그러나 자료는 자료일 뿐이다. 자료가 재료는 될 수 있어도 요리는 될 수는 없다. 사람들이 맛있게 먹을 수 있는 요리를 위해서는 맛있는 요리법이 필요하다. 자료를 해석하고, 자료에 생명을 입히는 것은 지금부터 나와 제작진의 몫이다. 김복동의 삶을 충실하게 좇을 것. 그리고 누군가 이미 그려놓은 김복동의 모습을 보여주는 것이 아닌, 나의 '김복동'을 만들 것. 연출하는 사람으로서의 다짐이다.

기획안을 마무리하게 되니, 야트막한 파고를 하나 넘어선 기분이다. 눈앞에 여전히 낮고 높은 파도가 굽이치는 바다가 펼쳐져 있다. 끝을 향해 낯선 항해를 시작한다. 그 바다 한가운데에서 이제 닻을 올렸다. 갈 길이 멀다.

2018년 12월 24일 월요일

일본 취재 준비

일본 도쿄에서 활동하는 일본군'위안부'문제해결전국행동의 양징자 공동대표와 일본 현지 취재 건에 관한 이야기를 나누었다. 양징자 대표는 재일교포 2세로, 일본 내에서 일본군 '위안부' 문제를 해결하기 위해 노력하는 활동가다. 2012년 오사카시청을 항의 방문했을 때 김복동 할머니의 말을 일본말로 옮기던 사람이 바로 양징자 대표다. 2018년 김복동 할머니가 도쿄에서 조선학교 학생들에게 장학금을 전달할 때도 양징자 대표가 관련 행사를 함께 진행했다. 그날이 바로 할머니가 열여섯 살 조선학교 학생들을 보고 눈물을 흘린 날이다. 얼마 전 할머니에게 그때 눈물을 흘렸던 이유를 묻자, 할머니는 "이상하게 그 아이들을 볼 때마다 그렇게 눈물이 난다."고 말할 뿐이었다. 말로 표현하기 어려운 할머니의 마음을 알아내고 싶다.

그 안에 김복동의 삶을 관통하는 많은 것이 녹아 있을 것이다. 깊은 곳에서 터져나오는 울분, 빼앗긴 시절에 대한 그리움, 자신의 잃어버린 모습을 고스란히 간직한 학생들에 대한 감정. 그 학생들의 모습을 직접 보고 싶다. 그 모습을 직접 확인해 할머니의 마음이 어떠했는지 느껴보고 싶다. 눈물의 이유를 말이다.

여러모로 양 대표의 도움이 필요하다. 김복동장학금을 받은 교토조선중고급학교 학생들을 섭외하고 촬영하기 위해서는 조심스러운 접근이 필요한데, 이미 인연이 있는 양 대표가 학교와 학생들을 설득해볼 수 있지 않을까. 그뿐만 아니라, 일본군 '위안부'문제해결전국행동의 공동대표로 오랜 시간 도쿄에서 활동한 양 대표는 '2015 한일합의'의 문제점에 대한 일본 내 양심적 변호사들의 취재에도 도움을 줄 것이다. 1992년 일본군 '위안부'가 일본군의 주도하에 기획 운영되었다는 공식 문서를 세상에 처음 공개한 역사학자 요시미 요시아키 주오대학 교수도 섭외해야 한다. 요시미 교수는 지난 2012년 서울에서 김복동 할머니의 증언을 인터뷰한 바 있는데, 그때 통역해준 이도 양 대표다.

양징자 대표가 다행스럽게도 다큐멘터리 제작에 도움을 주기로 했다. 다음 달 중순에 일본 내 촬영이 가능하도록 섭외 및 일정을 알아보겠다고 했다. 나는 더욱 면밀한 섭외와 취재를 위해서 양 대표에게 기획안을 메일로 보내고 다큐멘터리 제작 방향을 공유했다.

2018년 12월 26일 수요일

'사람'의 이야기

김복동이 지나온 길, 성과, 업적보다도 김복동이라는 사람의 이야기를 해야 한다. 자신을 군수품 취급하던 자들로부터 '사람'으로 대접받기 위한 처절한 싸움, 그 한복판에 서 있던 김복동을 그려내야 한다. 실패에 분해서 울었고, 억울해서 잠을 못 자 괴로웠고, 무서워서 한껏 움츠러들었고, 일이 잘 풀릴 때면 마치 아이처럼 기뻐했던, 그리고 힘이 들 때 오히려 노래 한 자락을 흥얼거리며 근심을 떨쳐내는 한 '사람'의 모습으로.

2018년 12월 27일 목요일

커피를 좋아하는 길원옥 할머니

앞으로 진행될 촬영에 대해 말씀드리기 위해 평화의우리집을 다시 방문했다. 김복동 할머니는 여전히 눈을 감고 누워 계신다. 오늘도 인사드리지 못했다. 길원옥 할머니가 웃으며 반겨주셨다. 몇 차례 방문으로 나도 이제 길원옥 할머니의 웃는 모습에 익숙해졌다. 함께 소파에 앉아 인사도 나누고 농담도 주고받았다. 길원옥 할머니는 말씀을 참 잘하신다. 삶의 오랜 지혜가 녹아 있는 말들이다. 게다가 할머니의 미소는 곁을 환하게 만드는 마법도 가지고 있다. 길원옥 할머니는 따뜻한 아메리카노를 좋아하신다. 설탕도 넣지 않은 커피를 후후 불어가며 기분 좋게 마시는 모습을 한참 바라봤다. 내가 모르는 피해자들의 모습, 즐겁게 웃으며 쌉싸름한 커피를 좋아하는 피해자들의 모습. 나는 지금껏 얼마나 큰 편견에 사로잡혀 있었던가.

2018년 12월 28일 금요일

카메라의 역할

김기철 촬영기자가 공식적으로 촬영감독으로 합류했다. 지금까지의 진행 상황을 간략하게 공유하고, 취재 계획과 역할에 대한 이야기를 나누었다. 기존 자료와 영상들은 상황을 기록하는 데 충실한, 날것 그대로의 영상들이다. 하지만 이를 토대로 그 안에 숨겨진 이야기를 찾아내고 그 과정을 차분한 시선으로 담아내는 것이 우리가 해야 할 일이다. 김복동의 마음까지 엿볼 수 있게 만드는 것, 바로 김기철 감독의 카메라가 앞으로 해야 할 일이다.

2019년 1월 8일 화요일

새해, 진통제

일본 촬영을 함께하기로 한 양징자 대표에게서 연락이 왔다. 교토조선중고급학교 측으로부터 김복동장학금을 받았던 학생들을 촬영해도 괜찮다는 허락을 받았다고 한다. 재일조선학교 학생들에게 장학금을 건네는 김복동 할머니의 마음을 직접 느껴 취재에 응한 것으로 보인다고 양 대표는 말했다. 이번 다큐멘터리를 제작하며 가장 만나고 싶었고, 또 만나야 한다고 생각했던 학생들을 직접 만날 수 있게 되어 무척 다행스럽다.

할머니는 새해가 되어 다시 입원했다가 오늘 퇴원해 집으로 돌아왔다. 할머니의 고통을 잊게 해주는 진통제는 날이 갈수록 그 농도가 짙어지고 있다. 진통제가 강해지면 고통은 줄어들겠지만, 할머니의 생명은 더 빨리 사그라질 뿐이다. 장기가 끊어지는 듯한 고통을 참을 별다른 방도가 없는 게 사실이다. 진통제 없이는 고통을 견디기 힘들어 할머니는 하루에도 몇 번씩 진통제를 놔달라고 소리친다고 한다. 고통을 잊기 위해 자신의 생명을 내주는 셈인 것이다. 얼마 전 의사가 말했던 '악순환'이란 이런 상황을 말하는 것일까.

2019년 1월 9일 수요일

첫 촬영

1992년 1월 8일, 정대협(한국정신대문제대책협의회)은 일본대사관 앞에서 일본군 '위안부' 문제를 해결할 것을 촉구하는 시위를 시작한다. 그날 이후 매주 수요일이 되면, 일본군 '위안부' 피해자들은 일본대사관 앞에 모여 일본대사관을 향해 "일본 정부는 범죄를 인정하라, 공식 사죄하라, 법적 배상하라."라고 외친다. 27년의 세월이 지났지만, 피해자들의 외침은 변함이 없다. 그 오랜 시간 동안 일본 정부는 꿈쩍도 하지 않고 있다.

오늘 1,369차 수요시위 현장을 촬영하는 것으로 다큐멘터리의 첫 촬영을 시작했다. 일본대사관 앞 평화로는 마치 안개에 휩싸인 듯 희뿌연 공기로 뒤덮여 있었다. 시위 현장에는 길원옥 할머니가 부른 노래가 구슬프게 울려퍼졌다. 곳곳에는 방학을 맞아 수요시위에 참석한 중고등학교 학생들이 제법 눈에 띄었다. 오늘은 외신 기자들도 많이 모였다. 하지만 슬프게도 오늘 수요시위에는 피해자가 단 한 명도 참석하지 못했다. 피해자들 대부분이 아흔이 넘어 거동이 불편하고, 김복동 할머니처럼 편찮은 분들이 많아졌기 때문이다. 게다가 오늘은 날씨도 추웠다.

김복동 할머니의 빈자리를 촬영했다. 수요시위에 참석하는 날이면 늘 참석자들을 향해 함께해줘 고맙다고 말하고, 함께 싸워서 이기자고 말하던 할머니의 모습을 오늘은 볼 수가 없었다. 또 일본대사관을 바라보며, 본국에 돌아가 자신의 말을 꼭 전하라고 호통치던 모습도 볼 수 없었다. 그 자리가 할머니의 부재로 더 크게 다가온다. 오늘따라 수요시위가 더욱 쓸쓸하게 느껴졌다.

2019년 1월 14일 월요일

증언의 힘

김복동이라는 피해자가 처음 세상에 알려진 1992년의 이야기를 상세히 듣기 위해 정의기억연대 윤미향 대표를 다시 만났다. 얼마 전부터 윤 대표에게 1992년 부산 다대포에서 김복동 할머니를 만나던 날의 공기, 소리, 냄새, 풍경을 잘 떠올려달라고 말했었다. 당시의 기억을 잘 끄집어내고 싶었기 때문이다.

두 사람의 만남은 1992년 윤 대표가 부산에 있는 할머니 집을 찾아 내려가면서 시작된다. 당시만 해도 피해자들은 자신이 피해자라는 사실을 숨겼다. 당시 정대협 간사였던 윤 대표는 부산에 김복동이라는 피해자가 있다는 사실을 알게 되고 할머니에게 먼저 전화를 걸어 부산에 내려가도 되는지를 물었다. 당시 언론사에 얼굴이 공개된 적이 있던 김복동 할머니는 "너도 카메라를 들고 올 거냐?"며 화를 냈다고 한다. 김복동 할머니는 촬영이 아니면 와도 괜찮다며 겨우 방문을 허락했다. 방 한 칸에 거실 하나가 있는 작은 아파트에 혼자 살던 할머니의 집 안 풍경은 담배 연기에 찌든 누런색 벽지가 지배적이었다. 그리고 상 위에는 안주도 없이 정종 한 병이 놓여 있었다. "이 말을 할라카면 술이 필요하다."는 말을 먼저 꺼낸 할머니는 투명한 유리잔에 술을 따라 마시면서 자신이 겪은 일을 하나하나 꺼내놓기 시작했다.

열여섯 살이던 어느 날, 노란 군복을 입은 2명과 통반장이 함께 와서 일본에 있는 군복 만드는 공장에 나를 데려가야 한다고 했다. 그러더니 엄마더러 어떤 서류에다 도장을 찍으라고 했고, 글씨를 모르는 엄마는 그저 도장을 찍을 수밖에 없었다. 그래서 끌려가게 되었다.

부산에 모이니 30명 정도의 또래들이 함께 있었다. 처음에는 배를 타고 시모노세키항으로 갔고, 그 후 대만으로 갔다. 거기서는 일을 시키지 않았다. 그리고 곧 어딘가로 이동했다. 거기서 처음으로 '그 일'을 당했다.

평일에는 보통 15명 정도를 상대했다. 토요일, 일요일에는 50명 정도를 상대해야 했다. 때로는 트럭을 타고 출장을 가기도 했다. 홍콩과 싱가포르까지 군대를 따라갔다. 그 후에 말레이시아로, 또 자바섬으로 이동해 갔다. 어떤 때는 산중에 있는 군인을 상대하기 위해 10여 명씩 조를 나누어 출장을 다니기도 했다.

방송을 통해 일본의 패전 소식을 들었다. 일본인 인솔자가 우리를 16군병원에 넘겨 간호사로 강습을 시키고, 병원 청소를 하게 했다. 그때 간호사복을 입고 찍은 사진이 있다. 그러다가 미군 수용소에 수감되어 약 1년간 지내다가 배를 타고 부산으로 돌아왔다. 배 안에는 거의 3천 명 정도가 있었었다.

현재는 다대포해수욕장 근처에서 일해서 먹고 살다가 지금은 그 집도 허물어져서 보상으로 아파트에 당첨되어 살고 있다. 그러나 장사하던 일거리가 없어져서 대책 없이 살고 있다.

그렇게 김복동 할머니는 먼저 세상을 떠난 남편 이야기와 아이를 갖고 싶었지만 끝내 갖지 못한 자신의 한스러운 마음을 털어놓았다. 복스럽게 잘 살라는 뜻으로 '복동'이라는 이름을 지어주고는 일찍 세상을 떠난 아버지, 전쟁에서 살아 돌아온 자신을 시집보내려던 어머니의 마음을 이야기했다. 어머니에게 자신이 겪은 일을 사실대로 털어놓으며 흘렸던 눈물과 "너는 가족도 없으니 신고하지 말고 조용히 살아라."라고 말한 둘째 언니에 대한 서운한 마음도 전했다.

김복동 할머니의 피해 사실에 대한 증언은 늘 또렷하고 일관성이 있다고 했다. 공개적인 자리에서 피해 사실을 증언할 때 피해자는 자신이 말하는 사실의 조각들이 뒤틀리지 않아야 하는데, 김복동 할머니의 피해 증언은 늘 일관되고 또렷했다는 것이다. 그 또렷함 때문에 할머니는 1992년 8월 서울에서 열렸던 '제1차 세계 일본군'위안부' 문제해결을 위한 아시아연대회의'에서 공개 증언을 하게 된다. 그날 할머니는 증언하며 수없이 많은 눈물을 흘려야 했다. 할머니의 증언의 힘은 대단했다. 얼마 후, 네덜란드, 필리핀, 대만 등에 숨어 있던 수많은 일본군 '위안부' 피해 여성들이 자신의 피해 사실을 공개한다. 전 세계의 피해 여성들을 움직인 계기가 된 것이다.

이후 2015년 자신의 재산 5천만 원을 '나비기금'에 기부하며 실제 다른 전쟁 성폭력 피해자들을 위한 활동을 이어간 이야기도 들을 수 있었다. 자신이 보호받고 위로받아야 할 입장임에도 불구하고 늘 다른 이들에게 따뜻한 눈길을 건넨 사람. '인권운동가, 평화활동가 김복동'이 괜히 나온 말이 아니라는 걸 느낄 수 있었다.

2019년 1월 16일 수요일

글렌데일 '평화의 소녀상'

김복동 할머니의 기록 중 2013년 미국 캘리포니아 글렌데일에서 열린 '평화의 소녀상' 제막식에 참석한 영상이 있다. 할머니는 발목 위로 올라오는 검은색 한복 치마에 하얀 저고리를 입고 있다. 지금까지 확보한 자료는 핸드폰으로 촬영한 짧은 영상뿐이다. 행사 과정도 제대로 기록되어 있지 않고 할머니도 뒷모습만 촬영되어 있을 뿐 행사에 참석한 할머니의 다른 모습을 제대로 살필 수가 없었다. 미국에서 '평화의 소녀상'을 제막하는 것은 처음이라는 의미도 있고, 할머니가 검은색 치마에 흰색 저고리를 입은 모습을 자세히 살펴보고 싶은 생각이 들었다.

정의기억연대에 문의해 다큐멘터리영화 「어폴로지(The Apology)」(2016)를 촬영한 캐나다의 티파니 슝이라는 감독이 당일 행사 장면을 촬영했다는 것을 확인할 수 있었다. 티파니 슘 감독은 촬영 영상 중 일부를 기꺼이 보내겠다고 했고, 오늘 그 영상을 메일로 전달받았다. 영상을 사용할 경우 제공자 및 촬영자를 엔딩크레딧에 정확히 올리는 조건이었다. 메일에는 당시 행사에서 촬영한 영상 파일 20개 정도가 첨부되어 있었다.

영상을 하나씩 다운로드해 확인했다. 글렌데일시청 앞 광장에 모여든 사람들과 수많은 언론사의 취재진이 보였다. 그리고 대기석에 앉아 있는 김복동 할머니의 모습이 보였다. 소녀상 제막식이 열리고 보라색 천에 싸여 있던 소녀상이 모습을 드러냈다. 참석자들이 박수로 소녀상을 반겼다. 김복동 할머니가 누군가에게 감사 인사를 건넸고, 답례품으로 작은 소녀상을 선물로 건넸다. 검은색 치마에 흰색 저고리를 입은 할머니를 전 세계 언론들이 쉴 새 없이 촬영했다. 미국에 자리를 잡고 앉은 소녀상 곁에서 사진을 촬영하던 할머니는 자리에서 일어나면서 소녀상의 무릎을 툭툭 두드렸다. 그러고는 소녀상에 무어라고 속삭이듯 말했다. 음성이 따로 녹음되어 있지 않아 몇 번을 돌려 보며 할머니 입술의 움직임으로 무슨 말인지를 확인하고자 했지만 결국 알아낼 수는 없었다. 행사가 끝나고 김복동 할머니는 ABC, NBC, CNN, 신화통신 등 많은 해외 언론들 앞에서 당당하게 인터뷰했다. 심정을 묻는 기자에게 할머니는 "소녀상을 보면 어린 시절 내 모습이 생각나 떨린다."고 말했다. 눈앞에 아베 총리가 있다면 뭐라고 하겠느냐는 질문에 할머니는 양미간을 좁히며 잠시 인상을 썼다. 그러고는 "천황 때 잘못한 일이지만, 일본 정부가 나서서 해결하는 것이 마땅치 않겠느냐."고 힘 있게 말했다. 할머니의 말은 군더더기 없이 깔끔하고 명료했다.

그날 할머니가 입은 한복은 검은색 치마에 흰색 저고리였다. 인상적인 건 할머니가 입은 검은 치마가 발목 위로 올라올 정도로 그 끝이 짧았다는 사실이다. 일반적인 한복과는 다른 한복이었다. 할머니가 소녀상과 같은 모습으로, 세계 사람들 앞에서 자신이 끌려가던 시절의 모습을 제대로 보여주기 위해 끌려가던 당시 입었던 한복처럼 짧게 만든 것은 아닐까. 정말 할머니가 일부러 그렇게 한복을 만들었을지도 모르겠다는 생각이 들었다.

2019년 1월 18일 금요일

인간의 기본권 오모리 변호사 인터뷰

아침 8시 40분 김포에서 출발해 일본에 도착했다. 양징자 대표가 고맙게도 앞으로 4박 5일 동안 제작진의 취재 코디네이터를 맡아주기로 했다.

첫 일정은 '2015년 한일 일본군 '위안부' 합의'와 관련한 오모리 노리코 변호사의 인터뷰였다. 공항에서 2시간가량 떨어진 사무실로 이동했다. 도착해 잠시 기다리자 일흔이 넘은 나이 든 변호사가 들어왔다. 손에 들고 온 파일의 '일한합의'라는 단어를 보니, 내가 서 있는 자리가 한국이 아닌 일본이라는 것을 느낄 수 있었다. 오모리 변호사는 1994년 중국인 전쟁 피해자 조사단에 참여한 것을 계기로 일본군 '위안부' 문제 관련 활동을 시작했다고 한다. 1995년 중국인 피해자 네 명이 일본 정부를 상대로 한 소송에 참여한 오모리 변호사는 지금까지 20년이 넘는 시간을 싸워왔다. 그러나 결과는 모두 패소. 오모리 변호사는 지금도 일본 정부의 강고함과 과오를 부정하는 태도에 거대한 벽을 느낀다고 한다. 20년이 넘는 시간 동안 한국의 피해자들도 많이 만났다. 김복동 할머니를 비롯해 지금은 고인이 된 강순애, 황금주, 박봉순, 김상희 할머니를 만나고 교류하며 '인간의 기본권'에 대해 진심으로 눈을 뜨게 되었다고 오모리 변호사는 말했다.

오모리 변호사는 '2015 한일합의'를 한마디로 '아베의 통치를 공고히 하기 위한 수단'이라고 규정했다. 미국의 압박과 유엔의 질타가 계속되는 가운데, 전 세계로 활동을 키워가는 한국의 피해자들과 한국 정부의 목소리를 잠재우기 위해 합의라는 수단을 썼을 뿐이지, 일본 정부는 처음부터 일본군 '위안부' 피해자에 미안한 마음이 한 톨도 없었다고 했다. 즉, 겉으로는 합의라는 성과를 낸 것으로 보이지만 아베 총리의 진심이 담긴 결과가 아니라는 것이다. 그걸 뒷받침하는 사실이 있느냐는 질문에, 2016년 1월 일본 의회에서 오가타 린타로 일본 민주당 의원의 질문에 답하는 아베 총리의 말과 태도에 본심이 드러나 있다고 오모리 변호사는 말했다. 당시 오가타 의원은 아베 총리에게 '2015 한일합의'를 이행하기 위해서는 아베 총리 스스로가 공개적으로 사과해야 한다고 주장했다. 직접 의회에서 '사과한다'는 말을 하라는 요구였다. 하지만 아베 총리는 끝끝내 '사과한다'는 말을 하지 않는다. 한국과 일본의 외부장관 회담으로 모든 게 끝났다, 한국의 박근혜 대통령에게 말했다며, 이 문제는 최종적이고 불가역적으로 끝났다고 주장했다는 것이다. 아베 총리의 이런 발언과 태도를 보면서 오모리 변호사는 '아베 총리는 전혀 사과할 마음이 없는 사람'이라는 결론을 내렸다고 한다. 아베 총리의 외할아버지는 제2차 세계대전의 A급 전쟁범죄자인 기시 노부스케로, 아베 총리는 기시 노부스케의 후광으로 정계에 진출해 총리에 오른 자로서 전쟁 당시의 범죄 행위를 인정하는 일은 결코 없을 것이라고 덧붙였다.

오모리 변호사는 이런 암흑 같은 상황에서도 끈질기게 일본 정부의 사죄와 법적인 배상과 역사교육을 요구하는 한국의 피해자들이 있기에, 자신과 같은 일본 내 양심적인 변호사와 학자들이 힘을 내서 일본군 '위안부' 문제를 똑바로 바라볼 수 있다고 했다. 이제 피해자들은 대부분 아흔을 넘어섰고, 시간이 갈수록 생존자 숫자는 줄어들겠지만 피해자들이 모두 세상을 떠나더라도 이 문제가 이대로 끝나서는 안 된다고 말했다. 이는 결코 일부 피해자들 개인의 일이 아닐뿐더러 역사 속에서 반복되어서는 안 되는 문제이며, 이번 세대에 해결되지 않는다면 다음 세대, 그다음 세대에서라도 해결해야 한다고 했다. 오모리 변호사는 이를 위해 자신이 할 수 있는 일을 다 할 것이라고 말했다.

인터뷰가 끝나고 오모리 변호사는 김복동 할머니의 병세에 대해 물었다. 나는 진통제를 투여하며 하루하루 버티는 중이라고 답했다. 몇 해 전 할머니가 일본에 방문했을 때, 오모리 변호사는 휠체어에 앉은 할머니의 모습을 사진으로 촬영한 적이 있다고 했다. 수많은 일본인 앞에서 당당하게 증언하는 모습을 보면서 김복동이라는 인물의 상징성을 느낄 수 있었다고 했다. 이 문제의 본질이 무엇인지를 제대로 알고, 한결같이 일관된 주장을 펼친 피해자라는 상징성이 있다는 것이다. 오모리 변호사는 할머니의 그런 면모를 잘 살린 다큐멘터리가 제작되길 바란다고 말했다.

2019년 1월 19일 토요일

역사에 사실을 새기는 일 요시미 교수 인터뷰

오늘 도쿄는 먼지 한 톨 없이 맑고 파란 하늘이었다. 오전에 일본의회를 촬영했다. 주말이어서인지 의회 앞 거리에는 차도 사람도 보기 힘들었다. 의회 한쪽에 걸린 일장기는 파란 하늘과 대비되었다. 이곳에서 일본 정부의 아베 총리는 의회 의원들의 질의에 답변한다. 2016년 1월의 '2015 한일합의'에 대한 논쟁도 이곳에서 벌어졌다.

오후엔 요시미 요시아키 교수를 인터뷰했다. 주오대학 역사 교수를 정년퇴임한 요시미 교수는 연구실이 따로 없어 도쿄 외곽에 조그만 아파트를 얻어 연구실로 사용하고 있었다. 연구실에 들어서자 복도부터 방 구석구석 수많은 책과 자료들이 가득 차 있었다. 수십 년 연구의 흔적이었다. 요시미 요시아키 교수는 1992년 1월 일본군 '위안부'를 일본군이 모집하고 관리했다는 직접적인 증거를 공개한 역사학자다. 당시 사실을 부정하던 일본 정부가 결국 일본군의 주도하에 만행이 이뤄졌음을 인정하게 한 데 결정적인 역할을 했다. 이후 일본 정부의 태도가 변하면서 우리나라에서도 수많은 피해자들이 자신의 피해 사실을 공개했다. 김복동 할머니 역시 요시미 교수가 일본군 '위안부' 관련 증거를 공개한 직후 자신의 피해 사실을 신고하게 된다. 지난 2012년, 요시미 교수는 연구를 위해 김복동 할머니를 인터뷰하며 서로 인연을 맺은 바도 있다.

요시미 교수는 처음에는 일본군의 생체실험에 관한 기록을 연구하고 있었다. 전쟁 때 작성된 일본군의 각종 공문서를 비롯해 다양한 기록들을 접하고 연구하는 것이 그의 일이었다. 연구 과정에서 요시미 교수는 중일전쟁 당시인 1938년부터 작성된 '위안부' 모집과 관리 문서들을 발견하게 되었다. 문서들에는 일본군이 중국 현지 민간인들을 강간해서 주민들의 반발이 심해졌다는 내용, 일본 군인들의 성병 문제가 심각하다는 내용, 이러한 문제를 해결하기 위해 위안소 설치를 지시한 내용 등이 담겨 있었다. '위안부' 모집 및 운영 방식 등에 대한 구체적인 명령도 일본군의 공식 문서에 기록으로 남아 있었다.

그러나 요시미 교수는 이 문서들을 발견하자마자 언론에 공개하지는 않았다. 공개할지 말지 오랫동안 고민했다고 한다. 그러던 중 요시미 교수는 1991년 12월 일본을 방문한 김학순 할머니의 인터뷰를 NHK 방송을 통해 보게 된다. 김학순 할머니는 1991년 8월 14일

기자회견을 통해, 우리나라 최초로 일본군 '위안부' 피해 사실을 고백한 피해자다. 요시미 교수는 김학순 할머니의 인터뷰를 본 후 결국 자신이 발견한 문서들을 모두 공개하기로 마음을 먹는다. 이후 추가로 자료를 수집한 요시미 교수는, 1992년 1월 6일 모두 5종류 6점의 '위안부' 관련 문서를 아사히신문을 통해 공개하게 된다. 문서들이 공개되자, 그동안 '위안부'는 자발적 매춘부들이었고 위안소 운영에 일본군이 관여한 적은 없다던 일본 정부는 즉각 군의 관여가 있었음을 인정하고 관련 조사를 하겠다고 발표한다.

요시미 교수가 일본군 '위안부'의 강제성을 증명하는 문서를 공개할 때만 해도, 그는 이 문제가 머지않은 시간 내에 해결될 수 있을 것이라 믿었다. 30년 가까운 시간이 흐르는 동안 이렇게 아무것도 해결되지 않으리라고는 생각하지 못했다. 아무런 해결도 없는 지금의 현실이 그래서 요시미 교수는 더 괴롭다. 자민당 내의 주류 세력이 교체되고 전범자의 후손인 아베 신조가 총리가 된 후, 일본의 지난 과오마저 부정하는 그들의 모습을 보면서 요시미 교수는 좌절감을 느꼈다. 1993년 고노담화 이후 줄곧 유지되어온 '과거의 잘못에 대해서는 적절한 책임이 필요하다'는 일본 정부의 입장이 아베 총리가 집권한 이후에는 '일본의 긍지에 손상이 가서는 안 된다'는 생각으로 바뀌게 된 것이다. '2015 한일합의'는 그래서 실망스러운 결과라고, 요시미 교수는 자신의 생각을 밝혔다. 덧붙여 합의는 백지화되어야 하며, 새롭게 수정되어야 한다고 말했다. 그의 이런 생각은 당시 피해자들의 존재를 자신이 직접 만나 눈으로 확인하고, 그들을 인터뷰하며 당시의 참상을 더욱 확실하게 알게 된 경험 때문일 것이다. 특히 요시미 교수는 피해자들에게 직접 듣지 않으면 밝힐 수 없었던 사실을 증언을 통해 확인하게 된 것이 가장 큰 수확이라고 말했다. 문서에는 담기지 않았던 '위안부' 모집의 강제성과 실제 위안소에서 생활하는 모습 등의 실체가 피해자들의 인터뷰로 드러났다.

요시미 교수는 특히, 김복동 할머니를 인터뷰한 것이 굉장히 기억에 남는다고 했다. 김복동 할머니는 '위안부'를 모집하던 사람들이 누구였는지 기억하는 것 외에도, 경찰과 당시 마을의 통반장 같은 사람들이 자신의 집까지 함께 왔었다고 증언했는데, 이는 자신이 공개한 일본군 공식 문서상에도 존재하는 내용이라고 했다. 즉, 관과 군이 합동으로 모집을 하도록 지시한 문서의 내용이 김복동 할머니의 증언으로 증명된 셈이다. 또 집이 가난하지 않았음에도 불구하고 일본에 있는 군수공장에서 일한다고 김복동 할머니는 물론 할머니의 어머니를 속이고 전쟁터로 끌고 갔기 때문에, 요시미 교수는 이 행위 자체가 명백한 유괴라고 주장한다. 또 위안소에서 외출을 마음대로 하지 못하게 한 사실, 군인 접대를 거부하면 폭력이 가해졌다는 사실, 돈 대신 티켓을 받았고 받은 티켓도 반장에게 건네졌을 뿐 자신은 돈 한 푼 받지 않았다는 증언, 군인에게 일을 당한 뒤 죽기 위해 어머니가 준 돈으로 술을 구해 마셨지만 3일 만에 깨어난 이야기, 전쟁이 끝나자 군인들이 할머니에게 간호사복을 입히고 간호사 교육을 했던 사실과 그로 인해 결국 지금까지 살아남을 수 있었다는 증언은 굉장히 구체적이고 신빙성이 높다고 했다.

그뿐만 아니라 요시미 교수는 김복동 할머니의 이러한 증언을 통해 인간의 뇌리에 각인된 기억이 얼마나 오랜 시간 유지되는지를 알 수 있게 되었다고 한다. 요시미 교수는 수십 년의 세월이 흘렀지만 잊히지 않는 일들을 기억하고 '역사에 사실을 새기는 일'이 결국에는 자신이 하는 일이라고 했다. 요시미 교수는 지금도 연구를 게을리하지 않고 있고, 연구의 결과를 책으로 남기는 일을 멈추지 않고 있다.

이토록 양심적이고 뚝심 있는 학자가 존재하고 있기 때문에 일본군 '위안부' 문제의 본질이 세상에 드러난 것이리라. 그의 발표가 없었다면, 이 문제는 결국 권력의 요구와 힘에 의해 사라지고 말았을 것이다. 1991년 12월 겨울 어느 날, 일본군 '위안부' 피해자였던 김학순 할머니의 인터뷰를 보는 젊은 요시미 교수의 모습을 떠올려보았다. 자신이 알고 있는 진실과 다른 주장을 하는 정부, 그리고 피해자의 증언 앞에 일생일대의 결심을 했을 그의 모습을.

2019년 1월 21일 월요일

재일조선학교

바람이 많이 부는 날이었다. 오후에 교토조선중고급학교를 방문해 김복동장학생들을 만났다. 학교는 교토 외곽 은각사 근처에 자리하고 있었다. 택시를 타고 은각사 입구에서 내려 오솔길 비슷한 좁은 길을 한참 걸어 올라가자, 산 중턱에 한눈에도 낡고 오래된 학교가 모습을 드러냈다. 학교는 겨울방학 중이었지만, 보충수업을 하고 있었다. 낯선 이들의 방문에 학생들은 빼꼼히 창문을 열어 바라보았고, 누군가는 커튼을 치기도 했다. 학생들이 없는 텅 빈 운동장은 쓸쓸해 보였다. 1990년대까지 잘 운영되던 재일조선학교는 현재 일본 정부의 무상교육에서 배제되며 쇠락의 길을 걷고 있다. 학교 건물 뒤편에는 태풍이 휩쓸고 지나간 자리가 그대로 방치되어 있었다. 쏟아진 흙더미와 그 안에 뒤엉킨 물건들이 꼭 재일조선학교의 현재 모습인 것만 같았다. 학교 안으로 들어가 나무로 된 복도를 걸었다. 한 걸음 한 걸음 내디딜 때마다 발끝에서 삐거덕 소리가 났다. 낡고 오래된 소리였다. 이런 차별의 현장을 눈으로 확인했기에 김복동 할머니는 아이들에게 "일본에 산다고 기죽지 말라."고 말했던 것일까.

김복동장학금 전달 행사에 참석했던 학교 교사들과도 인사를 나누었다. 약속 시간에 맞춰 학생들이 교실로 도착했다. 지난해 6월 김복동장학금을 수여한 학생은 총 네 명이었다. 2학년 학생 세 명, 1학년 학생 한 명이었다. 그중 1학년 학생 한 명이 독감에 걸려 오늘 학교에 오지 못했다고 한다. 할머니가 학생들에게 전달한 장학금은 한 명당 250만 원이다. 부모들의 형편이 넉넉지 않은 학생들은 할머니의 장학금으로 학비를 내고, 책을 사고, 학원에 다니거나 진학에 필요한 여러 활동도 할 수 있게 됐다. 할머니의 장학금은 이 학생들이 꿈을 이루기 위한 마중물 역할을 할 수 있을 것이다.

교실로 들어온 학생들은 지난여름 김복동 할머니와 만났을 때처럼 한복 교복을 입고 있었다. 학생들은 여름에는 검은색 치마에 흰색 저고리, 겨울에는 위아래 모두 검은색 한복을 입고 통학을 하고, 일본 거리를 누빈다. 학생들은 조선 출신이라는 민족성을 지키기 위해 이 조선학교에 다니는 것이다.

2학년에 재학 중인 박형화 학생이 오늘 마침 수학 보충수업을 듣는다고 했다. 양해를 얻어 수업을 촬영했다. 햇빛이 잘 들지 않고, 형광등도 밝지 않은 복도를 지나 미닫이문을 열고 교실에 들어섰다. 열 명이 채 안 되는 학생들이 자유롭게 앉아 수업 준비를 하고 있었다.

칠판 앞에는 분필과 지우개가 놓여 있었고, 난방을 위한 석유난로 위에는 낡은 주전자가 놓여 있었다. 교사도 한복을 입고 수업을 진행했다. 교사와 학생 모두 전통 한복을 입은 모습이 인상적이었다. 학생들은 촬영하는 카메라가 어색한지 자꾸만 웃었다. 일본어와 한국어가 섞인 말들이 오고 갔다. 수업에 방해가 될까봐 촬영감독을 제외하고 모두 교실에서 나와 다른 교실에서 대기했다. 그사이 교실 밖 운동장에서는 학생 두 명이 축구를 시작했다.

보충수업 촬영 후 김복동장학생들의 인터뷰를 시작했다. 인터뷰 시작 전에, 우리가 이곳에 오게 된 이유를 학생들에게 설명했다. 지난 6월 도쿄에서 있었던 장학금 전달식 영상에서 학생들을 만난 할머니가 눈물을 흘리시는 모습을 보았으며, 할머니를 눈물짓게 한 여러분을 만나기 위해 찾아왔다고 말했다. 할머니가 흘린 눈물의 의미를 알 것 같기도 하면서 모르겠다고 말했다. 다만, 직접 나의 두 눈으로 여러분을 만나고 싶었다고 인사했다. 그 말을 하는 동안 학생들은 조용히 듣고 있었다. 나는 학생들의 모습을 찬찬히 바라보았다. 뭔가 말할 수 없는 기운이 몸속을 흘렀다. 학생들을 바라볼수록 김복동 할머니가 흘린 눈물의 이유가 점점 선명해지는 것 같았다. 검은색 치마에 흰색 저고리. 열여섯의 나이. 할머니는 지금 눈앞에 선 이 학생들과 나란히 서 있는 자신의 옛 모습을 본 것이다. 열여섯의 나이에 전쟁터로 끌려가던 힘없는 자신의 모습을.

그 순간 갑자기 속에서 뭔가 울컥했다. 무슨 말을 하려다 잠깐 멈출 수밖에 없었다. 몇 초간 기다렸다 다시 말을 잇고, 그렇게 현재 할머니의 병세를 설명했다. 삶과 죽음 사이에서 고통스러워하면서도 전 재산을 기부한 김복동 할머니의 이야기를 전하다, 나는 터져나오는 눈물을 참을 수 없었다. 얼굴을 감싸쥐고는 엉엉 울었다. 내 앞에 학생들이 보고 있다는 것을 알면서도 멈출 수가 없었다.

겨우겨우 수습했다. 민망했다. 학생들은 어찌해야 할 바를 모르고 서로 눈치만 보고 있었다. 인터뷰 촬영은 시작하지도 못하고 이런 일이 생겨버렸다. 그렇지 않아도 우리말이 익숙지 않은 학생들은 더 얼어버렸다. 어렵사리 촬영을 마무리했다. 나는 학생들에게 미안하다고 말했다. 학생들은 어색하게 웃었다. 학생들은 할머니에게 전해달라며 편지를 건넸다. 맨 위에는 할머니와 함께 촬영한 사진이 붙어 있었다. 학생들은 할머니에게 꼭 다시 만나자는 말을 전해달라고 했다.

숙소로 돌아가는 택시에서도 마음이 복잡했다. 이렇게 울어본 적이 있었던가? 아직 몇 번 만나지도 못한 김복동 할머니에게 난 지금 어떤 감정을 느끼는 걸까. 무엇이 이렇게 가슴 시리도록 울게 만든 것일까. 미안함 아니면 죄책감? 연출자의 책임감이나 사명감? 지금은 뭔지 알 수 없다. 하지만 확실한 건 할머니를 떠올리면 무척 마음이 아프다는 것이다.

2019년 1월 22일 화요일

가장 슬픈 기다림 양징자 대표 인터뷰

양징자 대표에게서 재일조선학교에 관한 내용을 좀 더 들을 수 있었다. 양 대표는 조선학교가 외딴섬과 같다고 했다. 자신들을 옭아매는 일본인들 사이에서 스스로의 힘으로 살아가기 위해 노력하는 외딴섬이라는 것이다. 그렇게 견고하게 닫힌 재일조선학교의 문을 연 사람이 바로 김복동 할머니라고 말했다.

—김복동 할머니가 오히려 손을 내밀어주신 거죠. 그것에 대해 많이 감동했다고 합니다. 일본 사회는 이제 일본이 아닌 것을 용납하지 않아요. 조선학교 학생들이 폭행당한 사건도 있었고, 일본 언론에선 조선인에 대한 차별 보도도 계속되고 있어요. 요즘 뉴스는 늘 북한도 남한도 일본을 못살게 군다는 시각이에요. 그런 사회 분위기 때

문에 조선학교 학생들이 과거보다 많이 주눅 들어 있는 게 사실이에요. 그렇게 고립된 상황에서 누군가가 도움의 손길을 내밀었는데, 그게 바로 일본군 '위안부' 피해자 김복동 할머니였습니다. 일제 식민통치의 피해자가 이렇게 손을 내민 것은 그런 면에서 상당히 희망의 상징인 것이죠.

양 대표가 김복동 할머니를 처음 만난 것은 할머니가 1993년 일본인들 앞에서 피해 증언을 할 때였다. 그때 할머니의 인상은 지금과는 크게 달랐다고 양 대표는 기억한다.

—그때 저는 그냥 참석자로서 할머니의 증언을 들었어요. 가까이 다가가서 말씀을 나눈 것도 아니었어요. 그때만 해도 할머니는 쉽게 다가갈 수 있는 분위기가 아니었던 것 같아요. 말씀도 별로 없으시고, 쉽게 어울리지 않는 모습이었어요. 1998년에 일본 내 활동가 10여 명이 일본에서 머물던 피해자 송신도 할머니를 모시고 한국에 있는 나눔의집을 방문했어요. 그때 김복동 할머니를 다시 만났는데, 할머니는 식사만 하시고 바로 방에 들어가버렸어요. 그러고는 다시 나오지 않았어요. 할머니의 그런 모습에 제가 굉장히 신경 쓰였던 기억이 있어요. 그래서 그때 다른 분에게 저 할머니는 왜 그러시냐고 여쭤보니 이렇게 사람들이 찾아오는 걸 싫어한다고 말씀해주셨어요. 뭔가 해결될 듯 해결되지 않고 몇 년 세월이 지났으니 지치기도 했던 게 아닌가 싶어요. 그리고 얼마 후, 김복동 할머니가 나눔의집

을 나가셨다는 이야기를 들었어요. 그러다가 다시 할머니를 만난 게 2010년 이후였던 것 같아요.

2012년 김복동 할머니가 일본에 건너와 자신의 피해 사실을 증언했을 때 양 대표는 할머니의 변화에 내심 놀랐고, 할머니의 말을 일본말로 옮기면서 할머니의 마음을 더 깊이 헤아릴 수 있었다.

—2011년 한국의 헌법재판소에서 일본군 '위안부' 문제 해결을 위해 한국 정부가 일본 정부와 교섭을 해야 한다는 판결이 난 후 상황이 많이 바뀌었잖아요. 1,000회 수요시위 때는 '평화의 소녀상'이 세워지며 대중들의 관심도 높아졌고요. 당시는 한일 간 협상뿐만이 아니라 일본군 '위안부' 피해 사실과 관련 역사에 대해 일본 국민들에 알려야 한다는 목소리가 높아지던 때이기도 했어요. 일본 내에서도 도대체 무엇이 문제인지를 알고 싶어 하는데, 그러기 위해서는 피해 할머니들의 증언을 듣는 것이 기본이었죠. 그래서 저희가 할머니들을 직접 일본으로 모셨어요. 일본 국민들이 할머니들의 증언을 직접 듣게 하는 것이 문제 해결의 시작이라고 생각한 거였어요. 그렇지 않으면 일본 사람들은 이 문제를 그저 정치적이고 외교적인 문제라고만 생각할 것이고, 일본 국민에게 일본군 '위안부' 문제를 보는 시각을 제대로 정립하게 만드는 방법은 피해자들을 직접 만나는 방법뿐이라고 생각해서 할머니들에게 일본 사람들 앞에서 증언해주실 수 없을지 부탁을 드린 거죠.

부탁을 받고 할머니도 좋아하셨어요. 이 문제를 그저 한일 간의 정치 문제, 외교 문제라고 생각하고 살아온 일본인들은 물론이고, 이 문제가 여전히 이렇게 시끄러운 이유가 궁금했던 일본인들에게 피해 당사자들의 증언은 굉장히 효과적이었어요. 특히 젊은 애들은 태어났을 때부터 '위안부' 문제라는 게 보도도 없고 교육도 없는데 대학생이 되어보니까 갑자기 신문에서 떠드니 '이거 뭐야, 한국이라는 나라 좀 이상하지 않나' 이렇게 생각한 학생들이 많았거든요. 그 학생들이 할머니들의 이야기를 들으면서 "아, 피해자가 살아 있어서 그랬던 거군요."라고 말할 정도였어요. 그러니까 그 당시에 피해자들이 직접 일본에 와서 피해 사실을 증언해주시는 게 굉장히 중요한 일이었던 거죠. 특히 당시 일본 사회에서는 피해자들을 매춘부라고 하는 등 혐오 발언까지 스스럼없이 나오던 상황이었기 때문에 피해 할머니들의 증언이 반드시 필요했죠.

그러나 '2015 한일합의' 이후 일본 사회는 다시 '이 정도면 할 만큼 한 것 아닌가'라는 의견이 대다수의 여론을 지배하게 되었다고 한다. 피해자들의 '사죄 요구'가 도를 넘었다는 의견도 점점 커졌다.

— 일본 국민들은 '위안부' 문제에 대해 사과했다고 생각하는 사람들이 많습니다. 왜냐하면, 그 '사과와 반성의 뜻을 표합니다'라는 문구 자체는 일본의 총리들이 몇 번을 말하거나 표한 적이 있기 때문이죠. 그런데 할머니들은 그 '사과와 반성을 표한다'라는 게 무엇

을 기초하고 있는지를 굉장히 알고 싶어 하셨어요. 그러니까 모든 피해자가 그 말을 들으면 하시는 말씀이 "일본 정부가 우리의 피해에 대해서 어떻게 생각하고 있는지 어떤 사실을 알고 있는지 그것을 분명히 해달라."였거든요. 독일 정부의 경우도 나치가 이런 일을 했다, 저런 일을 했다며 그것을 다 파악해서 피해지에 가서 피해자를 만나 가해 사실을 고백하고 "우리 독일은 지난날 나치의 행동을 부끄럽게 생각합니다."라고 하는 것처럼요. 피해자들은 늘 말했어요. "우리에게 무엇을 사과한다는 것이냐, 무엇에 대해 반성을 표한다는 것이냐." 사과라는 것은 정확히 무엇을 잘못했는지 아는 데서 시작하잖아요. 그런데 일본은 그런 근거 없이 그냥 똑같은 말만 반복한다는 거였죠. 어떤 것에 대해 사과하고 반성한다는 것인지에 대해서는 말이 없고 그저 '사과와 반성의 마음을 표한다'는 말만 수십 년을 반복할 뿐이거든요. 그런 허울뿐인 말은 할머니들에게 와닿지 않는 거죠. 일본 내에는 "이런 사죄는 용서할 때까지, 그만하라고 할 때까지 몇 번이라도 해야 한다."라고 말하는 사람들도 있긴 해요. 하지만 대다수의 일본인들은 현재 논쟁 중인 징용 문제와 관련해서는 65년 한일 청구권 협정으로 끝났고 그때 준 돈으로 한국이 경제성장을 이루지 않았느냐, 그때 준 돈을 한국 정부가 피해자들에게 줘야지 왜 한국 정부의 의무를 우리 일본에 요구하느냐, 이렇게 생각해요.

한국의 입장에서는 그 근본적인 원인이 일제 식민통치인 거잖아요. 그 부분에 대해서 몇 번이라도 일본 정부가 언급하고 사과하고 교육해서 과거의 잘못을 인정해야 하는데, 식민통치의 과거는 쏙 빼고 그저 패전국 일본의 슬픔과 억울함에 대해서만 얘기하는 거죠. 지금 발생하는 한일 갈등의 시작이 한국 정부에 있다고 뉴스에서는 항상 떠들고 있는 거예요. 과거를 반추하는 일은 거의 없어요. '문재인 대통령이 이 말을 해서 이 문제가 불거진 것이다' 또는 '이명박 대통령이 독도에 간 시점부터 이 문제가 시작된 것이다'라며 늘 갈등의 시작은 한국에 있다는 것을 강조하죠. 그런 편협한 시각으로만 보도가 이뤄지니 그런 보도만 보는 일본 사람들은 당연히 한쪽으로만 생각하게 되고요. 그리고 마치 과거 식민통치마저 부정하고, 한국과 일본은 평등한 국가니까 이제 과거는 제쳐놓고 미래를 봐야 한다고 말하는 거죠. 과거에 가해자였던 나라가 피해자였던 나라에 사과하고 반성하는 것은 지금은 상관이 없다, 중요하지 않다는 겁니다. 현재 일본 사회는 그렇게 정체되고 막힌 상태라고 보면 될 것 같아요.

양징자 대표가 그동안 통역한 김복동 할머니의 강연이나 증언 중에서도 오래도록 기억에 남는 할머니의 말이 있다고 한다.

— 할머니가 증언을 끝내고 나서 저한테 말했어요. "그래도 저놈들도 모두가 나쁜 건 아니야. 우리가 고분고분 말을 잘 들으면 때리지는 않았어."라고요. 그래서 제가 "아, 좋은 군인도 있었어요?"라고 물었더니 할머니가 "응, 불쌍하다고, 불쌍하다면서 내가 있는 동안은 좀 쉬라고 말하고는 있다가 시간 되면 나갔다."고 말했어요. "그러면 그런 군인이 올 때면 할머니 좋으셨어요?" 이렇게 물었더니 활짝, 그

때 정말, 미소를 활짝 지으시면서 "응, 기다렸어."라고 하셨어요.

할머니의 그 '기다렸다'는 말이 저는 정말 슬펐어요. 너무나 슬픈 말이었어요. 온몸을 휘감는 슬픔이 느껴질 만큼. 어떤 가혹한 얘기를 듣는 것보다 굉장히 쓰라린 느낌이 들었는데, 할머니는 그 지옥 같은 위안소에서 해방이 되기를 기다리고 있었을 거잖아요. 그런데 그 위안소라는 데에서 지내는 열대여섯 살의 김복동 할머니가, 그곳에 감금된 상황에서 그 사람이 오는 시간이 마치 해방인 것처럼 착각하는 거잖아요. 할머니가 그런 생각을 한 그 자체가 바로 성노예인 거예요. 몸도 마음도 그렇게 갇혀버려서 다른 것은 생각하지 못하는 성노예요. 그러니까 군인들이 올 때 말을 잘 들으면 이 사람은 나를 때리지 않는다는 생각을 하거나, 나를 잠시나마 이 지옥에서 해방시켜주는 그 군인을 기다린다거나 하는 것이 할머니의 그 미소와 섞이면서 굉장히 아픈 말로 다가왔어요. 사람들이 흔히 생각하듯 꽁꽁 묶이고 매를 맞는 것이 노예라면, 피해자들은 그곳에 갇혀서 정신적으로도 속박당하는 성노예로 산 거예요. 할머니 역시 그런 상황에서 성노예로 길들여진 거죠. 그 환한 미소와 함께 할머니의 입에서 나온 '기다렸다'는 말이 저는 기억에 오래 남아 있어요.

촬영을 마치고 오후에 서울에 도착했다. 어제 눈물을 흘린 여파가 아직 좀 남았다.

2019년 1월 23일 수요일

병실

오전에 할머니를 뵈러 병실에 다녀왔다. 일본에서 만난 김복동장학생들의 이야기를 들려드리고 싶어서였다. 학생들이 전해달라고 부탁한 편지도 잊지 않고 챙겼다. 큰 카메라로 병실 촬영을 하는 것이 불편할까 싶어 김기철 감독이 작은 카메라를 들고 왔다.

병실로 들어서며 할머니가 눈을 뜨고 있지 않을까 조금 기대했지만 그런 일은 일어나지 않았다. 할머니는 여전히 병상에 누워 눈을 감고 가쁜 숨을 몰아쉬고 있었다. 맥박과 혈압을 체크하는 기계음만이 고요한 병실을 채우고 있다. 일본 출장 동안 할머니 상태가 좋아졌다는 말을 들었지만 오늘 모습은 정반대다. 끝없는 암흑 속을 걷고 있는 듯 보였다. 복수가 차오른 배는 딱딱했고 꽤 부풀어 올라 있었다. 마약성 진통제를 이제는 4시간 간격으로 맞는다고 한다. 간병인은 지난밤 할머니가 '엄마'를 부르고, '엄마 살려달라'고 소리쳤다고 한다. 아흔넷의 할머니도 아플 때 엄마를 찾았다. 아주 오래전 그때, 그 어린 시절의 시간을 걷고 있는 것처럼.

조선학교 학생들의 편지를 전해주러 할머니 곁으로 다가갔다. 눈앞에 한없이 약한 한 사람의 모습이 보였다. 그 아이들을 만나고 왔다는 얘기를 꺼내자마자, 갑자기 눈물이 터져나왔다. 할머니와 며칠 전 만난 아이들 모습이 겹쳐 보였다. 그렇게 서서 한참을 울었다. 너무 울어서 머리도 아팠다. 일을 하는 게 아니라 이젠 대놓고 여기저기서 울기만 한다. 큰일이다. 이런 정신 상태로 제대로 된 다큐멘터리를 만들 수 있을지 의문이 들었다. 할머니의 머리맡에 아이들이 전해준 편지를 세워두었다. 편지를 읽어드리고 싶었지만, 너무 울어 기운이 없었다.

오늘 촬영이 어쩌면 할머니의 생전 모습을 담는 마지막 날이 될지 모른다는 생각이 들었다. 병원에 오는 길에 김기철 감독과 할머니가 병상에서 사투하는 모습을 담되, 아파하시는 모습은 최대한 절제해서 촬영하자고 이야기했다. 병상의 고통을 고스란히 전달하는 것보다 은유적인 방법으로 지금 이 시간을 표현하고 싶었다. 그것이 김복동이라는 한 사람이 지니고 있는 마지막 존엄성을 지키는 방법이라고 생각했다.

잠시 후 잠에서 깬 할머니는 극심한 고통에 휩싸인 듯 진통제를 놔달라는 말을 쉼 없이 반복했다. 의료진을 호출했다. 잦은 진통제는 할머니를 더 힘겹게 한다고 의료진이 말했지만, 할머니는 소리를 지르며 막무가내였다. 어쩔 수 없이 또다시 진통제를 투여했다. 고통이 사라지자 할머니는 집에 가고 싶다고 말했다. 자꾸만 집에 가야 한다고 말했다. 집에 가고 싶다는 말과 할머니의 몸 구석구석을 찔러대는 고통은 함께 찾아왔다. 할머니의 신음은 그치지 않았다.

오늘은 나도 잠시 할머니의 손을 주물러드릴 수 있었다. 다른 누군가가 당신의 손을 잡는 것을 싫어한다는 할머니였다. 할머니의 손은 무척 따뜻하고 부드러웠다. 낯선 손의 정체가 궁금했는지, 할머니는 자꾸 내가 있는 쪽을 바라봤다. 손영미 소장이 "할머니, 다큐 찍는 사람이에요." 하고 말했지만, 할머니는 별다른 반응이 없었다. 나를 기억하지 못할 거라는 생각이 들었다. 나는 기록과 영상에서, 또 누군가의 기억 속에서만 할머니를 만났으니까. 깊은 인연은 아니니까.

잠시 후 할머니는 검은 토사물을 토해냈다. 걸쭉한 검은색의 액체였다. 쓸개즙이 위로 역류해 입 밖으로 빠져나오는 것으로 보였다. 모두 놀랐고, 간호사가 달려왔다. 병실이 부산스러워졌다. 병실을 나가야 했다.

2019년 1월 24일 목요일

다큐멘터리에서 영화로

오후에 뉴스타파 김용진 대표, 최기훈 팀장과 김복동 할머니의 다큐멘터리를 극장 개봉 영화로 제작하는 것에 대한 이야기를 나누었다. 짧은 다큐멘터리를 만드는 데 그치지 않고, 극장에서 상영이 가능한 영화로 제작해보자는 것이었다. 일본 취재 후에 나도 이 작업에 임하는 마음이 전과는 사뭇 다르다고 생각하던 터였다. 내가 제작하는 이 다큐멘터리의 무게감을 더욱 무겁게 느낀 것이다. 비록 2시간 분량의 영화 제작은 처음이지만, 그렇다고 불가능한 일도 아니지 않은가. 책임감을 가지고 진심을 다해 제작하면 극장용 영화도 못할 일이 아니라고 스스로 다짐했다.

김복동 할머니의 삶을 세상에 전하는 영화답게, 영화 제목은 수식어 없이 '김복동'이 어떨까. 영화의 개봉도 올해 8월 14일, 일본군

'위안부' 피해자 기림의 날과 광복절에 맞추는 것은 어떨까. 영화를 개봉하고 발생하는 수익금은 김복동 할머니의 뜻을 기리는 사업에 사용될 수 있도록 전액 기부하는 것은 어떨까. 물론, 수익이 발생한다는 전제가 있긴 해야 하지만……. 세상에 꼭 필요한 일을 하는 것, 그것이 바로 시민의 후원금으로 운영되는 '뉴스타파'라는 독립언론이 '사회적 공기'로서 우리 사회에 할 수 있는 역할이 아닐까. 이런저런 생각이 꼬리를 물었다.

이제 새로운 항해를 시작한다. 결과를 예측할 수 없어 떨리고 두렵기도 하다. 그러나 한편으로는 낯선 도전이 건네는 설렘도 있다. 무엇보다 중요한 건 김복동 할머니의 삶을 진심으로 전해야 한다는 것이다. 역사적 책임감이다.

이번 주말로 계획했던 부산 취재를 연기했다. 할머니의 몸 상태가 너무 좋지 않기 때문이다. 병원에서는 이제 마지막을 준비하라고 말했다 한다.

2019년 1월 28일 월요일

할머니 손은 아직 따뜻했다

밤 10시 41분. 김복동 할머니가 숨을 거두었다.

할머니의 별세 소식을 전해 들었다. 집을 나와 병원으로 향했다. 병실 안과 밖에는 할머니와 인연을 맺고 살아온 사람들이 눈을 감은 할머니의 모습을 바라보며 눈물짓고 있었다. 할머니의 손을 잡기도 하고, 할머니를 안아주기도 하면서, 할머니와 마지막 작별의 인사를 나누고 있었다.

나도 조금 기다리다 할머니 곁으로 다가갔다. 며칠 전까지만 해도 들리던 할머니의 숨소리가 들려오지 않았다. 꼭 거짓말 같은 순간이었다. 병실에 있는 기계음도 멈춰 있었다. 할머니에게 인사하기 위해 힘없는 할머니의 손을 잡았다. 차가울 거라는 예상과 달리 할머니 손은 아직 따뜻했다. 따뜻해서 믿기지 않았다. 온기가 남은 할머니 손을 잡고, 나도 고개 숙여 인사드렸다. 그리고 나직이 말했다.

"할머니 편히 쉬세요. 할머니 영화 잘 만들게요. 편안히 떠나시고 지켜봐주세요."

2부 바람 자국

2019년 1월 30일 수요일

허튼 기대

김복동 할머니의 영결식에 사용할 추모 영상을 제작했다. 꼬박 이틀이 걸렸다. 영상을 완성한 후에야 장례식장을 찾을 수 있었다. 수많은 취재진이 보였다. 옷이라도 제대로 챙겨 입고 올걸. 내 꼴을 보고 뒤늦게 후회했다. 작업하느라 복장도 제대로 갖추지 못하고 장례식장을 찾다니. 돌아가신 할머니가 '너는 그런 정성도 없이 무슨 사람을 그리는 영화를 한다는 것이냐' 차갑게 한마디 하는 것 같았다. 죄송했지만, 다시 돌아갈 수 없어 그대로 빈소에 들어섰다. 국화 한 송이를 할머니 영정 그림 앞에 조심히 올렸다. 할머니의 영정 그림은 온화하고 포근한 미소를 하고 있었다. 할머니에게 두 번 절했다. 몸을 한껏 낮춰, 떠나는 할머니에게 엎드려 인사했다. 제발 그곳에서는 편히 쉬시기를 바랐다.

어제와 오늘 수많은 시민들이 전국 각지에서 할머니의 빈소를 찾았다. 문재인 대통령을 비롯해 여야 정치인들도 빈소를 방문했다. 온갖 뉴스에서 김복동 할머니가 지나온 발자취를 짚었다. 평화의우리집에서 함께 생활했던 길원옥 할머니도 빈소에 다녀가셨다. 길원옥 할머니는 김복동 할머니 영정 그림 앞에 앉아 한참을 아무 말이 없었다. 그저 하염없이 영정 그림 속 김복동 할머니 모습을 바라볼 뿐이었다.

나는 문득, 장례식장 앞 수많은 조화 중 일본대사관 측에서 보낸 조화도 있는지 궁금했다. 그래도 조화라도 보내지 않았을까 했다. 그러나 어리석은 기대였다. 전쟁 당시나 지금이나 피해자들을 대놓고 무시하는 그들이, 자신들 성노예제도의 피해자인 한 인간의 죽음 앞에 예의를 갖출 리 없다. 예의를 아는 사람들이라면, 피해자들의 절규를 30년 가까이 무시하지도 않았을 것이다. 최종적, 불가역적이라는 말장난에 정부의 명운을 걸지도 않을 것이다. 생각해보니 참으로 허튼 기대를 하고 있었다.

2019년 2월 1일 금요일

영결식

김복동 할머니의 영결식이 열렸다. 오전 6시 30분 장례식장을 떠난 할머니는 마지막으로 평화의우리집에 들렀다. 그렇게 돌아가고 싶다고 말하던 할머니의 집이다. 할머니의 영정 그림이 대문을 통과에 현관에 들어서자, 길원옥 할머니가 김복동 할머니를 맞았다. 길원옥 할머니와 김복동 할머니는 그렇게 마지막 인사를 나누었다.

영정 그림은 이내 2층 할머니 방으로 올랐다. 방에는 할머니가 사용하던 손때 묻은 물건들이 그대로 남아 있었다. 오랜 세월, 할머니를 품고 살아온 할머니의 방이다. 할머니는 그림이 되어 자신이 머물던 방을 한 바퀴 휘 둘러본다. 마지막으로 옷장을 열어 할머니가 아끼던 옷들도 보고 간다.

2년 전, 세상을 떠난 이순덕 할머니와 눈물로 작별 인사를 나누던 김복동 할머니의 모습이 떠올랐다. 그날, 김복동 할머니는 눈이 붓도록 울며, 먼저 떠난 '순덕이 형'과의 이별을 슬퍼했다. 먼저 간 '순덕이 형'에게 김복동 할머니는 꼭 아베에게 사과를 받고 따라가겠노라고 약속했었다. 그렇게 2년이라는 시간이 흘렀다. 그리고 약속은 지켜지지 않았다. 세상은 그대로이고, 할머니들만 세상을 떠났다.

김복동 할머니의 운구행렬은 서울시청에서 출발해 세종대로를 지나 일본대사관 앞 수요시위 현장으로 이동했다. 그 모습을 촬영하는 김기철 카메라는 맨손이었다. 추운 날씨에 손이 빨갛게 얼어 있었다. 장갑을 끼고 촬영하면 안 되냐고 물었더니, 그러면 세밀한 조정이 불가능하기 때문에 맨손으로 카메라를 조작해야 한다고 했다. 행렬의 이동은 느리고 길었다. 행렬이 일본대사관 앞에 도착했을 즈음, 사회자는 일본대사관을 향해 김복동 할머니에게 사과하라고 외쳤다. 모두 함께 함성을 질렀다. 그러자 일본대사관 측은 안내방송을 통해 함성이 대사관의 안전을 위협한다는 안내방송을 내보냈다. 기가 막혔다. 잠시 후, 영결식장에 도착했다. 수많은 사람들이 수요시위가 벌어지는 현장에 모여 할머니의 마지막을 함께했다. 할머니는 마지막 가는 길도 '거리에서'였다. 영결식에 참석한 수많은 시민들이 눈물로 할머니와 작별했다. 그들의 눈에 눈물방울이 맺히고 흐르기를 쉼 없이 반복하고 있었다.

화장을 한 할머니는 충남 천안에 위치한 '국립망향의동산'으로 이동했다. 이곳에 일본군 '위안부' 피해자들의 묘역이 있다. 지금껏 숨을 거둔 많은 피해자들이 망향의동산 언덕에 묻혔다. 김복동 할머니도 그들 곁에 몸을 뉘었다. 죽어서도 고향으로 돌아가지 못하고, 또 다시 고향을 그리워해야 하는 운명이 얄궂기만 하다. 이곳까지 함께 한 사람들이 김복동 할머니와 마지막 작별 인사를 했다. 그렇게 일주일간의 장례가 마무리되었다. 구름 낀 서쪽 하늘 너머로 해가 지고 있었다. 어둠이 깔리자, 망향의동산 하늘에 눈발이 날리기 시작했다. '영화 다 만들면, 다시 찾아뵐게요.' 나도 할머니에게 인사했다.

2019년 2월 8일 금요일

할머니의 드러나지 않은 시간 김동희 관장 인터뷰

전쟁과여성인권박물관 김동희 관장을 만났다. 할머니 장례가 끝나고 일주일이 지났지만, 아직 영화에 대한 구체적인 구상을 하지 못했다. 할머니에 대한 이야기를 더 들어야 했고, 그러다 김동희 관장이 생각났다. 자료 영상 속에서 김동희 관장과 할머니는 친밀한 사이로 보였다. 이것저것 묻고 싶었다.

박물관 사무실은 굉장히 좁았다. 책상 3개가 다닥다닥 붙어 있었고, 직원이 앉으면 의자를 뒤로 뺄 여유도 없어 보였다. 그런 사무실 모습에 조금 놀랐다. 김동희 관장은 내 반응을 보더니 바로 설명을 시작했다. 이 정도면 깔끔해진 거라고 했다. 지금은 수리해서 비가 새지는 않지만, 몇 년 전만 해도 비가 내릴 때면 어김없이 한쪽 벽면을 타고 흐르는 빗물을 받느라 정신이 없을 정도였다고 한다. 그러면서 자신의 자리 옆에 간이 의자를 하나 가져다놓는다. 여기서 이야기하자는 뜻이다.

나는 솔직하게 할머니를 잘 모르는 것이 현재 나의 가장 큰 문제라고 말했다. 답답한 마음에 할머니에 관한 이야기를 듣고 싶어 찾아오게 되었다고 했다. 자료 영상을 통해 할머니의 드러난 행적을 제법 알게 되었다고 해도, 할머니의 드러나지 않은 시간이나 마음은 알 수 없으니 이야기를 구체화하는 데 한계가 느껴졌기 때문이다.

바다에 대한 이야기부터 시작하겠다. 할머니는 세상을 떠나기 몇 달 전까지 유독 바다가 보고 싶다는 말을 자주 했다고 하는데, 할머니에게 바다란 무엇일까.

— 할머니 입에서 '바다'라는 말이 등장한 건 '2015 한일합의' 즈음이에요. 그날 깊이 상심한 할머니가 '바다가 보고 싶다'는 말을 했던 것 같습니다. 할머니가 말하는 바다가 어느 바다인지 알 수 없었어요. 다대포 바다인지, 아니면 그냥 바다인지. 다만 거리가 멀어 부산까지 내려갈 수는 없었고, 대신 2시간이면 닿을 수 있는 동해안 속초 바다는 갈 수 있었죠. 그래서 할머니의 91번째 생일에 함께 속초 바다에 갔습니다. 생일 케이크를 준비하고 노래를 부르고 촛불을 끄는데, 이상하게 할머니가 그날 눈물을 흘렸어요. 사실, 우린 할머니가 눈물을 흘리는 이유를 깊이 공감하지 못했어요. 그저 기막힌 합의의 허탈함 때문이라고 생각할 뿐이었죠. 사실 그때, 여기저기서 피해자와 정대협을 공격하는 소송이 끊임없이 들어오고 있었고, 싸우느

라 정신이 없을 때였어요. 그 후로도 할머니는 바다가 보고 싶다고 말하긴 했지만, 크게 의미를 두지는 않았습니다. 그러다 얼마 전, 장례를 치르고 할머니 남은 옷가지를 태우고 있는데, 문득 할머니가 보고 싶다고 한 바다가 어쩌면 '엄마'가 아닐까 생각이 들었어요. 병실에서 할머니가 '엄마가 보고 싶다'라고 했던 말이 생각나고, 고통의 신음 속에 튀어나온 '엄마'라는 단어와 평소에 주문처럼 말씀하시던 '바다'라는 단어가 처음으로 겹쳤습니다. 말로는 바다가 보고 싶다고 했지만 사실 엄마가 보고 싶다는 말이 아니었을까……. 엄마에 대한 그리움을 바다가 보고 싶다는 말로 감추었던 게 아닐까……. 결국 바다는, 깊은 고통에 시달리던 할머니가 기대어 의지하고 싶은 존재, 엄마를 말하는 것이 아닐까 생각했어요.

할머니는 눈이 잘 보이지 않았다고 하는데, 그게 어느 정도였나. 그리고 눈이 잘 보이지 않는 게 할머니의 삶을 변화시킨 게 있나.

—할머니는 누구보다 외로운 사람이었어요. 눈이 보이지 않아서 혼자 있는 시간이 많았고, 생각을 많이 하셨어요. 생의 마지막 즈음엔 시력을 거의 잃을 정도로 눈이 좋지 않았습니다. 한쪽 눈은 오래전부터 보이지 않았는데, 그나마 보이던 눈도 '2015 한일합의' 이후 거의 보이지 않게 되었어요. 눈으로 세상을 볼 수 없게 되면서, 할머니는 듣는 삶을 살아야 했어요. 눈이 보이지 않게 되면서 다른 감각들이 되살아났다고 해야 하나. 그러면서 할머니는 자연스럽게 다른 사람들의 말을 귀 기울여 듣게 되었어요. 생각하는 시간도 점점 길어

져 밤새 생각에 빠질 때도 많으셨어요. 그 긴 시간을 혼자서 보내면 얼마나 외로웠겠어요. 그런데도 할머니는 누구에게도 자신의 외로움에 대해 말하지 않았습니다.

어떻게 보면, 할머니 삶의 마지막은 재일조선학교 학생들에 쏠려 있는 것 같다. 할머니가 몸이 굉장히 안 좋아진 지난해 가을까지도 일본에 가서 아이들을 만났다는 사실이 놀랍다.

—우리 활동가들도 놀랐습니다. 자신의 몸이 아픈데도 일본으로 가 아이들을 직접 만나겠다는 할머니를 말릴 수 없었어요. 우리는 할머니가 하고 싶은 일은 어떻게든 도와드리려는 사람들입니다. 그런 몸으로 지난해 6월에 도쿄에 갔고, 9월에는 오사카에 갔어요. 진통제를 몇 박스 들고 다녀오셨어요. 그곳에서 태풍으로 쓰러진 학교를 둘러봤고, 일본 정부의 지원이 끊겨 부서진 학교를 수리조차 못하는 현실을 보고 오시고는 많이 아파했어요. 할머니는 그때도 강당에 모인 학생들에게 "기죽지 마라, 여러분에게도 고국이 있다."라고 말했어요. 그러고는 아이들을 한 명씩 안아줬습니다. 정확히 할머니의 마음이 무엇인지 알 수 없죠. 하지만 평소에도 할머니는 "나는 조선 사람이다."라는 말을 많이 했어요. 기억 속 자신이 식민지 조선인이었기 때문에 일본 내 차별 속에 생활하는 조선학교 학생들 마음을 할머니가 누구보다 공감했던 게 아닐까요. 그리고 자신은 고국으로부터 보호받지 못했지만 너희들은 그렇지 않다는 것을 알려주고 싶었던 게 아닐까, 그런 생각이 들어요.

부산에서 12년간 두문불출하던 할머니가 2010년경 서울로 돌아왔을 때 처음 만났다고 들었다.

—사실 김복동 할머니는 이름만 알고 있었어요. 부산에 무척 깐깐한 할머니 한 명이 있는데 어려운 존재다, 정도로만 알고 있었습니다. 그러던 2010년, 할머니가 서울로 거처를 옮기고 쉼터에서 생활을 시작하면서 자주 만나게 되고, 그러면서 가까워지기 시작했어요. 직접 만나보니 할머니는 소문으로 듣는 것보다 더 성격이 괴팍하고 깐깐했어요. 비누, 치약, 칫솔, 세숫대야 등 모든 물건이 제자리에 있어야만 했고, 그렇지 않으면 서슴없이 화를 내던 사람이었어요. 당시 할머니의 그런 짜증을 다 받아주던 사람이 평화의우리집 손영미 소장입니다. 손영미 소장도 처음에는 할머니 성격을 잘 알지 못해 많이 고생했어요. 할머니의 입에서는 끊임없이 잔소리가 나왔어요. 상처받고 눈물 흘리는 활동가들도 많았죠. 다들 길원옥 할머니와는 '하하 호호' 하며 쉽게 관계를 맺는데, 이상하게도 김복동 할머니와는 그게 잘 안 됐어요. 먼발치에서 바라볼 수밖에 없는 할머니라는 표현이 적당할지 모르겠네요.

지난해 11월, 할머니가 재일조선학교에 남은 재산을 기부하던 날, 활동가들이 할머니의 말을 듣다가 눈물 흘리는 모습을 봤다.

—그렇게 화를 내시던 할머니가 그날은 우리에게 '쓰잘것없는 나를 이렇게 받들어줘서 고맙다'고 말했어요. 그때 우리가 모두 눈물을 흘리지 않을 수 없었어요. 할머니로부터 고맙다는 말을 들을 거라

고는 생각하지 못했거든요. 아마도 평생 들을 수 없을 줄 알았던 말을 듣게 돼서 나온 눈물이었던 것 같습니다. 평소 평화의우리집에서는 밤 8시만 돼도 조용히 있어야 했어요. 2층에 있는 할머니 입에서 시끄럽다며 언제 불호령이 떨어질지 몰랐으니까요. 그러다 할머니가 병원에 입원해 계신 날, 우리끼리 밤늦게까지 시끄럽게 회의를 한 적이 있는데, 그때 '할머니가 있었다면 회의는커녕 이 시간이면 불을 모두 꺼야 했다'는 이야기를 했어요. 그만큼 활동가들은 할머니를 조금 부담스러워한 게 사실입니다. 어쨌든 그날, 할머니의 '고맙다'는 말에 지난 시간 동안 쌓였던 서러움이 눈 녹듯이 녹아내렸어요. 그 깐깐한 할머니한테 인정을 받은 것이니까.

할머니가 소녀상을 애틋하게 생각했나.

—할머니가 소녀상에 감정을 이입한 건 어느 정도 맞는 이야기에요. '2015 한일합의'가 있고 얼마 후, 할머니가 '머리가 깨질 듯이 아프다'고 자꾸 말한 적이 있었어요. 갑자기 무언가에 머리를 때려 맞은 듯 머리가 아프고 울린다는 것이었어요. 그런데 그때 무슨 일이 있었냐면, 한 조현병 환자가 일본대사관 앞 소녀상 머리를 망치로 가격한 사건이 있었어요. 뭐가 먼저였는지 정확하진 않지만, 망치로 소녀상이 가격당한 때와 할머니가 머리가 아프다고 한 시기가 딱 맞아떨어졌어요. 우연이라 하기에는 참 신기한 일이었습니다. 그 모습을 보면서, 할머니와 소녀상이 연결되어 있구나, 생각했죠.

언제부터 소녀상을 특별하게 생각한 건가. 2011년 12월 소녀상이 처음 세워질 때부터 그랬나.

—소녀상이 세워지기 전만 해도 할머니는 수요시위에 어린 학생들이 방문하는 걸 몹시 불편해했어요. 그 어린 학생들에게 자신이 무슨 일을 당했는지 설명하라는 거냐며 크게 화를 내시기도 했어요. 할머니는 자신의 고통을 알린다고만 생각했지, 공감받아야 한다고는 생각하지 않으셨던 것 같아요. 그러다 '평화의 소녀상'을 계기로 생각이 조금씩 바뀌어갔어요. '평화의 소녀상'이 세워지고 나서 수요시위에 참여하는 사람들의 구성이 점점 다양해졌어요. 초등학생들도 참석하고, 외국에서도 많은 사람들이 참여했어요. 그 자리에서 할머니는 자신에게 공감해주는 수많은 사람을 만나고, 서로 손을 맞잡았어요. 그러면서 할머니의 생각에 변화가 찾아온 것 같아요. 자신을 응원하는 사람들과 아픔을 나눌 수 있게 되고, 자신을 그저 피해자가 아닌 함께 싸울 수 있는 사람이라고 인식하게 된 거죠.

김동희 관장의 말에 의하면 1,000회 수요시위와 그 당시에 세워졌던 '평화의 소녀상'이 할머니 행적에 변곡점이 된 것은 사실인 듯하다. 1,000회 수요시위, 그리고 '평화의 소녀상'에 대한 이야기를 더 자세히 들어봐야 할 것 같다. 오늘따라 서울 하늘이 미세먼지로 가득하다. 눈을 제대로 뜰 수 없을 정도다. 안개를 빠져나가기 위해서라도, 다시 방향을 잡아야 한다.

2019년 2월 11일 월요일

할머니의 방

할머니의 빈방을 촬영했다. 할머니를 처음 만나고 먼발치서 바라보기만 했던 방이다. 이유를 알 수 없는 죄책감으로 감히 들어설 수 없었다. 오늘은 할머니가 없는 그 방에 용기 내 발을 디뎠다.

방에 들어서면 바로 오른편에 텔레비전이 놓여 있다. 할머니가 세상 돌아가는 소식을 보고 들었던 텔레비전이다. 텔레비전 위 벽에는 전자시계가 걸려 있다. 텔레비전 옆으로 작은 간이 냉장고가 있다. 할머니가 '비비빅'을 쟁여두고, 손님이 올 때마다 하나씩 꺼내 건네던 냉장고다. 냉장고 위에는 약통이 있다. 할머니가 복용하던 약이 아직 그대로 놓여 있다. 진통제가 보이고, 이름을 알 수 없는 여러 종류의 약들이 보인다. 냉장고 옆에는 창문이 있다. 창밖으로 마당에 감나무가 보인다. 메마른 감이 매달린 감나무다. 창문 옆에 감색의 화려한 자개장이 보인다. 자개장 위에는 할머니의 물품이 그대로 남아 있다. 할머니 혼자 찍은 사진과 누군가와 함께 찍은 사진, 그리고 작은 인형 몇 개가 줄지어 세워져 있다. 허리를 숙여 사진들을 바라봤다. 옆에서 손영미 소장이 할머니 동생과 조카라고 일러준다. 언제 찍은 사진인지, 어디에서 찍은 사진인지는 알 수 없다. 다만 사진 속 할머니의 베이지색 외투가 낯익다. 수요시위나 해외 캠페인 당시 자주 입던 옷이다. 사람이 없이 사찰을 찍은 듯한 사진 두 장도 액자에 끼워져 있다. 가까이서 보니, 두 장 모두 석등을 찍은 사진이었다. 한 장은 멀리서, 한 장은 가까이서 찍은 사진이다. 아마도 할머니가 암자에 세웠다는 석등인 듯하다. 사진 뒤에는 따로 정보가 적혀 있지 않았다. 낡고 빛바랜 사진이다.

옷장도 열어 보았다. 옷장 속에는 옷들이 깔끔하게 정리되어 있다. 스카프도 옷장 문에 가지런히 걸려 있다. 방금 전 사진에서 봤던 베이지색 외투도 옷장에 잘 걸려 있다. 깔끔한 성격이 옷장에 고스란히 드러난다. 옷들 한 벌 한 벌이 친근하다. 오사카에서 강연하고, 재일조선학교 학생들을 만날 때 입었던 연보라색 원피스가 제일 먼저 눈에 띈다. 소매가 짧지도 길지도 않은 길이를 좋아했던 할머니는 옷을 맞출 때 일부러 소매 길이를 팔꿈치까지만 내려오게 했다. 1,000회 수요시위 현장에서 입었던 보라색 털외투와 털모자도 걸려 있고, 눈 내리는 겨울에 입던 자줏빛 외투도 보인다. 할머니가 입고 활동했던 순간들이 할머니의 옷장 속에 고스란히 남아 있다.

2019년 2월 12일 화요일

시나리오 준비

영화의 시나리오 집필을 위해 김근라 작가가 합류했다. 앞으로 영화의 구성과 내레이션의 원고 작업을 위해서 김 작가와 머리를 맞대고 의견을 나누어야 한다. 김근라 작가는 무척 꼼꼼한 작업 스타일이 인상적이었다. 김 작가도 나와 마찬가지로 김복동 할머니에 대한 이야기는 잘 알지 못했다. 변영주 감독의 다큐멘터리영화 「낮은 목소리」(1995)를 보고, 김학순 할머니와 강덕경 할머니의 이름을 기억하는 게 일본군 '위안부' 문제에 대해 아는 전부라고 했다. 김 작가는 '김복동'이라는 이름을 들었을 때 호기심이 생겼다고 한다. 김복동의 삶을 잘 살펴보고 정리해보고 싶은 욕심이 들어서 합류를 결정하게 되었다고 한다. 찬찬히 자료조사를 해보고 어떤 구성으로 이야기를 풀어낼지 살펴보기로 했다.

2019년 2월 14일 목요일

제작팀 첫 미팅

회사 회의실에서 스태프들과 함께 영화 제작팀 상견례 겸 기획 회의를 열었다. 프로듀서에 최기훈 팀장, 조감독 겸 프로듀서에 신동윤 피디, 촬영감독에 김기철 촬영기자, 편집감독에 윤석민 편집감독, 각본은 김근라 작가로 제작팀이 꾸려졌다. 오늘은 영화에 어떤 이야기를 담게 될 것인지 아이디어를 공유하는 자리였다.

가장 근본적인 질문부터 시작했다. '김복동'이라는 이름을 아는 사람은 얼마나 될까. 지금 거리에서 "혹시 김복동 할머니 아세요?"라고 물었을 때, 과연 몇 명이 '안다'고 답할까. 제작진이 안다고 해서 세상 사람들이 모두 안다고 착각해서는 안 된다. 영화는 김복동을 모르는 사람을 위해 제작해야 한다. 그들에게 김복동이 누구이고, 어떤 활동을 했으며, 세상에 무엇을 남겼는지 알리는 영화여야 한다. 김복동을 아는 사람들이 아닌, 김복동을 모르는 이들에게 그 이름을 새기는 영화여야 한다.

영화는 김복동 할머니의 살아생전 모습을 중심으로 제작해야 한다. 김복동을 모르는 관객이 극장을 찾아 영화를 보는데, 주인공이 시작부터 죽음을 맞는 상황이 돼서는 안 된다. '주인공이 죽는 영화'라는 선입견을 심어줄 이유는 없다. 주인공의 삶이 영화의 등줄기가 되어야 한다. 할머니가 세상을 떠난 것은 사실이지만, 죽음에 이르는 과정을 영화에서 꼭 다룰 필요는 없다. 관객들에게 할머니는 끝끝내 살아 숨 쉬는 모습으로 기억되어야 한다. 다큐멘터리로서 사실을 전해야 한다면, 관객은 영화의 마지막 순간에 김복동의 죽음을 깨달을 수 있도록 해야 한다. 관객들의 마음속에 '김복동'의 이름이 오래도록 부유할 수 있도록 해야 한다.

오랜 시간 피해자로만 살아온 할머니를 투사로 만든 것은 무엇인가? 지금까지 밝혀지지 않은 할머니의 시간을 공개하며, 그 속에 숨겨진 이야기도 꺼내야 한다. 1998년, 나눔의집에서 생활하던 김복동 할머니는 모든 것을 뒤로하고 부산으로 돌아간다. 그 후 12년이라는 시간을 부산 다대포의 한 아파트에 거주하며 외부와 단절된 삶을 산다. 스스로 고립된 삶을 선택한 것이다. 그리고 2010년, 할머니는 오랜만에 수요시위 현장에 모습을 드러내 자신을 '부산에서 올라온 김복동'이라고 소개한다. 그 후 김복동은 일본군 '위안부' 문제 해결을 위해 남은 생을 바친다. 그 숨겨진 12년의 시간 동안, 김복동 할머니에게 과연 어떤 일이 있었을까. 무엇이 김복동 할머니를 거리에서 싸우는 투사로 만들었을까. 그 이야기를 담아야 한다.

'김복동'의 삶을 설명하는 데 '평화의 소녀상'을 빼놓을 수 있을까. 물론, 소녀상의 존재만으로 할머니의 생각과 행동이 바뀐 것은 아니다. 그 전에 수요시위가 있었고, 수요시위에 참석한 참가자들과의 교감이 있었다. 다만, 할머니가 소녀상에 특별한 애착을 보인 것은 사실이다. '평화의 소녀상'을 제작한 김서경, 김운성 작가를 섭외하고 인터뷰해야 한다.

관객들에게 '희망'을 전해야 한다. 영화가 끝나고 극장을 나서는 관객들의 마음속에, 문제 해결을 위한 열망을 심어야 한다. 그저 일본군 '위안부' 피해자의 처절한 절규와 끔찍한 과거를 되짚는 영화가 아닌, 피해자를 넘어서 스스로 다른 피해자를 돌보고 안아주던 할머니를 그려야 한다. 이를 통해, 관객들로 하여금 이제 남은 싸움은 우리가 하겠다는 마음이 생겨야 한다.

이제부터는 편집 구성을 위한 준비 작업을 본격적으로 시작하기로 했다. 앞으로 시간이 될 때마다 편집된 영상을 함께 보면서 이야기 나누는 소규모 시사를 열기로 했다. 이야기를 나눌수록 오류는 수정되고, 보지 못한 너머의 이야기들도 보일 것이다. 영화 제작은 그렇게 차근차근 이뤄질 것이다.

2019년 2월 15일 금요일

번쩍이는 순간이 올까

오후에 윤석민 편집감독과 이야기를 나누었다. 한 편의 영화를 만드는 긴 시간을 아직 경험해보지 못한 나는 매번 지금 잘하고 있는지, 결과는 잘 나올지 불안한 마음이 들었다. 나는 조바심을 비추며 조언을 구했다. 윤 감독은 취재, 인터뷰, 촬영 등이 하나씩 쌓이는 과정을 거치면서 한 편의 영화가 완성된다고 했다. 수없이 편집하고, 시사하는 과정을 거치다보면 어느 순간 번쩍하며 '이 정도면 극장에 상영할 수 있겠다'는 생각이 든다고 했다. 영화 「자백」(2016)을 제작할 때도 영화 「공범자들」(2017)을 제작할 때도 비슷한 경험을 했다고 한다. 그러나 그런 순간은 아직 내겐 막연할 뿐이다. 그저 흘러가는 시간을 믿고, 그 시간 안에서 최선을 다하는 방법뿐인가. 우리 영화에도 번쩍이는 순간이 찾아올 수 있을까.

2019년 2월 21일 목요일

1992년의 메시지

오후에 전쟁과여성인권박물관에 들러 김복동 할머니와 관련된 자료를 추가로 대출했다. CD와 테이프 등 할머니와 수요시위 관련한 자료들이다. 사무실로 돌아와 파일들을 살폈다. 100회, 200회 수요시위 모습이 영상으로 담겨 있었고, 초기 수요시위 모습이 담긴 사진들도 볼 수 있었다. 당시 시위 영상 속에서 시위대는 '정신대'라는 단어를 사용하고 있다. 지금은 근로를 위해 강제로 끌려갔던 '정신대'와 성노예로 끌려간 '위안부'라는 용어를 구분해 사용하고 있다. 생각해보니 불과 10년 전만 하더라도 '정신대 할머니'라는 말을 사용했던 기억이 있다.

자료 중 '1992년 김복동'이라고 쓰여 있는 CD가 있었다. 1992년은 김복동 할머니가 자신이 일본군 '위안부' 피해자라고 세상에 공개한 해이다. 혹시 당시 할머니를 만나 나눈 대화가 담겨 있지 않을까 싶어 CD 안에 있는 파일을 컴퓨터로 복사해 내용을 확인했다. 2개의 파일이 있었다. 파일 하나는 1시간 2분짜리, 또 다른 파일은 15분이 채 안 되는 분량의 파일이었다. 긴 분량의 파일을 재생했다. 검은 화면에 소리만 나왔다. 영상이 아닌 음성 녹음 파일이었다. 1992년은 비디오카메라보다 녹음기가 익숙한 시대였다. 파일을 재생하자 소리가 툭툭 끊겼다. 초반에 들려오는 목소리를 제대로 알아들을 수 없었다. 녹음된 테이프를 CD로 옮기는 과정에서 문제가 생긴 건가, 파일이 전체적으로 확인 불가능한 상황이면 어쩌나, 걱정됐다. 다행히 1분가량이 흐르자, 대화가 제대로 들리기 시작했다. 1992년 김복동 할머니의 목소리였다. 할머니의 목소리와 노랫소리가 한 공간에 섞여 있었다. 바스락거리는 소리, 누군가 이리저리 왔다 갔다 하는 부산스러운 상황이 이어졌다.

누군가가 할머니에게 질문했다. 함께 지냈던 동료가 기억나는지, 끌려가던 당시 상황이 어땠는지를 묻고 있었다. 순간, 부산으로 내려가 김복동 할머니를 처음 만났다는 윤미향 대표의 이야기가 떠올랐다. 바로 1992년 부산 다대포에서 김복동 할머니를 처음 만났던 상황을 녹음한 파일이었다. 그 사실을 깨닫는 순간, 온몸에 소름이 돋았다. 지금껏 들어보지도 못하고, 기대하지도 않았던 당시의 음성이 손에 들어온 것이다. 꿈만 같았다. 27년 전의 하루가 오늘로 살아 돌아온 듯했다.

김복동 할머니는 많이 답답한 것처럼 보였다. 연신 깊은 한숨을 내

쉬었다. 담배를 피우기 위해 라이터를 찾아 담배에 불을 붙이는 상황이 고스란히 녹음되어 있었고, 담배 연기를 길게 내뱉는 할머니의 숨소리도 들렸다. 할머니의 아파트 저 멀리 놀이터에서는 아이들이 뛰노는 소리가 들렸고, 어디에선가 자동차들이 도로를 지나는 소리도 들렸다. 할머니는 계속되는 질문에도 차근차근 대답했지만, 같은 질문을 계속 받을 때는 잠깐씩 큰 소리를 내기도 했다. 나는 높아지는 김복동 할머니의 언성 속에 담긴, 긴 세월의 분노를 느낄 수 있을 것 같았다.

1992년. 셈을 해보니 당시 할머니의 나이는 예순일곱. 그저 대화가 녹음된 파일이었지만, 뇌리에 남는 인상은 강력했다. 지금까지 확인한 어떤 영상보다, 전달하고자 하는 메시지가 명확한 음성이었다. 눈을 감고 들었을 때 온몸에 전해지던 간절함과 강렬함을 어떻게 하면 영화를 보는 관객에게도 고스란히 전달할 수 있을까. 고민이 시작된다.

2019년 2월 22일 금요일

방문을 조금 열어두고 손영미 소장 인터뷰

평화의우리집 2층 김복동 할머니 방에서 손영미 소장을 인터뷰했다. 얼마 전 손 소장이 할머니와의 추억을 떠올리며, 방문을 닫을 때는 항상 조금은 문을 열어두어야 한다는 말을 한 적이 있다. 손 소장의 인터뷰 장소는 그래서 할머니의 방문 앞으로 하고 싶었다. 아주 오랜 시간을 함께 지내다보니 김복동 할머니와 손영미 소장은 어느새 식구가 되었다. 김복동 할머니는 손 소장을 '천사'라고 불렀다. 할머니가 불렀던 천사라는 말 속에 손 소장이 할머니에게 전했던 배려의 깊이를 느낄 수 있었다. 그 배려심이 표현된 상황 중 하나가 문을 조금 열어두는 것이다. 그 할머니의 방문을 배경으로 손영미 소장이 앉았다.

"나는 말을 잘 못하는데……." 하며 손 소장은 오늘도 인터뷰를 꼭 해야 하는지 물었다. 자신이 한 일은 특별한 일이 아니기에 인터뷰할 것도 없다는 것이었다. 그러나 손 소장이야말로 김복동 할머니를 항상, 가장 가까운 거리에서 봐온 사람이었다. 묻고 싶은 말도, 듣고 싶은 말도 많았다. 인터뷰를 시작하기 전, 손 소장은 김복동 할머니를 간호하며 써둔 병상일지를 제작진에게 건넸다. 할머니의 정확한 병명과 복용한 약이 얼마나 되었는지를 묻자 기록을 찾아본다며 꺼낸 일지였다. 2017년 봄 처음으로 배가 아파서 응급실로 갔던 기록을 시작으로 최근 세상을 떠나기 전까지 할머니가 먹은 음식과 수면 시간, 혈변 여부 등이 고스란히 기록되어 있었다. 언제 이렇게 기록을 했는지 물으니, 손 소장은 "적어두지 않으면 모두 잊어버리잖아요."라고 말한다. 잊지 않기 위해, 일부러라도 시간을 내어 매일매일을 기록했다고 한다. 감탄하며 한 장 한 장 일지를 넘겼다.

언제부터 이곳에서 할머니들을 돌보기 시작한 건가.

—지역의 한 청소년 보호시설에서 근무하다가 2003년엔가 우연한 기회에 정대협에서 운영하는 쉼터에서 근무해보는 게 어떻겠냐는 제안을 받았어요. '위안부' 피해자들을 돌보는 일이라는 사실을 알고, 처음에는 좋은 일을 한다고 생각했어요. 그렇게 서울로 올라와서 할머니들과 함께 생활을 시작했어요.

피해 할머니들과의 생활은 어땠는지.

—처음 쉼터에 와서 본 할머니들의 모습은 사실 너무 끔찍했어

요. 적응이 잘 안 됐어요. 밤만 되면 할머니들이 저한테 그렇게 화를 내고 욕을 하시는 거예요. 시뻘건 눈물을 흘리며 악다구니까지 하시니까 견딜 수가 없었죠. 저는 그런 모습을 상상도 해본 적이 없었어요. 그때 저도 엄청 많이 울었어요. 왜 나한테까지 저렇게 욕을 하시는 건지 도무지 이해가 안 됐거든요. 너무 힘들었고, 무서웠어요. 견딜 수가 없어서 몇 번이나 사표를 냈어요. 사표를 내면 설득당하고, 다시 마음을 다잡고 '버텨보자' 하고 견뎠어요. 그런 상황이 반복됐어요. 그러다 마지막 사표를 냈을 때, 우리가 아니면 누가 저 피해자들을 돌보냐는 얘기를 들은 이후로 저도 마음을 다르게 먹었어요. 그 전까지는 어쩔 수 없이 하게 된 일이라고 생각하며 할머니들을 대했는데, 마지막 사표를 낸 일을 계기로 나약함을 버리게 된 거 같아요. 사명감을 더 느끼게 됐어요. 사회복지사로 활동한 제 지난 경력을 모두 버리고, 피해 할머니들을 돌보는 게 제 운명이라고 생각하기 시작했던 것 같아요. 할머니들의 행동과 마음을 이해하고 싶어서 공부도 시작했고, 내친김에 대학원에도 진학해서 학위도 땄어요. 그러면서 좀 마음을 열게 됐다고 할까요. 할머니들의 입에서 나오는 욕과 터져나오는 화 속에 숨겨진 상처를 조금이나마 이해하게 된 것 같아요. 이상한 건 제가 그렇게 변하니까, 할머니들도 저를 다르게 대하기 시작하더라고요. 조금씩 인간적인 관계가 되어갔어요. 닫혀 있던 할머니들의 마음도 열리기 시작했고요.

김복동 할머니와 생활하기 시작했을 때 어땠나.

—김복동 할머니가 쉼터에서 생활하기 시작한 건, 부산에서 눈 치료를 위해서 서울에 와서 머무를 때부터였던 거 같아요. 2008년인가, 2009년인가. 그때 할머니를 처음 봤어요. 할머니하고 저하고 고향이 같아요. 경남 양산. 그것 때문에 조금 쉽게 가까워질 수 있었던 것 같아요. 김복동 할머니에 대한 인상을 한마디로 표현하면 '철두철미'예요. 새벽 5시면 일어나 씻고, 운동하고, 방 청소하고, 7시가 되면 아침 식사를 해요. 그렇게 규칙적인 생활을 하는 모습을 보면서, 빈틈없는 삶을 사는 할머니라는 생각을 했어요. 그러면서 정도 많았어요. 물론, 모든 사람에게 다 정겹게 대하신 건 아니에요. 그렇지만 일단 얼굴을 익히고, 함께 활동했던 사람에게 할머니는 누구보다 정이 많았어요. 실제 할머니는 눈도 잘 안 보이고, 몸도 불편했는데도 불구하고, 함께 지내는 길원옥 할머니를 많이 챙기셨으니까요.

함께 생활하고 가까이 지켜보며 할머니가 처음 만났을 때보다 변해간다는 것을 느꼈나.

—네, 그랬죠. 할머니는 처음에는 정말 너무나 무뚝뚝했어요. 그런데 함께 지내면서 표정이나 성격이 조금씩 변하셨는데, 제 개인적인 생각으로는 수요시위가 할머니를 변화시킨 것 같아요. 언제부턴지 시기를 특정하기는 힘들어요. 정확히 언제부터다 하면, 저는 그날을 기억하지는 못해요. 그런데, 수요시위를 다녀오시면 할머니 표정이 달라져 있었어요. 일주일에 하루, 1시간이었지만 수요시위에 참석해서 어린 학생들과 젊은 친구들을 보고 오면, 할머니 얼굴에 화색

이 돌았어요. 수요시위가 일종의 '교감의 네트워크'였던 거죠. 실제 할머니가 암 투병을 시작하고 몸이 많이 나빠지면서 가장 안타까워한 것도 수요시위에 자주 참석하지 못한다는 사실이었어요. 다른 피해 할머니들도 이제 다 몸이 불편해서 움직이지 못하게 되면서, 할머니는 큰일이라는 말을 많이 하셨어요. "나까지 없어지고 나면 일본 정부가 더 부정할 텐데……." 이런 말씀도 자주 하셨고요. '2015 한일합의' 이후로는 아무것도 해결되지 않은 채 시간만 흘렀잖아요. 할머니는 그걸 그렇게 안타까워하셨죠. 다른 피해자 동료들이 세상을 떠나는 모습을 보면서, 김복동 할머니도 많이 아파하셨어요. 특히, 김군자 할머니가 세상을 떠났을 때 무척 아파하셨던 모습이 기억나네요. 살았을 때 찾아가 얼굴 한번 볼걸 그랬다면서 며칠을 아파하셨어요. 그렇게 동료들이 세상을 떠나는 모습을 지켜보면서 아마 그런 생각을 하지 않았을까요. 내가 살아 있을 때, 이 문제를 꼭 끝내고 가야겠다고요.

그렇게 열심히 세상에 일본군의 성노예제도를 알리고 일본 정부의 사죄와 배상을 촉구했는데, '2015 한일합의'가 발표됐다. 그리고 합의 얼마 후에는 할머니가 암에 걸리셨다.

— '2015 한일합의'는 큰 상처였죠. 온 국민에게도 큰 상처를 주는 합의였는데, 당사자에게는 어떻게 다가갔겠어요. 당시에는 곁에서 그런 할머니의 모습을 지켜보는 일 자체가 너무나 힘들었어요. 배신감, 좌절감, 분노, 절망. 이런 안 좋은 단어들이 할머니를 휩쓸었죠.

그 당시 할머니는 방에서 움직이지도 않으시고, 한숨만 내쉬셨어요. 누가 뭐라고 해도, 위로도 안 되던 때였어요. 너무나 많이 걱정됐어요. 할머니는 화가 나면 밥을 잘 드시지 못했거든요. 이상하게 화가 났을 때면 늘 입이 까칠하다고 하면서 식사를 하지 않았어요. 그런데 한일합의 뒤에는 한동안 '입이 까칠하다'는 말을 계속 하셨어요. 너무 힘들어하셨죠. 2017년 3월 어느 날 아침이었어요. 할머니가 평상시처럼 아침 식사를 하셨는데 갑자기 배가 아프다며 소리를 치시는 거예요. 너무 깜짝 놀라서, 구급차를 불렀어요. 응급실에 가보니까 아랫배가 딱딱한 채로 볼록 튀어나와 있었어요. 이런저런 검사를 했는데, 대장에 용종이 가득 차 있다는 거예요. 그 용종이 너무 많으니까, 장 활동이 멈춘 것처럼 보이고, 또 배가 딱딱하게 굳은 것처럼 보인 거예요. 그렇게 대장암 판정을 받으시고, 용종도 제거하셨어요. 그래도 할머니가 삶에 대한 의지가 굉장히 강했어요. 당시 의사가 할머니에게 술, 담배 모두 끊어야 한다고 했고, 할머니는 진짜 그 좋아하던 술, 담배를 끊으셨어요. 금단 현상이 오긴 하더라고요. 한동안 괴로워하셨지만 계단도 오르내리시면서 가벼운 운동도 시작하셨고요. 다시 일어나서 싸워야 한다는 생각이 강하셨어요.

그런데 그해 겨울, 대장암이 전이되어 복막암 판정을 받았어요. 2017년 겨울에 다시 입원해서 제거 수술을 받았어요. 체력을 회복한 다음에는 항암치료도 시작하셨어요. 그런데 항암치료가 정말 힘들더라고요. 저는 항암치료를 받는 할머니 모습을 보면서 할머니 몸집이 아주 작다는 것을 느꼈어요. 온몸을 새우처럼 굽혀서 앓는 모습이 너무 마음이 아팠어요. 근데 할머니가 그 항암치료를 결국 그만두셨어요. 몇 차례 치료했는데 너무 힘이 드니까, 차라리 항암을 하면서 몸을 망치는 것보다 관리하면서 암을 이겨내겠다고 결정하신 거죠. 그것도 다 할머니가 판단하신 거예요. 그때 할머니는 지옥 같은 전쟁터에서도 살아 돌아왔는데, 이까짓 암, 다 물리칠 수 있다는 자신감이 있으셨어요.

할머니가 돌아가신 사실이 믿어지나.

—아니요. 저는 지금도 아침에 눈을 뜨면 습관처럼 여기 2층으로 와요. 올라와서 "할머니." 하고 불러요. 제가 아침마다 할머니에게 인사하러 올라와서, 늘 하던 말이 "할머니, 사랑합니다."였거든요. 그러면 할머니는 항상 "나도." 하고 대답해주셨어요. 이제 그 대답을 해줄 사람이 없다는 것이 여전히 믿기지 않아요. 그래도 할머니가 아프지 않은 곳에 갔으니까…… 그곳에서는 편안하게, 고통을 느끼지 않고, 웃으면서, 보고 싶은 세상 마음껏 보고…… 잘 지내셨으면 좋겠어요. 인터뷰 그만해요, 이제.

손영미 소장은 흘러내리는 눈물을 훔치며, 몸을 뒤로 돌렸다.

• 2020년 6월 세상을 떠난, 고 손영미 소장의 명복을 빕니다.

2019년 2월 23일 토요일

"돌아가셨대요."

햇볕이 가득 들어오는 아침, 평화의우리집 거실에서 길원옥 할머니가 뽁뽁이를 터뜨리고 있다. 할머니는 뽁뽁이가 터지면서 나는 바람 소리가 재미있는지 연신 미소를 짓고 계신다. 길원옥 할머니의 행복한 모습을 보면서, 나는 길원옥 할머니의 기억에 남아 있는 김복동 할머니의 모습이 궁금했다. 정식 인터뷰는 아니었지만, 할머니 옆자리에 앉아 김복동 할머니를 기억하는지 물었다. 길원옥 할머니는 한참 뽁뽁이를 터뜨리다가 시무룩한 표정이 되어 말한다.

"김복동 할머니, 돌아가셨대요."

나는 놀랐다. 차라리 기억이 안 난다고 말하면, 할머니의 말을 이해할 수 있었을 것이다. '돌아가셨대요'라는 말은 무슨 의미일까. 혹시 나를 시험하시는 걸까, 장난하시는 걸까. 많은 생각이 교차한다.

나는 다시 한번 길원옥 할머니에게 김복동 할머니가 돌아가신 게 맞는지 물었다. 할머니는 내가 같은 질문을 또 해서인지 고개를 돌리고는 요양보호사에게 묻는다.

"아줌마, 김복동 할머니가 돌아가셨지?"

요양보호사는 대답한다.

"네, 돌아가셨어요."

요양보호사의 말을 들은 길원옥 할머니는 그 대답을 나에게 전달해준다.

"김복동 할머니, 돌아가셨다네요."

나는 대화를 이어갈 수 없었다. 내민 마이크도 거두지 못했다. 얼마간을 그 자리에 그대로 멍하니 앉아만 있었다.

2019년 2월 28일 목요일

봄의 문턱

출근길 곳곳에 겨울눈을 뚫고 잎을 틔우기 시작한 나뭇잎이 눈에 띄었다. 김복동 할머니가 걸어온 길을 짚어내보자는 마음으로 시작한 작업이 가을과 겨울을 지나 어느새 봄의 문턱 앞에 서 있었다. 세상을 떠난 할머니의 자취를 찾아 나는 여전히 헤매고 있다. 이제 조금, 할머니의 형체가 희미하게 눈에 들어오기 시작했다고 할 수 있을까. 그런데 벌써 봄이라니. 꽃이 피고, 잎이 돋듯이 우리 영화도 제 스스로의 생명력을 뽐낼 수 있을까.

2019년 3월 4일 월요일

화해치유재단

피해자들은 '2015 한일합의'를 인정하지 않았다. 그런데도 한국 정부는 일본 정부와 맺은 합의를 이행한다며 재단 설립에 적극적이었다. 합의를 맺은 지 불과 몇 개월 만에 일사천리로 '화해치유재단'을 만들었다. 김복동 할머니는 그렇게 만들어진 재단을 제발 좀 없애달라며 1인 시위를 벌였다. 암 수술 후 몸이 회복도 되지 않은 상태였다. 나가지 말라는 만류에도 나가야 한다며 거리로 나섰다고 한다.

화해치유재단은 일본 정부에서 낸 10억 엔으로 만든 재단이다. 가해자들이 말하는 '화해'와 '치유'는 대체 어떤 의미일까. 화해치유재단 출범일은 2016년 7월 28일이다. 그날 촬영된 뉴스 영상을 확보했다. 윤병세 당시 외교부장관, 강은희 당시 여성가족부장관, 김태현 당시 화해치유재단 이사장, 그 외 재단이 설립되는 데 물심양면으로 애써온 인사들이 현판 앞에서 기념 촬영을 하고 있었다. 그 현장 밖에서는 대학생들이 시위를 하고 있다.

재단 설립을 기념하며 모인 당시 정부 책임자들의 모습을 보고 있으니, 화해치유재단을 치를 떨며 싫어했다는 김복동 할머니의 마음을 조금은 알 수 있을 듯하다. 화면 속 그들의 표정은 무척 환하고 자랑스러워 보인다. 조금이라도 화면에 잘 나오고 싶어 기쁨의 미소를 보인다. 그들에게는 그렇게나 기쁜 날이었던가.

2019년 3월 8일 금요일

할머니의 쓸쓸함 안선미 팀장 인터뷰

"이런 모습이 제가 생각하는 김복동 할머니의 모습이에요." 할머니와 오랜 시간 해외 캠페인을 함께 했던 안선미 정의기억연대 전 국제팀장이 사진 한 장을 보여주며 말했다. 사진 속 김복동 할머니는 앙상한 다리를 구부린 채 방바닥에 비스듬하게 누워 있다. 연노란 햇살이 창을 통해 방 안으로 밀려들어오고, 할머니는 눈을 감고 있다. 눈을 감고만 있는 것인지, 잠을 자는 것인지는 알 수 없다. 안 팀장에게 할머니는 '고된 활동을 마친 후, 지친 몸을 뉘어 쉬는 모습'으로 남아 있다고 했다.

이 사진을 보면 떠오르는 단어가 있나.

—쓸쓸함? 감독님은 제 말이 이해되실지 모르겠지만요, 할머니

가 강연같이 사람들 앞에 나서는 일을 끝내고 나면 하나의 의식처럼 하던 행동이 있었어요. 바로 담배를 피우는 거였어요. 할머니가 담배 연기를 뿜어내는 모습을 보면서, 아마도 헛헛한 마음을 그 담배 연기와 함께 뿜어내는 게 아닐까, 그런 생각을 했어요. 왜냐하면, 담배를 피우는 그 순간에도 할머니는 항상 무언가를 생각하고 있었거든요. 남들은 이제 쉬려고 하는 때, 심지어 자려고 누워 있을 때도 할머니는 뭔가를 끊임없이 생각하고 있었어요.

그래서 제가 할머니한테 "할머니, 무슨 생각해?" 물으면 할머니는 "그냥…… 집을 몇 채 지었다가 허물었다." 하셨어요. 할머니는 그것을 '공상'이라고 표현했어요. 할머니 머릿속에 생각의 탑을 쌓고 다시 부수기를 반복하는 거죠. 저는 그런 할머니의 모습이, 낯선 사람들에게 자신의 이야기를 계속 증언해야 하는 삶에 대한 고민, 그러면서 밀려드는 여러 감정, 회한 같은 것들 때문에 만들어진 게 아닐까 생각했어요. 그래서 저한테 할머니는 '쓸쓸함' 같은 단어로 남아 있어요. 대중 앞에서는 당당하고 굳센 모습이었지만, 뒤에서는 끊임없이 고뇌에 휩싸인 거잖아요. 고독함, 외로움, 쓸쓸함. 저는 할머니에게서 그런 모습을 봤던 것 같아요.

쓸쓸함이라는 말이 꽤 인상 깊다. 늘 당당하고 용기 있는 모습만 본 것 같은데.

—할머니가 증언한다는 것은, 결국 악몽 같은 자신의 이야기를 모르는 사람들 앞에서 말하는 거잖아요. 그 모습이 저는 정말 가슴이

아팠어요. 물론 할머니들은 부끄러움이나 수치심 같은 감정은 다 이겨낸 분들이기 때문에 할머니가 말하고 설명하는 내용 그 자체가 저를 아프게 한 것은 아니에요. 다만 이렇게까지 아픈 이야기를 해야만 하는 당신의 신세, 이렇게 숱하게 돌아다니는데 하루아침에 변하는 일은 아니니까 했던 말을 또 해야 하는 상황, 그러기 위해서 아픈 기억을 끊임없이 되새김질해야 하는 할머니의 마음. 저를 아프게 한 것은 이런 무대 뒤 할머니의 마음이었거든요. 그리고 이야기를 다 털어놓은 후 군중들이 사라진 뒤에는, 다시 또 혼자 남아서 내 삶을 쓸쓸히 돌아봐야만 하잖아요. 그게 마음이 아팠어요.

그 정도로 힘든 시간이었다면, 사실 할머니가 나는 못하겠다, 힘들다 이렇게 말할 수도 있지 않았을까.

—그저 어느 순간부터 할머니는 그것을 자신의 사명으로 받아들이셨던 게 아닐까 싶어요. 길원옥 할머니도 예전에는 그렇게 말씀하셨거든요. "나를 이렇게 살려둔 것은, 하나님이 그 고생한 나를 이렇게까지 살려둔 것은, 다 뜻이 있는 거다." 아마 그런 면에서 김복동 할머니도 분명 어떤 사명감이 있지 않았을까 싶어요. '남은 삶은 이 문제를 해결하는 데 써야 한다'는 마음처럼요.

그렇대도, 끊임없이 지난 시절 겪었던 일을 되뇌는 건 보통 일이 아니었을 것 같다.

—할머니는 자신이 겪은 피해가 오롯이 있는 그대로 다른 사람

들에게 드러나야만 한다고 생각했어요. 중일전쟁 당시에 전쟁터로 끌려간 사실, 태평양전쟁을 겪은 뒤 전쟁이 끝나고는 3년이 지난 후에야 살아 돌아온 사실, 그렇게 기적처럼 살아 돌아왔다는 사실을 그대로 사람들에게 전달해야만 한다고 생각했어요. 그래야 이 끔찍한 전쟁의 참상과 할머니 같은 피해자의 실상이 일반 사람들에게 전해질 수 있다고 생각하셨던 것 같아요.

결국 할머니 스스로가 전쟁 참상을 겪을 당시의 모습을 사람들에게 그대로 보여주는 것이 효과적이라는 생각을 했던 게 아닐까 싶다. 2013년 7월, 미국 글렌데일 소녀상 제막식이 대표적일 것 같다.

—그렇죠. 할머니는 미국에서 그 '평화의 소녀상'이 세워지는 것이 굉장히 크고 중요한 일이라는 것을 스스로 잘 알고 계셨던 것 같아요. 당시는 일본의 훼방이 극심한 때이기도 했고, 자꾸만 일본 정부가 사실을 부정하기 시작한 때이기도 하거든요. 아마, 우리 운동이 처한 위기감을 할머니가 스스로도 느꼈던 때가 아닐까 생각이 들어요. 그런 상황에서 해외에서 처음으로, 그것도 미국 한복판에 '평화의 소녀상'이 세워지는 것이니 그 행사가 가진 중요성을 정확히 알고 있었던 거죠. 그랬기 때문에 할머니도 당신이 행사에 참여할 때, 전 세계 언론을 상대로 효과를 극대화하기 위해서 한복도 직접 소녀상과 비슷한 모양으로 제작한 거라고 생각해요. 그런 면에서, 할머니는 또 자신의 힘으로 강력한 메시지를 전하는 방법이 무엇인지를 알고 있었던 거죠.

그때 현장에 함께 가셨을 테니까 여쭤보겠다. '평화의 소녀상'과 함께 사진 촬영을 끝낸 할머니가 자리에서 일어나며 소녀상 무릎을 두드리고는 뭔가를 말씀하신다. 그때 할머니가 한 말이 혹시 뭔지 알고 있나.

— 그때 할머니가 "너를 이렇게 혼자 두고 가서 어쩌냐." 하고 말했던 것 같아요. 어렵게 미국에 소녀상을 세웠지만, 저희가 다시 한국으로 돌아가게 되면, 소녀상만 그곳에 덩그러니 남는 거잖아요. 할머니는 그게 안타까웠던 것 같아요. '2015 한일합의' 다음 날, 외교부 차관이 평화의우리집을 찾아왔을 때도 할머니는 "왜 소녀상을 들먹거리나. 그것은 터치할 말이 아니다."라고 말씀하시거든요. 그런 걸 보면, 할머니에게 '평화의 소녀상'은 자기 자신을 상징하는 존재일 수도 있지만, 동시에 반드시 내가 지키고 보호해야만 하는 존재로 생각했던 게 아닐까 싶어요. 원래 할머니는 다른 사람이든 물건이든, 당신 손으로 다른 대상을 만지는 것을 좋아하는 성격이 아니에요. 그런데 소녀상은 예외였어요. 비록 사람은 아니지만 자연스럽게 머리도 쓰다듬어주시고, 손도 어루만져주시고 하는 모습을 보면, 당신 자신을 소녀상에 녹인 게 아닐까, 그런 생각이 들어요.

'평화의 소녀상'도 그렇고, 그 당시엔 뭔가 굉장히 희망이 있는 싸움을 했다는 느낌이다. 물론, 나중에 정부로 인해 다시 엉망이 되어버렸지만.

— '2015 한일합의' 전에 할머니는 이 문제가 제대로 해결될 수

있겠다는 희망을 가지고 있었어요. 이번에는 해결이 나겠구나, 하셨죠. 물론, 이 싸움을 수십 년간 해왔기 때문에, 이 문제가 하루 이틀로 끝날 싸움이 아니라는 것도 아마 잘 알고 있었을 거예요. 어쨌든 그 긴 시간 동안 좌절과 실망을 끊임없이 반복했지요. 하지만 그런데도 할머니는 항상 기대가 있었어요. 이길 수 있다, 끝낼 수 있다, 이런 믿음이요. 사실, 그런 기대가 있었기 때문에 할머니가 마지막까지 자신을 '쥐어짰다'고 표현할 수 있을 것 같아요. 할머니가 해외에 다녀오시면 굉장히 힘들어하셨거든요. 연세도 있으시고. 저희에게도 힘든 일정이었으니까요. 한번 해외에 나갔다 돌아오시면 오랫동안 앓기도 하셨고, 눈도 안 좋아지시고 허리도 안 좋아지셨어요. '이번에는 끝내야만 한다'는 다짐이 있었기 때문에, 그렇게 자신을 쥐어짜면서까지 움직였던 게 아닌가 싶어요. 저희가 힘들면 좀 쉬셔도 된다고 말씀을 드리면 항상 "그래도 해야지." 그러셨어요. 항상 "내가 해야 한다. 다른 누구도 아닌, 내가 해야 한다."라면서 자신을 압박했다고 해야 하나? 나중에는 길원옥 할머니도 상황이 안 좋아져서, 말씀을 잘 못하게 되는 모습을 김복동 할머니가 곁에서 지켜보셨으니까요. 그래서 자신이 더 움직여야 하는 사람이라는 것을 스스로 주문 걸듯 하시지 않았을까…….

시대가 김복동 할머니를 필요로 했던 것 같다.

— 그렇죠. 2010년 넘어서부터는 할머니가 움직여야만 하는 시대가 된 것 같아요. 1990년대 초, 김복동 할머니가 이 운동에 처음 발을

들일 때만 해도 어쩌면 할머니는 이 싸움을 그렇게 심각하게 생각하지 않았던 것 같아요. 실제로 그렇게 적극적이지도 않았고요. 할머니가 아니더라도 다른 피해자들이 더 적극적으로 문제를 알리고 싸웠잖아요. 많은 할머니들이 살아 계시기도 했고요. 그러니 할머니가 다시 부산으로 내려갈 때만 해도 딱히 할머니가 필요 없는 시대였는지도 몰라요. 아마도 할머니는 해결될 가능성이 없다고 생각했던 것 같아요. 그러다 2010년 다시 서울로 올라오시고, 2011년 정부가 나서야 한다는 헌법재판소 판결 이후 상황이 변하고, 함께했던 할머니들이 하나씩 둘씩 세상을 떠나는 모습을 보면서, 할머니 마음이 움직인 게 아닐까, 저는 생각해요. 이제는 내가 해야겠다, 마음먹은 할머니가 지금 우리가 기억하는 김복동 할머니가 아닐까 싶은 거죠. 일련의 시대 흐름 속에 김복동 할머니가 있었고, 그 시대의 요구를 할머니가 직접 스스로, 책임감을 가지고 해냈다고 볼 수 있는 것 같아요.

그랬기 때문에 '2015 한일합의'가 더 충격이었을 것 같다.

—할머니가 항상 했던 얘기가 있어요. 뭐냐면, 이 일이 돈 몇 푼 받자고 하는 일이 아니라는 거였어요. 할머니는 항상 '사과'라는 말이 아닌 '사죄'라는 말을 썼어요. 너희들이 나에게 저지른 죄에 대해 용서를 빌라는 거였죠. 그리고 또 '보상'이 아니라 '배상'이라고 하셨어요. 잘못한 죄에 대해 법적으로 배상금을 받아야겠다는 거였죠. 그런데 '2015 한일합의'는 사죄도 없고 배상도 없었잖아요. 이 문제를 그저 돈으로 덮어버리겠다는 속셈이었잖아요. 심지어 아베는 사

과를 박근혜 전 대통령에게 했다고 말했잖아요. 그런 게 할머니에게는 커다란 상처가 된 거죠. 할머니는 단돈 1원을 받더라도 '배상금'을 받아야 한다, 그게 아니면 의미 없다고 하셨거든요. 그런데 정체도 불분명한 화해금, 치유금, 위로금 같은 이야기를 우리 정부가 나서서 하니 할머니는 속이 타들어가고, 답답하고, 잠도 오지 않는 그런 상황이 돼버린 거죠. 특히 우리 정부가 소녀상 철거를 할머니들과 협의한다는 말이 당시 합의문에 포함됐잖아요. 그것 때문에 할머니는 더 우리 외교부를 용서할 수 없다고 했어요. 할머니가 수요시위에 나가면 사람들이 소녀상과 함께 사진도 찍고, 추운 날은 모자, 장갑도 씌워주고 비가 오면 비옷도 입혀주고 하는 모습을 오랫동안 지켜봐온 거잖아요. 할머니에게는 소녀상만이 아닌, 소녀상을 중심으로 모여드는 사람들이 보였던 거니까요. 그런데 가해자들이 요구한다고 해서 우리 정부가, 그런 교감의 대상을, 소녀상을 철거하도록 노력하겠다는 말하니 얼마나 미웠겠어요.

할머니는 안선미 팀장을 '현미'라고 불렀다고 한다. 그렇다고 할머니가 안 팀장의 이름이 '선미'라는 사실을 모르는 것도 아니었다. 안선미 팀장은 자신이 더 이상 '현미'로 불리지 않는 데서 할머니의 부재를 느낀다고 했다.

2019년 3월 9일 토요일

평화의 소녀상 김서경, 김운성 작가 인터뷰

'평화의 소녀상'을 제작한 김서경, 김운성 작가를 그들의 파주 작업실에서 만나기로 했다. 한적한 시골길을 달리자 창고처럼 생긴 큰 작업실이 나왔다. 작업실 안에는 갖가지 조각상들이 가득했다. 다양한 모습의 소녀상도 보였다. 석유난로를 틀어도 따뜻해지는 데 시간이 오래 걸렸다.

'평화의 소녀상'의 정식 명칭은 '평화비'다. 2011년 12월 14일, 1,000회 수요시위를 기념하며 세상에 모습을 드러냈다. 당시, 어떤 과정을 거쳐서 '평화의 소녀상'이 만들어진 것인지가 우선 궁금했다. 그 과정을 정확히 알아야만 김복동 할머니를 비롯한 다른 할머니들이 소녀상에 애착을 가졌던 이유를 알 수 있지 않을까. 김서경, 김운성 작가는 대학에서 조각을 전공한 부부 작가로, 자신들을 문화예

술이 아닌 정치사회 면에 자주 등장하는 작가라고 소개했다. 소녀상의 기획과 작업은 두 작가의 손에 의해 이루어졌다.

—김운성: 2011년 초였을 거예요, 아마. 종로에서 일을 마치고 길을 걷고 있는데 한쪽에서 노인 몇 명, 활동가 몇 명, 모두 20명도 안 돼 보이는 사람들이 모여서 '사죄하라, 배상하라' 같은 말을 하며 시위를 하는 모습을 봤어요. 처음에는 그 곁을 그냥 무심히 지나갔어요. 그러고는 조금 가다가 뒤를 돌아보니까 그 사람들 맞은편에 일장기가 휘날리고 있더라고요. 그걸 보고, '아, 이게 그 일인가?' 생각이 들었어요. 무슨 내용인지는 잘 몰랐어요. 그냥 '위안부' 할머니들이 시위하는 건데, 아직도 해결이 안 됐구나, 생각했죠. 제대로 아는 게 없으니까요. 저희가 나름대로 사회활동에도 꾸준히 참여하고 있다고 생각했는데, 할머니들의 당시 상황을 전혀 몰랐던 게 자꾸 미안하고 생각이 나더라고요. 집에 돌아왔는데도 낮에 본 그 시위 현장이 머릿속에서 지워지지 않는 거죠. 그래서 김서경 작가에게도 낮에 본 그 수요시위 이야기를 했어요. 한번 찾아보자, 우리가 뭐라도 할 게 있지 않겠냐, 그래서 수소문해서 정대협을 알게 됐고, 무작정 찾아가서 얘기했어요. "우리가 미술 하는 사람들인데, 미술로 봉사할 수 있는 부분이 있다면 그동안 나의 무지와 죄책감을 좀 덜 수 있을 것 같다." 그랬더니 그해 12월에 1,000회 수요시위가 있는데, 그때 시위 현장에 1,000회 수요시위를 기념하는 비석을 하나 세우고 싶다고 얘기하시더라고요. 까만 비석이든 작은 비석이든 기념비를 하나 세우

고 싶다고요. 그걸 좀 만들어줄 수 있겠냐고 해서 '그러자' 하고 작업을 시작하게 된 거죠.

너무나 모르고 살았던 데에 대한 미안함. 그 미안함을 조금이나마 갚을 수 있겠다는 마음으로 시작한 일이었지만 작업은 쉽지 않았다. 1,000회 동안 그 자리에 머물렀던 할머니들을 기리는 상징물에 어떤 메시지를 담을 것인지를 결정하기부터가 쉽지 않았다고 한다. 그냥 비석만 세우고 말 것인지, 20년을 싸워온 늙은 피해자들의 모습을 형상화할 것인지, 날이 갈수록 혼란스러워져만 갔다. 그렇게 고민하고 있을 때, 김서경 작가가 인형 하나를 초벌로 만들어 김운성 작가에게 보여주었다. 현재, 일본대사관 앞에 놓인 소녀상의 초안이었다. 김서경 작가는 피해자들이 왜 여전히 일본대사관 앞에 앉아서 시위하는 것인지 그 이유를 조형물을 통해 알리는 것이 기념비를 제작하는 가장 중요한 기본이었다고 말했다.

— 김서경: 피해자의 모습이 할머니가 아니라, 끌려갈 당시의 모습이어야 한다는 생각이 들었어요. 끌려갈 당시의 모습, 즉 소녀의 모습을 하고 있어야 한다고요. 지금이야 많은 사람들이 일본군 '위안부' 관련한 내용을 어느 정도 알게 됐잖아요, 과거에 비해서요. 2011년 당시만 해도 많은 국민들은 일본대사관 앞에 할머니들이 앉아 시위를 하는 정확한 이유를 몰랐어요. 제대로 아는 사람들이 드물었죠. 특히 할머니들이 전쟁터에 끌려가던 때만 해도 열다섯, 열여섯

살 소녀였다는 사실, 그런 사실을 당시 떠올리는 사람들도 드물었고요. 사람들은 그저 시위 현장에 앉아 있는 피해자들이 할머니인 모습만 본 거니까요. 그런데 저는 이 할머니들이 겪었던 일이 무엇인지를 사람들이 제대로 느끼도록 만들고 싶었어요. 전쟁터에 끌려가 군인들로부터 몹쓸 일을 당할 때, 이 할머니들의 나이는 불과 열다섯 살 소녀들이었다는 사실을요. 스스로 판단해서 간 게 아니라, 억지로 끌려갔다는 사실을요. 이를 통해 사람들이 '세상에, 저렇게 어릴 때 끌려간 거야? 저렇게나 어릴 때였어?' 이런 반응을 주는 게 필요하다고 생각했어요. 그렇게 해야만 지금 살아 있는 피해 할머니들에게 더 많은 국민들이 공감하고, 더 가까이 다가갈 수 있지 않을까. 사실 '평화의 소녀상'을 제작하기 전에도 저는 종종 '꿈을 빼앗긴 소녀'의 모습을 떠올리곤 했어요. 할머니들이 끌려간 게 불과 사춘기 시절이잖아요. 그때야말로 인간에게 꿈이 가장 많을 때인데, 그 시절을 빼앗긴 사람들의 아픔을 표현하고 싶었어요. 열다섯, 열여섯, 열일곱 살. 그 좋은 시절을 할머니는 전쟁터에 끌려가서 노예로 생활한 거잖아요. 그 시절 꿈꾸었던 모든 것들이 지옥 같은 현실 속에서 속절없이 무너졌을 거고요. 하늘이 무너져내리고, 땅이 꺼지고, 끝도 없는 나락으로 떨어지는, 그런 상황에서도 버텨낼 수밖에 없었던, 당시 피해 소녀들의 아우성, 소리 없는 울음, 견딜 수 없는 괴로움, 그런 감정들을 떠올렸어요. 그런 상황과 감정들을 표현하기 위한 형상으로 자연스럽게 소녀상을 구상했던 것 같아요.

현재의 '할머니'가 아닌 과거의 '소녀'를 보여주는 것으로, 오늘을 사는 우리에게 피해자들이 겪었던 아픔을 느낄 수 있도록 해주고 싶었다는 생각. 그것이 '평화의 소녀상'의 시작이었다. 소녀를 떠올리며, 김서경 작가는 마음속에 가상의 인물을 한 명 만들었다. '순이'라는 이름을 가진 소녀였다.

— 김서경: 딱히 누구를 모델로 하지는 않았지만, 제 마음속에 담아둔 인물은 있었지요. 바로 '순이'라는 이름으로 불리는 인상이었어요. 제게는 '순이'라는 이름이 주는 인상이 있어요. 단발머리, 동생을 등에 업고 다니면서 부모를 도와 집안일을 도맡아 하는 소녀, 촌스러워 보이는 외모인 듯하지만 책임감은 강하고 내면은 따뜻해 보이는 표정에, 시골에서 자랄 때 누구나 한번쯤 봤을 법한 동네 언니의 모습요. 그런 '순이'와 어울리는 이미지를 '평화의 소녀상'에 녹이려고 했어요. 그래서 얼굴은 너무 현대적이지도 또 너무 촌스럽지도 않은 모습으로 묘사하는 게 중요했어요. '순이'의 얼굴을 보면 1940년대 일제 식민지 시대도 떠올라야 했고, 당시 핍박받던 우리 민족의 모습도 느껴져야 했죠. 그런데도 끝까지 이겨냈던 강인한 우리 민족의 모습도 놓치고 싶지 않았고요. 그렇게 저희들만의 '순이'를 만들었던 것 같아요.

처음에는 자신만만했지만, 시간이 갈수록 어려운 작업이었다. 하루아침에 피해자들의 마음을 이해할 수도 없었다. 지금껏 너무 무관심하게 살았기에 피해자들의 마음에 쉽게 다가갈 수가 없었다. 그래서 더 자주 만났고, 더 많은 이야기를 들어야 했다.

—김운성: 할머니들이 가지고 있는 각자의 사연들이 있잖아요. 끌려갈 당시의 상황이라든가 끌려간 후의 심경 같은 것에 대해서 저희가 작업을 하면서 많이 물어봐야 했어요. 계속해서 감을 얻어야 하는 작업이니까요. 자극도 필요했고요. 할머니들이 이야기하는 당시의 상황을 듣고, 저희는 그 모습을 떠올렸지요. 그때 할머니들이 느꼈을 감정의 소용돌이가 무엇인지를 알아야 했거든요. 위안소에서 생활할 때 할머니들이 얼마나 비참했는지, 조선에서 온 할머니들을 바라보던 일본 군인들의 행동 하나하나까지 들었어요. 할머니들이 당시에 받았던 상처까지도 저희 마음에 새겨지더라고요. 사실, 그런 이야기를 들을 기회가 없잖아요. 그렇게 할머니들을 만나면 상상도 못해본 이야기들을 들려주시는데, 그렇게 얘기를 듣고 집에 돌아오면 둘 다 심장이 떨려서 밤늦도록 잠을 못 자는 거예요. 괴로워서. 마음을 무겁게 만드는 사실들이잖아요. 듣는 사람도 너무 끔찍해서 이렇게 분노가 차오르는데, 실제 그 일을 겪어야 했던 피해 당사자들은 얼마나 끔찍했겠어요. 그렇게 저희가 느꼈던 그런 감정들을 작품에 고스란히 녹여낸 거죠. 예를 들면, 그때, 저희가 느꼈던 할머니들의 억울함과 분노는 '평화의 소녀상'의 소녀가 무릎 위에 모아 쥔 손으로 묘사가 되는 거예요. 화가 난 당시 소녀들의 마음을 대신해서요.

그렇게 소녀상에는 피해자들의 사연이 곳곳에 스며들게 되었다. 소녀상의 뜯긴 머리카락은 누군가의 손아귀에 쥐어뜯긴 것을 표현하기 위해 삐죽삐죽하게 조각했고, 이는 할머니들의 수난을 상징하는 모습이 됐다. 또 입술을 앙다문 채 지그시 깨문 표정은 피해자들의 분노와 슬픔을 표현한 것이었다. 맨발로 발뒤꿈치를 들고 무릎을 붙이지 않고 앉아 있는 자세는 앉아서도 편히 쉴 수 없는 긴장감을, 그리고 고향에 돌아와서도 외면당한 채 살아야 했던 슬픔을 묘사한 것이었다.

—김서경: 저희가 마지막에는 그림자도 만들었어요. 할머니들이 언제나 일본대사관 앞을 바라보고 앉아서 시위를 하셨잖아요. 그 자리에서 일본대사관을 올려다보면 일장기 속에 있는 빨간 점이 보이거든요. 그 일본대사관 일장기가 소녀상을 비추면 그 그림자가 바닥에 생겨나도록 마무리를 한 거죠. 일장기, 즉 과거 일본군에 의해 비친 소녀상의 그림자는 일부러 할머니의 모습으로 새겼어요. 지금도 묵묵히 앉아서 일본대사관을 바라보는 할머니들의 모습이야말로, 저 일본 정부 때문이잖아요. 현실에서 이 동상의 주인공은 할머니이기도 하고요. 그게 현실이니까, 그 현실을 할머니 형상을 한 그림자로 반영한 거죠. 또, 그렇게 만들어진 그림자의 심장이 있는 자리에는 흰 나비를 새겼어요. 옛날부터 사람이 죽으면 나비로 환생한다고 하잖아요. 심장에 나비를 새겨서 이미 돌아가신 할머니들의 영혼이 흰 나비가 되었다는 것을 표현하고 싶었어요. 그런 여러 메시지들을

'평화의 소녀상' 속에 새겼죠. 그냥 단순한 소녀상이 아니라, 할머니들의 오늘을 만든 모든 이유가 담긴 소녀상을 만든 거죠.

'평화의 소녀상'이 만들어진 후, 할머니들이 두 작가를 향해 가장 많이 한 말은 '고맙다'는 말이었다. "우리를 이렇게 예쁘게 만들어줘서 고맙다." 그 이전에도 할머니들을 상징하는 예술작품은 여럿 있었다. 그러나 그 표현 방식은 할머니들의 삶을 존중하는 방식이 아니었다. 할머니들을 그저 피해자로 그리고, 상처 가득한 모습으로만 표현했을 뿐이었다. 할머니들에게 이는 또 다른 폭력이었고, 상처였다. 그 작품들은 결국 할머니들로부터 외면당했다.

—김운성: 이전에도 할머니들을 그린 작품은 수없이 많았어요. 중요한 건 할머니들이 그 작품들과 자신을 별개의 존재로 생각했던 게 아닐까 싶어요. 사람들에게 굳이 묘사해 알려주지 않아도 될 부분들까지 묘사하거나 고통을 직접적으로 묘사한 작품들 때문에 할머니들은 마음에 비수가 꽂힌 적이 많았다고 말씀하기도 했어요. 공감보다 상처를 부르면 안 되는 거잖아요. 그런 측면에서도 '평화의 소녀상'에는 복수, 분노의 마음보다는 할머니들이 빼앗긴 소중한 시절에 관한 이야기, 잊고 지냈던 어린 시절의 모습, 그리고 할머니들에게 건네는 위로가 담겨 있어요. 할머니들이 되찾고 싶은 건 결국 일본군에 빼앗기고 짓밟힌 인간다움, 존엄성이잖아요. 아마도 많은 할머니들이 이 소녀상을 통해서 잃어버린 당신들의 모습을 되돌아본

게 아닐까 생각합니다.

—김서경: 할머니들이 우리나라, 이 땅으로 돌아오셔서도 꽤 오랜 시간을 숨어 지냈잖아요. 숨죽여 지내야만 했고, 주변의 손가락질을 받으며 아프게 살아오셨잖아요. 숨기고 숨기다가 다들 할머니가 된 1990년대가 되어서야 비로소 자신들의 피해 사실을 세상에 알리게 돼요. 알려도 바로 인정받지 못하고, 한참을 외면 속에 살아야만 했고요. 그렇게 더 많은 시간이 흐르고, 세상이 변하고 나서야 할머니들의 피해가 당신들의 잘못이 아니라는 사실을 스스로 깨닫게 됩니다. 거기에 머물지 않고, 할머니들은 다시는 이런 비극이 없어야 한다면서 전 세계에 전쟁 당시 일본군의 만행을 알리잖아요. 그렇게 긴 시간을 노력하시는데, 이 '평화의 소녀상'이 할머니들의 노력과 염원에 더 쉽게 닿을 수 있도록 도움을 준 게 아닐까 생각해요. 그러면서 할머니들이 웃기 시작한 게 아닐까. 조금 더 힘을 얻고, 조금 더 버티고, 오래 사시려고 노력하고, 그렇게 노력하는 모습을 저희는 계속 보았어요. 할머니들이 수요시위에 나와 앉아 계시는 것만으로도 할머니들은 우리에게 힘이 되고, 할머니들도 그 자리에서 대중들로부터 힘을 받으셨던 것 같아요.

—김운성: 조금 더 부연하자면, 할머니들이 역사에서 인정받지 못하고, 20년을 싸워도 다 외면했는데, 어릴 적 자신들의 상징이 들어가면서 사람들이 더 많이 참여하게 돼요. 그러면서 할머니들이 여태까지 해온 일이 정당한 일이었구나, 하는 자존감을 되찾으시고, 정의감으로 더 많이 활동하신 것 같아요.

하지만 2011년, '평화의 소녀상'을 제작하는 내내 두 작가는 끊임없는 감시에 시달려야만 했다.

—김운성: 저희가 작업하는 내내 정보과 형사들도 작업실을 자주 다녀갔고, 전화도 많이 왔어요. 일본 기자들이 몰래 와서 저희 작업실을 촬영해 가기도 할 정도였어요. 지금은 상상하기 힘들지만, 당시엔 굉장한 압박 속에 놓여 있었던 시간이었어요. 제작을 끝낸 평화비를 1,000회 수요시위가 열리기 보름 전, 일주일 전, 3일 전에 그 자리에 세워놓으면, 정부가 와서 소녀상을 철거해버릴 것만 같았어요. 너무나 압박이 심했으니까 그런 생각을 할 수밖에 없었죠. 그래서 다 같이 의논해서 이 완성된 소녀상은 1,000회 수요시위 당일에 현장에 세우자고 계획을 했죠. 당일 새벽에 현장에 도착하니까 어마어마한 카메라 플래시가 터지는 거예요. 다 일본 기자들이었어요. 새벽부터 현장에 나와서 저희를 기다린 것 같았어요. 우리나라 기자들은 취재기자 한 명만 보이고 카메라는 안 보이더라고요. 저희가 설치를 시작하자 일본 기자들은 생방송을 시작하더라고요. 조형물을 차에서 내려놓는 것으로 설치가 끝나는 게 아니거든요. 제대로 설치하기 위해서는 땅을 파고, 돌을 자르고, 그것들을 또 끼워 맞추고 정리해서 자리에 고정해야 하는데, 그 시간이 굉장히 오래 걸렸어요. 소녀상을 만드는 것도 어려웠지만 거리에 소녀상을 설치하는 것도 쉬운 일이 아니더라고요. 한창 작업하는데 여기가 한국 땅인지 일본 땅인지 모르겠더라고요. 사방에서 일본어만 큰 소리로 들려오고 있었으니까

요. 오히려 한국 언론은 조용했어요. 일본 언론이 아주 난리였죠. 결국, 해 뜨기 전 어둠 속에서 시작한 소녀상 설치 작업은 해가 뜨고서도 한참이 지나서야 끝이 났어요.

일본 언론의 카메라 세례 속에서 작업을 마치면서도 두 작가는 두려움은커녕 오히려 피해자들의 안위를 걱정했다. 일본의 이런 병적인 집착을 할머니들이 알게 되면, 행여나 할머니들이 또 다른 상처를 입지는 않을까, 걱정된 것이다.

—김서경: 저희는 이 사람들이 저희를 공격하는 것에 대한 두려움은 전혀 없었어요. 저희는 원래가 신문의 정치사회 면에 자주 등장하는 예술을 하는 사람들이었으니까요. 그런 공격은 익숙하기도 했고, 그나마 견딜 수 있었어요. 하지만, 저희 작업이 할머니들이 걸어온 길에 누를 끼치면 안 되는 거잖아요. 그런 생각도 했어요. 밤에 어떤 미친 사람이 몰래 소녀상의 특정 부위를 잘라 할머니들에게 보내면 어떻게 하나. 그 사람들은 무슨 짓을 할지 모르는 사람들이잖아요. 또 저희가 협박 편지도 많이 받다보니까, 혹시나 그런 협박이 할머니들에게 가해지면 어떻게 하나, 걱정도 많이 됐어요. 그런데 당시 정부는 정말 아무런 도움도 주지 않더라고요. 일본 언론이 무단으로 작업실에 들어와서 플래시 터뜨리면서 대놓고 촬영하고 위협하는데, 왜 우리는 우리 정부로부터 보호받지 못하는 걸까, 그 생각을 참 많이 했던 것 같아요. 일본인들이 자국민 작업실에서 활개를 치는데도

보호받지 못하니까, 시간이 가면 갈수록 할머니들이 더 걱정된 거죠.

—김운성: 저희끼리 그랬어요. 2011년은 일제강점기도 아닌데, 왜 우리나라에서 이렇게 일본인들에게 조롱을 당해야 하느냐고요. 기분이 굉장히 많이 안 좋더라고요. 정부에서 와서 뭘 물어보는 것도, 지금 만드는 게 뭐냐, 언제 끝나냐, 그걸 만들어서 뭘 어떻게 한다는 거냐, 그런 질문만 하고 다른 나라 국민들로부터 저희를 보호하는 일은 뒷전이었으니까요. 그때를 생각하면 참 씁쓸해요.

'평화의 소녀상'은 그렇게 완성이 되었고, 작가들의 예상보다 더 큰 관심과 사랑을 받았다. 소녀상의 당사자인 할머니들뿐만이 아니라 어린 학생들과 시민들도 소녀상을 아껴주었다. 소녀상을 의인화하며 장갑을 끼워주기도 하고 목도리를 해주기도 했다. 때로는 털양말을 신겨주고, 비가 오는 날에는 우비를 입혀주기도 하면서 소녀상을 사물이 아닌 사람으로 대했다. 그렇게 '평화의 소녀상'은 할머니들과 학생들, 할머니들과 시민들을 연결해주었다.

—김서경: 저희의 바람은 소녀상을 통해서 일본이 일으킨 전쟁 당시에 있었던 범죄의 역사가 사실이라는 것을 알리는 거예요. 그뿐만 아니라 고통스러웠던 과거가 해결되지 않은 채 여전히 진행 중이라는 사실도 알리고 싶었죠. 지금 일본은 자신들을 패전국으로만 인식하면서, 스스로 '패전의 역사'만 남겼잖아요. 전쟁을 일으키고, 인권을 말살했던 '가해자의 역사'는 아예 언급도 하지 않고, 그런 일은

없었던 것처럼 행동하잖아요. 심지어 요즘에는 전쟁을 미화하고, 왜곡하는 일도 서슴지 않고 있고요. 소녀상에 대해서도 계속하는 말이 뭐냐면, '가짜'라는 거거든요. 저희가 마치 없는 일을 꾸며서 소녀상을 만들었다는 식이에요. 얼마 전에 김복동 할머니도 돌아가셨지만, 언젠가는 다른 할머니들도 모두 세상을 떠날 거잖아요. 그러면 그 사람들은 더 심하게 역사적 사실을 부정할 거예요. 그래서 저는 이 '평화의 소녀상'이 실제로 존재했던 역사적 사실로 인정받아서 일본군이 주도했던 전쟁과 전쟁 성노예제도가 사실이었다는 것을 세계 곳곳에 알리는 역할을 하면 좋겠어요. '평화의 소녀상'이 모든 사람에게 과거와 현재, 미래를 연결하는 '기억의 고리'가 되는 거죠.

— 김운성: 사실, 일본이 진정으로 사죄하고 반성할 수 있는 시간이 얼마 남지 않았잖아요. 그들이 정말 사람이라면, 또 할머니들을 사람으로 본다면, 인간 된 도리로 할머니들이 살아 있을 때, 사죄하고 반성하는 모습을 보여주어야 한다고 생각해요. 물론 지금 일본 정부가 하는 꼴을 보면, 그런 일이 생길까 의문이 드는 것도 사실이에요. 하지만, 이 역사적 사실을 지금처럼 저렇게 부정만 한다면, 일본은 영영 과거의 과오를 인정하지 않고 반성하지 않는 파렴치한 전쟁범죄 국가가 되는 거거든요. 그래서 저는 이 '평화의 소녀상'이 과거의 사실을 증명할 수 있는 증거가 되어야 한다고 생각해요. 말 그대로 증거죠. 증거에 대한 상징이 되어야 하죠.

2019년 3월 12일 화요일

다대포 바다 횟집 주인 인터뷰

부산에 왔다. 김복동 할머니가 그토록 보고 싶어 했던 부산 다대포 바다를 직접 눈으로 확인하고 싶어서다. 다대포 바다는 낙동강과 바다가 만나는 곳에 자리하고 있었다. 달리는 차 안에서 넓고 파랗게 펼쳐진 다대포 바다를 먼저 보았다. 김복동 할머니가 가게를 운영했다는 다대포해수욕장으로 향했다. 해수욕장에서 맞는 다대포 바다의 바람은 매서웠다. 모래와 바람이 뒤섞여 이곳을 처음 찾는 나를 연신 두들겨댔다. 눈을 제대로 뜰 수 없을 정도였다. 바람은 또 얼마나 차가운지, 온몸이 부들부들 떨릴 정도였다.

"바다가 보고 싶어."라고 말했던 김복동의 바다가 이렇게 아프고 움츠러들게 하는 바다일 거라고는 생각지 못했다. 할머니가 '보고 싶다'고 말한 바다는 포근하게 감싸 안아주는 바다일 거라고 생각했는데 기대는 철저히 어긋났다. 할머니의 바다는 아픈 바다였다. 문득 수십 년 동안 이곳에서 칼바람을 맞았을 할머니의 마음이 떠올랐다. 피해 사실을 처음 털어놨을 때 오히려 숨죽이고 살라는 말을 들었던 그 마음, 수천 번의 증언과 수십 년의 활동 뒤에 '2015 한일합의'를 지켜봤을 그 마음도 떠올랐다. 바람에 실린 모래가 온몸을 아프도록 때려대는 시린 바다의 풍경을, 할머니가 살아생전에 보았을 시선으로 다시 바라봤다.

저녁에는 이곳에서 장사했던 김복동 할머니를 기억한다는 횟집 주인을 만났다. 횟집 주인은 올해 여든일곱 살로, 김복동 할머니와 일곱 살 차이가 난다고 했다. 예전 할머니 가게 위치를 물으니, 다대포해수욕장 근처는 대부분이 개발되어 옛 모습을 찾을 수 없다고 했다. 지금 쓰레기 소각장이 들어선 곳이 바로 할머니가 운영했던 구멍가게가 있던 자리라고 했다.

할머니가 하던 가게 규모는 어땠나요? 듣기로는 꽤 큰 규모였다고 하던데.

—가게? 썩 크지는 않았어. 처음에는 언니가 하는 횟집에서 일하다가 나중에 돈이 좀 모이니까 조그만 구멍가게를 열었어. 구멍가게지만 과자, 아이스크림, 음료수, 막걸리, 커피, 라면, 회까지 팔았어. 여기가 해수욕장 앞이기 때문에 그래도 가게에서 물건 팔면, 돈은 잘 벌었어. 할머니 가게에는 사람이 꽤 많았어.

당시의 김복동 할머니에 대해서 기억나는 일이 있나요?

—정이 많은 사람이었어. 그때 우리 애들도 다 봐주고 했으니까. 우리 애들 어렸을 때, 다 할머니네 가게에서 과자 사 먹고, 아이스크림 사 먹고 했지. 가끔은 애들도 봐주고 했어. 아직도 기억나는 게, 제일 많이 했던 말이 "동생, 어디 가? 와서 커피 한잔하고 가."였어. 그러면 나도 나가다가 잠깐 할머니 가게에 앉아서 커피 한잔 마시고 이야기하고 그랬어. 그리고 할머니가 회를 좋아했어. 술도 담배도 좋아했지. 우리 집에도 동생이랑 조카랑 몇 번 와서 회를 먹고 갔어. 그러다가 언젠가부터 안 왔어.

언제까지 횟집에 왔는지 기억 안 나세요?

—2000년대 초반까지는 왔던 거 같아. 그때까지는 그래도 1년에 두 번 이상은 동생하고 조카하고 같이 왔어. 근데 언젠가부터 안 오데. 그래서 내가 할머니 소식이 궁금했어. 왜 할머니가 안 올까. 내가 한번은 집에서 회를 싸 들고 할머니 집을 찾아간 적이 있어. 안 보이니까 걱정도 되고, 궁금했거든.

할머니 혼자서 간 거예요?

—그래. 할머니가 지내던 아파트가 저 위에 있었어. 내가 그 아파트를 알았어. 가서 경비한테 물어보니까 할머니 집을 알려주더라고. 그래 도착하니, 할머니가 나를 참 반갑게 맞아주데. 그러면서 하는 말이 친척들도 나를 찾지 않는데 횟집 동생이 이렇게 왔냐며 좋아

했어. 집을 살펴보니 딱히 음식을 제대로 해서 먹는 것처럼 보이지는 않았어. 방에는 소주병하고, 재떨이만 보였어. 싱크대에는 설거짓거리도 잘 안 보이더라고. 벽지는 담배 연기 때문인지 누렇게 변해 있었어.

걱정이 돼서 찾아가보신 거예요?

—그렇지. 늙으면 안 보이는 사람이 궁금해. 그때 그 집에 앉아서 이런저런 얘기를 했어. 할머니가 "내가 이제 죽을 준비를 다 해놔서 걱정이 없다."라고 했어. 그러면서 석등 사진을 한 장 보여줬어. 뭐냐고 물으니까 통도사에 석등을 하나 만들었다는 거야. 옛날에 2천만 원인가를 주고 세웠다 하더라고. 그래서 내가 할머니한테 "자식도 없는데, 잘하셨소." 그랬더니 할머니가 웃데. 그러면서 언제 죽을지 몰라서 미리미리 준비했다고 하더라고. 배가 고팠는지 회 한 접시를 금세 드셨어. 소주는 큰 유리컵에 따라서 한 번에 마셨어. 오랜만에 잘 드시는 모습 보니 좋았어. 그릇 챙기고 나오면서 "할머니 밥은 굶지 마이소. 해서 잡수이소." 그랬더니 할머니가 "나 밥 해 묵는다." 하더라고. 내가 웃으면서 알겠다 그러고 문 닫고 나왔지. 그게 내가 할머니를 본 마지막이야.

그 후로는 본 적이 없으세요?

—그 후로는 한 번도 못 봤어. 할머니 동생은 봤어. 할머니 막냇동생이 저쪽 아파트에 또 살고 있거든. 내가 요즘 언니가 통 안 보인

다고 하니까, 동생이 언니 서울 갔다고 했어. 아, 서울로 갔구나 했지. 그러고는 끝이지, 뭐. 그렇게 잊고 살았어. 얼마 전에 뉴스에서 할머니 장례 소식 나오는 거 봤어. 할머니가 죽었다는 뉴스 보니까, 이상하게 나는 사진으로 봤던 그 석등이 생각났어. 그래도 대통령도 조문 왔으면, 할머니 잘 살다 간 거야. 이게 내가 말할 수 있는 전부야. 그 외에는 없어.

횟집 주인은, 김복동 할머니의 동생이 살고 있다는 아파트 이름을 알려주었다. 가서 물어보면, 김복동 할머니를 기억하는 사람이 있을 거라고 했다. 내일은 할머니 동생을 수소문해봐야겠다.

2019년 3월 13일 수요일

가족의 기억 동생 인터뷰

김복동 할머니의 동생이 살고 있다는 아파트를 찾았다. 할머니 동생의 생존 여부만이라도 확인할 수 있다면 좋겠다는 생각하고 나선 길이었는데, 다행히 동생의 아들, 즉 김복동 할머니 조카의 연락처를 알게 되어 전화했다. 아파트 입구에서 조카를 만나 함께 집으로 올라갔다. 방 하나에 거실이 있는 작은 아파트였다. 김복동 할머니도 구조가 같은 집에서 생활했다고 한다. 주방을 지나 거실로 들어섰다. 김복동 할머니의 동생이 베란다에서 된장을 한 국자 퍼서 거실로 들어오고 있었다. 고개를 숙여 인사하자 동생분은 누추한 데 오게 했다며, 연신 미안하다는 말을 했다. 나는 현재 제작 중인 김복동 할머니 다큐멘터리영화에 대해 간단히 설명하고, 몇 가지 인터뷰 촬영을 하고 싶다고 말했다. 동생분은 할 말도 없는데 무슨 이야기를 하느냐고 했지만 인터뷰에 응해주었다.

할머니는 김복동 할머니와 몇 살 터울인가요?

—세 살 차이가 나요. 올해 내가 아흔하납니다. 제가 요즘 몸이 많이 안 좋아져서 많이 아파요. 제대로 움직이는 것도 말을 길게 하는 것도 힘이 들어요. 그나저나 우리 언니 장례를 잘 치러줘서 정말 고맙소. 그때 못 가서 내가 지금도 참 마음이 아파요. 내가 몸이 안 좋아서, 도저히 갈 수가 없었어요. 대신, 내가 언니 소식이 나오는 뉴스를 틀어놓고 일주일간 집에서 금강경을 틀고 기도했어요. 극락왕생하라고 빌었어요. 언니가 살았을 적에 하는 말이, 자기 죽으면 꼭 사십구재를 해달라고 했었어요. 그걸 못해서 마음이 아파요.

돌아오는 일요일에 서울 조계사에서 할머니 사십구재를 연대요.

—아이고, 잘됐네요. 잘됐어요. 그리고 그 '정대협' 씨에게 꼭 좀 고맙다고 전해주세요. 우리 언니 잘 보내줘서 정말 고맙다고요. 내가 사실은 정대협 씨가 그렇게 미울 수가 없었어요. 언니가 2010년에 다시 서울로 올라간다고 할 때도 내가 언니하고 엄청나게 싸웠어요. 나이도 많은데, 가면 또 고생할 거 뻔한데 왜 가느냐고. 그래서 그렇게 가지 말라고 했는데도 올라갑디다. 그렇게 가버리고 난 후에 내가 너무나 속이 상했어요. 그런데, 잘 갔어. 장례식 보니까. 정대협 씨 따라서 잘 올라간 거 같아요. 나도 이제 나이를 먹어서, 누구 보살피고 못하는데, 나 대신 정대협 씨가 너무 애썼다고 꼭 좀 전해주세요.

네, 알겠습니다. (나는 '정대협'이 사람 이름이 아니라 단체 이름이라는 사실을 고쳐주지 않았다. 동생분의 기억 속 이야기를 그대로 듣고 싶어서였다.) 그런데 할머니는 김복동 할머니가 전쟁 때 '위안부'로 끌려갔다 왔다는 사실을 알고 있었나요?

―아니요, 나도 몰랐어요. 말을 안 하니까 몰랐지요. 나중에 언니가 하는 말을 들어보니까, 엄마한테만 사실대로 말하고 다른 가족들한테는 말을 안 했대요. 그러니까 몰랐지. 옛날에 드라마, 「여명의 눈동자」(1991)라고 있었는데, 그때도 언니랑 함께 보면서 얼마나 울었는지 몰라요. 그런데도 언니가 그런 얘기를 안 했어요. 상상도 못했지, 나는. 전쟁터에서 간호사 했다고 했으니까 그런 줄만 알았죠. 그때는 그런 거 얘기하면, 사람들한테 손가락질 받았어요. 죄인 취급을 받던 때였어요. 그래서 다른 가족들한테도 말을 못한 거 같아요. 나중에 언니가 그 얘기를 하데요. 둘째 언니한테 내가 사실은 이러저런 일을 당해서 신고하려고 한다니까, 둘째 언니가 '너는 혼자니까 말하지 말라'고 했다고. 그 말에 언니가 얼마나 상처를 받았는지 몰라요. 아이고, 너무했지요, 너무했어.

할머니는 김복동 할머니가 전쟁터로 끌려갈 때 상황이 기억나세요? 80년 전 일이긴 하지만.

―시간이 너무 오래되어놔서, 정확한 날짜는 기억이 안 나요. 그때 내가 열한 살 아니면, 열두 살밖에 안 됐을 때니까. 근데 그때 어른들 분위기는 기억이 나요. 언니가 일본으로 일하러 가게 됐다는 것을

다들 쉬쉬하고 숨기는 분위기였어요. 우리 집이 아버지가 일찍 돌아가셔가지고, 어머니 혼자 자식들을 키우고 있었으니까, 아마 그래서 언니가 그렇게 끌려가나보다, 그때는 그냥 그렇게 생각했지요. 그런데 언니가 일본으로 가고 1년이 지났나, 어른들이 모이면 왜 언니랑 연락이 안 되냐고 걱정했던 기억은 나요. 그래서 그때 어머니가 언니 소식을 찾으려고 여기저기에 수소문을 했어요. 그런데도 아는 사람이 없었어요. 해방됐는데도, 언니가 안 돌아왔어요. 근데 그때 어머니가 친척 한 명에게 부탁해서 언니를 찾게 했어요. 멀리 어디 배를 타고 나가서, 언니를 찾아서, 부산으로 돌아왔어요. 전쟁터에서 간호사를 하다가 살아 돌아왔다고 했으니 그런 줄 알았죠. 그때 내 나이가 아마 스무 살이었을 거예요. 그래서 내가 그때 언니한테 세 살 차이가 나니까, 언니 나이는 스물세 살이라고 알려줬어요.

김복동 할머니, 남편이 있었다고 하던데요, 결혼하고 어떻게 지내셨나요?

—자식은 없었지만, 남편은 있었어요. 형부가 경북 의령 출신이고 장씨 성을 가졌는데, 한 번 이혼을 한 사람이었어요. 결혼 전에는 이승만 전 대통령을 따라다니며 사진을 찍어주는 사람이었어요. 나하고 찍은 사진도 많아요. 형부가 언니를 참 예뻐했어요. 그래서 여기저기에서 사진을 많이 찍어줬어요. 한국전쟁 전에는 그렇게 서로 그냥 좀 좋아하고 그랬어요. 그러다가 전쟁이 나고는 정신없이 헤어졌어요. 근데 부산에서 피란 중에 우연히 군용 트럭을 몰고 다니

던 형부가 언니를 보게 된 거예요. 헤어졌다가 다시 만났으니까, 그게 계기가 돼서 두 사람이 결혼했어요. 전쟁 때니까 식은 올리지 못하고, 그냥 살림을 합친 거죠. 그런데 결혼을 했는데 언니가 한참 임신을 못 하니까, 형부가 자꾸 이상하다고 했어요. 그러다가 형부가 다른 여자를 만나서 집을 나가버렸어요. 언니는 그냥 계속 혼자 살았지, 뭐. 근데 언젠가 집 나간 형부가 다시 집으로 돌아왔어요. 형부 고향에 가서도 조금 살고, 그러다가 내가 언니한테 전화를 했어. 여기 부산으로 내려오면, 먹고살 게 좀 있으니 내려오라고요. 그렇게 얼마 안 있다가 언니랑 형부가 부산으로 내려왔어요. 내려와서는 둘째 언니네가 운영하던 가게에서 일하다가, 다대포해수욕장 근처에서 작은 가게를 열고 장사를 시작했어요. 장사라고 해봤자 특별한 게 아니라, 별걸 다 파는 가게였어요. 술도 팔고 음식도 팔고요. 큰 가게는 아니었어. 그냥 조그맣게 언니하고 형부하고 걱정 없이 살 정도였지요. 근데 형부가 얼마 안 있다가 설암을 얻었어요. 그러고 꽤 오래 아팠어요. 10년 가까이 아팠나. 그때도 언니는 그 아픈 형부 보살피면서 살았어요. 왜냐면, 옛날에는 여자 혼자 장사하고 그러면 못살게 구는 사람이 있었거든. 그래도 아프지만 형부라도 가게에 있으면 다른 사람들이 함부로 안 대했으니까요. 형부가 1980년대 중반쯤인가 죽었어요. 그 후에도 언니는 계속 해수욕장 근처에서 장사하면서 살았지요. 그러다가, 해수욕장 근처가 개발되면서 보상으로 이 아파트 분양권을 줬어요. 그래서 언니가 여기서 지낸 거예요.

그럼 이 집에서 지낼 때 할머니가 '위안부' 신고를 한 거네요?

—그렇죠. 그때 방송국 기자들이 언니를 찾아왔어요. 언니가 얼굴 나가면 안 된다고 했는데, 얼마나 부산을 떨었으면, 나중에 뉴스 나가니까 사람들이 언니를 보고 쑥덕거렸어요. 나중에 언니가 그 말을 하데요. 그때만 해도 이렇게 신고하면 금방 문제가 끝날 줄 알았다고요. 그러고 나서는 서울을 자주 갔어요. 어디 가냐고 물어보면, 데모하러 간다고 했어요. 바빴어요. 비행기 타고 외국에도 갔다 왔어요. 그렇게 왔다 갔다 하다가는 1993년인가, 94년에는 아예 짐을 다 싸 들고 서울로 올라갔어요. 쉽게 안 끝날 거 같아서, 해결하고 오겠다고 했어요. 근데 뭐, 그게 어디 해결이 납디까?

서울 올라가시고, 할머니 얼굴 보러 가기도 했어요?

—갔죠. 1997년인가 언젠가 언니가 경기도 광주 어디에 나눔의 집을 지었다고 한번 오라고 하데요. 그래서 내가 올라가서 언니하고 한 일주일을 지냈어요. 그때 언니가 "다 같이 모여 사니까 개인 생활이 없어 힘들다."고 말했어요. 거기다가 데모를 하러 왔다 갔다 하니까 그것도 힘들다고 했어요. 아무나 와서 방문을 열어젖힌다고 하소연을 했어요. 동물원 원숭이 같다고요. 그래서 내가 언니한테 "여기서 이러지 말고, 나랑 부산 집에 내려가서 같이 지냅시다." 했어요. 그때는 대답이 없었어요. 그러다 언젠가, 언니가 나한테 전화를 하데요. 와서 자기 좀 데리고 가라고요. 그래서 내가 아들하고 같이 차를 끌고 거기로 가서 짐을 싣고 언니랑 함께 내려왔어요. 그러고 나서는

한 10년 함께 지냈죠.

두 분이 한집에 같이 지낸 거예요?

—그건 아니었어요. 언니는 이 아파트에 따로 집을 얻었어요. 밥도 같이 먹고, 놀러도 같이 다니고 했어요. 그렇게 지내다가 내가 언니한테 언니는 자식도 없고, 나중에 제사 지내줄 사람도 없으니까 절에 석등을 하나 세우라고 얘기를 했어요. 그래서 언니가 저기 양산 통도사 백련암에다가 석등 하나를 세웠어요. 언니는 자기가 자식도 못 낳고, 평범하게 못 사는 게 전생 때문이라고 생각했어요. 하도 그렇게 전생 탓을 하니까, 내가 언니한테 석등이라도 하나 세우면, 죽어서는 좋은 곳에 갈 수 있다고 했어요. 영혼 제사도 지내주고 하니까, 좋은 일이라고 설득했죠. 거기 가보면 석등에 이름도 쓰여 있어요. 불교에서는 현생에 일어나는 모든 일이 전생의 업보 때문이라고 믿기 때문에, 석등을 하나 세우면 내세에 도움이 된다고 믿거든요.

그러면 두 분이 그렇게 서로 도와가면서 생활하신 거네요.

—처음에는 그랬죠. 근데 이제 나이를 먹어가니까 나도 언니를 도울 수가 없게 된 거예요. 그리고 내 아들이 암에 걸려서 수술하면서 나도 언니한테 신경을 많이 못 써줬어요. 그때 언니가 고민을 많이 한 거 같아요. 거기다가 언니가 한쪽 눈이 거의 안 보이게 돼버려가지고, 여기저기 많이 다쳤어요. 툭하면 넘어지기도 했고요. 술과 담배로 세월을 보냈어요. 한번은 언니가 술 먹고 넘어졌어요. 내가

언니한테, 그놈의 술 좀 그만 마시라고 화를 냈어요. 아마 그때 많이 서운했을 거예요. 그러다가 정대협 씨가 와서 눈도 고칠 수 있고, 돌봐줄 사람도 없으니 함께 올라가자고 했나봐요. 2008년일 거예요. 처음에는 눈 치료만 끝나면 내려온다고 하고 올라갔어요. 서울하고 부산하고 왔다 갔다 하더라고요. 그러다가 2010년에 언니가 서울로 올라간다고 말을 하데요. 옷 몇 벌하고 사진만 챙겨서 그렇게 올라갔어요. 그때도 내가 언니한테, 가면 힘든데 뭐 하러 올라가냐고 했어요. "앞으로 우리나라 여성들이 또 그런 일을 안 당하고 살기 위해 내가 가야 한다." 그러데요. 자기가 희생한 것을 사람들에게 알려야 한다고, 그런 봉변을 우리 여성들이 안 당해야 한다고요. 그러고는 서로 연락이 끊어졌어요.

그렇게 헤어지고 보고 싶지 않으셨어요?

—TV에 가끔 나오데요. 어디 국회에서 말도 하고, 높은 사람들하고 사진도 찍고. 한번 올라가서 보고 싶긴 했지만, 나이가 드니까 갈 엄두를 못 냈어요. 그래도 우리 둘이 가장 친했어요. 한국전쟁 피란 때도 둘이 어머니 모시고 고향 양산에서 부산으로 피란도 갔으니까. 그래도 피붙이 중에서는 서로 속말도 제일 많이 나눈 거예요. 막판에 서로 서운한 것이 있긴 했지만, 가족이었잖아요. 언니가 떠나고 나니까, 그제야 언니가 그렇게 꿈에 보입디다. 마지막으로 얼굴 한번 볼걸, 후회가 되네요. 저는 언니가, 다음 생에는 좋은 부모 밑에서 태어났으면 좋겠어요. 지난 생에는 부모 잘못 만나서 전쟁터를 돌고,

몹쓸 짓을 당한 채 살았잖아요. 그런 힘든 삶 말고, 좋은 부모 만나서 호강하고 살면 좋겠어요. 언니가 그래도 살면서 좋은 일을 많이 해서 그럴 수 있을 거예요. 이제부터라도 나비처럼 훨훨 날아서 좋은 곳으로, 가고 싶은 곳으로 갔으면 좋겠어요. 그리고 다음 생에는 꼭 남들 다 낳는 자식도 낳고, 그 듣고 싶다는 '엄마' 소리도 꼭 들을 수 있으면 좋겠네요. 아이고, 이렇게 말하고 나니 속이 다 시원하네요. 그동안 내가 마음이 무겁고 답답했어요. 그래도 이렇게 여러분 만나서 하고 싶은 얘기 다 하고 나니까 속이 아주 후련하네요. 이제 나도 짐을 좀 내려놓을 수 있을 것 같아요.

동생분과의 만남으로, 그동안 풀리지 않았던 실타래들이 하나둘 풀리는 느낌이다. 돌아오는 일요일에 조계사에서 열리는 사십구재에 참석해 사진을 찍어 보내겠다고 약속했다. 동생분은 연신 고맙다는 말을 했다. 나는 가서 정대협 씨에게 꼭 인사를 전하겠다고 했다.

서울로 복귀하는 길에 통도사 백련암에 들러 김복동 할머니가 세웠다는 석등을 촬영했다. 대나무로 둘러싸인 광명전 앞에 할머니의 이름이 새겨진 석등이 세워져 있었다. 백련암 큰스님은 이 석등이 김복동 할머니의 앞길을 밝혀주는 거라고 했다. 광명전 앞 석등 지대석에 '丙寅生 金福童(병인생 김복동)'이라는 한자가 새겨져 있었다.

2019년 3월 15일 금요일

나를 부끄럽게 한 성명서

며칠간 출장으로 자리를 비운 사이 편집감독이 편집을 더 진행했다. 작가의 편집구성안도 뼈대에 살이 붙어갔다. 표현하기 막막했던 할머니의 발자취가, 기록과 증언으로 생명을 얻어가고 있다. 오늘은 오랜만에 편집실에 앉아 편집감독이 며칠간 붙여온 그림을 확인했다. 완벽하진 않지만, 그림이 이야기가 되어가는 것을 확인했다.

오늘 확인한 영상 중 가장 인상 깊은 장면은 2016년 7월, 화해치유재단 설립 기념식장에서 기습시위를 벌인 대학생들의 모습이었다. 20명가량의 대학생들이 기념식이 벌어졌던 빈 무대로 뛰어올라 '화해치유재단 해산'과 '2015 한일합의 무효'를 외쳤다. 학생들이 무대에 올라 시위를 벌이자, 곧바로 사복경찰이 따라 올라와 온 힘을 다해 학생들을 밀어젖혔다. 경찰의 얼굴은 힘을 쓰느라 한껏 구겨졌고, 팔뚝에는 힘줄과 핏줄이 보일 정도였다. 잠시 후 경찰 두 명이 쓰러져서도 구호를 외치는 학생들 손에 들린 피켓을 인정사정없이 낚아챘다. 학생들은 울먹이며 소리치고 있었고, 경찰들은 저지하며 빼앗으려 하고 있었다. 빼앗으려는 자와 빼앗기지 않으려는 자들이 엉겨붙어 현장은 아수라장이 되었다.

뜻대로 일이 풀리지 않자 경찰들은 다급해졌다. 경찰은 학생들을 밀어붙였지만 학생들은 끝끝내 경찰에 저항했다. 그러고는 어깨동무를 하며 자리에 드러누워 구호를 외쳤다. 남학생보다 여학생들이 더 많은 시위대를 끌어내기 위해서는 여경이 필요했다. 현장은 잠시 소강상태가 됐다. 경찰이 잠시 자리를 비운 사이, 학생들은 주위를 살피고는 바지 주머니에서 꼬깃꼬깃해진 종이를 꺼내 자신들을 취재하는 기자들에게 건넸다. 성명서였다. 잠시 후 한 학생이 기자들에게 나누어준 성명서를 직접 읽기 시작했다.

> 피해자들이 원한 것은 돈이 아니라 공식 사죄와 법적 배상이다.
>
> 이 재단은 배상금도 아닌 10억 엔으로 가해국의 모든 책임을 떠안으려 하고 있으며, 한국 정부는 일본 정부에 모든 책임을 이행했다는 면죄부까지 주려 하고 있다.
>
> 심지어 할머님들을 동원하려고 전화를 걸어 온갖 이유를 대며 발족식에 참가시키려고 하는 비겁한 행태까지 보이고 있다.
>
> 일본군 '위안부' 피해자들의 고통을 멈추고 진정한 해결을 이뤄야

할 정부가 어떻게든 합의를 이행해버리고 일본군 '위안부' 문제를 종결시키려는 태도가 대학생들은 너무나 한심하다.

화해는 가해자가 강요할 수 있는 것이 아니다.

피해자가 원하지 않은 합의를 진행해놓고 10억 엔을 받아 재단을 만드는 것은 피해자에 대한 폭력이다.

화해치유재단은 10억 엔으로 일본에 면죄부를 주고 소녀상을 철거하려는 가해자를 위한 재단이며, 전쟁을 일으키기 위한 디딤돌이다.

화해와 치유를 논할 자격도 없는 정부를 향해 피해자들과 함께 강력히 요구한다.

한국 정부는 굴욕적인 한일합의 폐기하라.

어느새 경찰들이 다시 학생들을 감쌌다. 여경들이 도착했다. 여경들이 여학생들을 끌어냈다. 여경 네 명이 학생 한 명의 팔과 다리를 한쪽씩 잡고 들어서 밖으로 끌어냈다. 발버둥 쳐도 소용없었다. 여경들은 그 학생들을 끌어내는 임무에 충실할 뿐이었다. 학생들은 끌려나가는 와중에도 '한일합의 전면무효'를 외쳤다. 조금 전 성명서를 읽었던 학생이, 다른 동료들에게 서로 더 꼭 붙어 있으라 말했다. 그러고는 몸을 더 눕히고서 아까보다 더 크게 구호를 외치기 시작했다. 그 학생이 한 구절을 외치면, 다른 학생들이 구호를 따라 외쳤다.

이 문제 해결을 위해

최선을 다하겠다 했던

국회의원님

지금 어디 계십니까

저희가 이렇게 끌려나가고 나도

할머님들이 다 돌아가셔도

저희는 기억하고

끝까지 싸울 것입니다

역사에서

피 묻은 전쟁 범죄를

지우지 못하도록

끝까지 기억하고

끝까지 싸울 것입니다

학생들은 끌려나가지 않으려 몸부림을 치면서도 구호를 외쳤다. 학생들이 그렇게 우리 어른들을 꾸짖고 있었다. 그 구호를 들으면서 자꾸 부끄러운 마음이 들었다. 2016년 7월, 내가 할머니들의 삶에 관심도 없던 시간을 보내고 있을 때, 누군가는 할머니들을 지키기 위해 합의를 폐기하고 잘못된 재단을 없애라며 절규에 가까운 구호를 외쳤다. 도대체 저 학생들은 누구인가. 어떻게 저렇게 사람을 부끄럽게 만드는 말을 당차게 하는가. 이 학생들의 이야기를 들어보고 싶다.

2019년 3월 17일 일요일

사십구재

오늘 하늘은 유독 구름 한 점 없이 파랬다. 김복동 할머니의 사십구재가 조계사에서 열렸다. 사십구재라는 말은 많이 들어봤지만, 그것이 무엇인지 제대로 알지 못했다. 인터넷으로 찾아보니, 불교에서 죽은 사람의 다음 생을 기원하며 49일 동안 기도를 올리는 의식을 말한다고 한다. 지난주, 부산에서 할머니의 동생으로부터 사십구재 이야기를 듣고 이 의식이 가볍지 않게 느껴졌다.

다음 생에는 그저, 할머니가 원하고 바라는 삶을 살 수 있기를 바랐다. 사십구재 행사가 진행되는 동안, 사진을 몇 장 촬영해 부산에 있는 할머니 조카에게 보냈다. 할머니의 동생에게 사십구재가 잘 열렸으니 너무 걱정하지 말라는 메시지도 함께 보냈다. 조카는 고맙다는 답장을 보내왔다.

행사가 진행되는 동안 사회자는 몇 번이나 할머니의 삶을 '고통 속에 살다 간'이라고 표현했다. 나는 그 표현이 마음에 들지 않았다. 할머니는 스스로 고통 속의 피해자로만 머물지 않았다. 오히려 더욱 용감하게 다른 피해자들을 감싸 안았다. 할머니의 삶을 들여다보고 또 조금씩 알아갈수록 할머니의 삶은 고통이나 절망이라는 표현보다 용기와 희망이라는 표현이 어울린다고 생각되었다. 그만큼 좌절에 갇혀 신음만 하지는 않았다는 사실을 알게 되었기에, 고통이라는 말이 싫었다. 어쩌면, 세상의 선입견이 싫었던 건지도 모르겠다. 세상을 휘감고 있는 저런 시선을 우리 영화가 바꿔줄 필요가 있다.

사십구재가 끝나고 행사장을 빠져나오는 평화나비네트워크 대표 이태희 학생과 인사했다. 2016년 화해치유재단 기습시위 장면에서 이태희 학생의 모습을 본 것 같아 당시 시위에 참여했는지를 물었다. 이태희 학생은 그렇다고 했다. 시위대 끝에 있었고, 당시 선배들과 함께 기습시위에 참여했다고 했다. 당시 상황과 참여 이유에 대해 인터뷰를 하고 싶다고, 정식으로 인터뷰를 요청했다. 그리고 당시 시위대를 이끌고 구호를 외쳤던, 흰 티셔츠에 안경을 낀 학생이 누구인지 물었다. 당시 평화나비네트워크 대표를 맡았던 박민회 학생이 당시 시위대를 이끌었다고 했다. 연락이 가능한지를 물었더니, 인터뷰 의사를 확인한 후에 가부를 알려주겠다고 했다.

2019년 3월 19일 화요일

옅어지는 기억 길원옥 할머니 인터뷰

길원옥 할머니 인터뷰를 다시 시도했다. 날이 흐리고 스산한 날은 길원옥 할머니의 컨디션이 좋지 않다고, 화창하고 맑은 날로 인터뷰를 하자고 손영미 소장이 말했다. 요 며칠 날씨가 괜찮아서 오늘로 날을 정했다. 오전에 인터뷰를 하기 전, 평화의우리집의 새벽녘 모습도 촬영했다.

해 뜨기 전, 평화의우리집은 왠지 쓸쓸해 보였다. 김복동 할머니 방은 햇빛이 들어오지 않아 어두웠다. 김복동 할머니는 이런 새벽에 일어나 하루를 시작했다. 할머니 방의 창문을 조금 열었다. 할머니는 일어나면, 늘 창문을 조금만 열었다고 한다. 열린 창문 너머로 조금씩 날이 밝아오고 있었다. 하지만 아직 해는 보이지 않는다. 오늘은 미세먼지가 제법 심해 보인다. 해가 뜰 시간이 지났지만 햇빛이 보이지 않는 아침이다. 그런 회색 아침을 김복동 할머니의 시선으로 보기 위해 카메라의 높이를 낮추었다. 창밖으로 버려진 화분과 감나무에 매달린 말라비틀어진 감이 보인다. 겨울이 지나고, 다시 봄이 오는 동안 아무도 매달린 감을 따지 않았는지 감은 그 자리에 그대로 매달려 말라버렸다. 세상을 떠난 김복동 할머니의 모습이 떠올랐다. 말라비틀어진 감이 김복동의 부재를 상징하는 듯 느껴졌다.

아침 식사를 하고 조금 더 촬영을 진행하자 어느새 해가 떴다. 햇빛이 거실을 환하게 비추었다. 김기철 촬영감독과 나는 거실 소파 앞에 카메라를 세팅했다. 잠시 후, 길원옥 할머니가 말끔히 씻은 모습으로 요양보호사와 함께 거실 소파로 걸어와 앉았다. 오늘은 길원옥 할머니에게서 김복동 할머니에 관한 기억이 나올 수 있을까.

"길원옥 할머니는 연세가 어떻게 되세요?"
"아흔하나요."
"그럼 혹시, 김복동 할머니는 몇 살인지 아세요?"
"글쎄, 나보다는 나이가 많았죠."
"그러면 언니라고 불렀겠어요."
"그렇게 쉽게 언니, 동생 그러지는 않았어요."
"김복동 할머니하고는 친하게 지내셨어요? 어땠어요?"
"우리 노인네들은 만나면 다 친하죠."
"친하게 지낼 때 했던 이야기들은 기억 안 나세요?"
"몰라요. 무슨 이야기를 했는지."

“김복동 할머니를 만난 게 언제였는지는 기억나세요?”

“글쎄, 한참 된 것 같은데…….”

“궁금하지 않으세요?”

“네?”

“김복동 할머니 어디에 계신지, 식사는 잘하시는지, 잠은 잘 주무시는지 궁금하지 않으세요?”

“그런 거 깊이 생각은 안 했지만, 하여튼 없으니까 어디 있나 보고 싶기는 해요.”

길원옥 할머니는 기억이 안 나는 이유를 “우리 나이에는 뒤만 돌아도 잊어버린다.”라고 말했다. 질문이 계속될수록 나도 할머니도 답답했다. 기억이 안 난다고 대답하는 상대를 향해 기억 좀 해보라고 다그치는 것 같아 죄책감도 들었다. 길원옥 할머니는 고개를 흔들었다.

“모르겠어요.”

“뭘요?”

“어딘가에 있을 텐데…….”

“김복동 할머니가요?”

“안 나타나.”

“할머니 마음속에서 김복동 할머니가 안 나타나요?”

“네…….”

마음속 어딘가에 그려진 김복동 할머니의 모습을 다시 그릴 수 없다고 했다. 얼마 전 김복동 할머니 장례식장에 다녀간 일은 기억하고 있지 않을까.

"김복동 할머니 돌아가신 건 기억나시죠?"

"기억 안 나요."

"지난번에 말씀하셨는데, 할머니 돌아가셨다고 하셨어요."

"글쎄요, 기억이 안 나요……."

"장례식장에서 김복동 할머니 영정 사진 보면서 인사도 하셨는데……."

"그때뿐이지, 금방 잊어버려요."

"기억나는 게 없는 건 좋은 거예요, 안 좋은 거예요?"

"좋게 지내는 사람들이 기억에 남아야지, 남은 기억이 없는데 뭐가 좋겠어요."

"두 분이 친하게 지내셔서 어떤 추억이 있는지 할머니에게 꼭 여쭤보고 싶었어요."

"흠……."

그리고 우리는 둘 다 한동안 말이 없었다. 내가 욕심을 부린다고 기억이 만들어질 수는 없는 노릇이다. 그렇게 가만히 길원옥 할머니의 표정을 살폈다. 할머니도 답답한 표정이었다. 숨소리가 크고 거칠어져 있었다. 그 순간, 거친 숨을 몰아쉬며 할머니가 말했다.

"그렇게 좋게 지냈는데도, 시방 그렇게 기억 안 나요. ……아무래도 내가 제일 나이가 어리니까, 많이들 이렇게 나를 사랑을 해줬죠. 그런데도 그 기억이 안 나요……."

나는 가만히 앉아 다음 말을 기다렸다.

"잊어버리는 약을 먹었나……. 어떻게 된 거여? 아주 그렇게 까맣게 몰라."

말을 끝낸 길원옥 할머니의 숨은 여전히 거칠었다. 할머니는 잠시 후 고개를 숙였다.

2019년 3월 20일 수요일

내레이션 섭외

배우 한지민 씨가 내레이션을 맡아주기로 했다. 2017년 8월, 서울시에서 마련한 '기억의 터' 1주년 기념행사에 한지민 씨가 김복동, 길원옥 할머니와 함께 참석한 영상 자료를 보았다. 영상 속에서 한지민 씨는 할머니들의 손을 잡고 걷고, 햇볕이 뜨거울까봐 할머니들의 얼굴을 부채로 가려주었다. 그러고는 할머니들의 얼굴을 멍하니 바라보기도 했다. 많은 상념이 스쳐지나가는 듯한 표정이었다. 할머니들에게 진심을 다하기 위해 그 자리에 함께했다는 확신이 들었다. 그렇다면 김복동 할머니의 생애를 다루는 우리 영화를 잘 이해해줄 것 같았다. 그리고 정식으로 내레이션 섭외 요청을 넣고 일주일이 지난 오늘, 기쁜 마음으로 참여하겠다는 연락을 받은 것이다. 할머니를 도울 든든한 지원군을 얻은 듯하다.

2019년 3월 21일 목요일

평화나비네트워크 대학생들을 만나다

평화나비네트워크 대학생들은 김복동 할머니의 삶을 다루는 다큐멘터리에 자신들의 인터뷰가 왜 필요한지 궁금해했다. 자신들은 딱히 김복동 할머니와 개인적인 친분이 없다고 말했다. 할머니에 대해 말할 거리가 없는 자신들이 인터뷰에 섭외된 이유를 알고 싶어 했다. 나는 '2015 한일합의' 당시의 농성이나, 화해치유재단 해산 기습시위 같은 활동으로, 김복동 할머니를 비롯한 피해 할머니들이 위로를 받고, 용기를 얻었기 때문이라고 섭외 이유를 설명했다.

오전 10시 30분 '평화의 소녀상' 인근에서 평화나비네트워크의 현재 대표인 이태희 학생과 전 대표인 최나현 학생을 만나 인터뷰했다. 소녀상을 배경으로 촬영을 진행했다. 회색빛 스산한 날씨에, 찬 바람이 불어 추운 날이었다. 추운 학생들에게 손이라도 따뜻하게 해줄 수 있을까 싶어 인근 카페에서 따뜻한 커피 두 잔을 샀다.

평화나비네트워크는 일본군 성노예제 문제의 정의로운 해결을 위한 프로젝트 연합 동아리로 2013년에 만들어졌다고 했다. 이태희 학생이 여섯 번째 대표이고, 최나현 학생이 다섯 번째 대표를 지냈다고 했다. 평화나비 학생들이 사람들 기억 속에 남기 시작한 것은 '2015 한일합의' 당시 '평화의 소녀상'을 지키기 위한 노숙 농성부터다. 그때 많은 국민들의 응원을 받았다. 국가가 소녀상 철거를 위해 노력한다는 문구를 넣은 합의문이 발표되자 학생들은 소녀상이 있는 자리에서 떠나지 않았다. 당시만 해도 꽤 큰 뉴스가 되었다. 또 지난 2016년 화해치유재단 설립식 당시의 기습시위를 빼놓을 수 없다.

학생들은 2016년 당시의 활동이 계기가 되어 피해 할머니들과 인연을 맺기 시작했다고 한다. 영상을 더 확인해본 결과 평화나비 학생들은 평화의우리집에서 열린 여러 행사에 참여하기도 했다. 김복동, 길원옥 할머니가 학생들이 행사에 참여하는 것을 좋아했기 때문이라고 학생들은 설명했다. 2018년 9월 김복동 할머니의 외교부 청사 1인 시위 당시에 최나현 학생이 시위에 참석한 할머니를 위해 우산을 들어주기도 했다.

— 이태희: 2015년 12월 28일에 뉴스를 보는데, 한국과 일본 정부가 '위안부' 문제에 대해 합의를 했다는 소식을 들었어요. 당시 방송에서는 역사적 합의라고 했거든요. 처음에는 그 뉴스를 그대로 믿을 수밖에 없었죠. 친구들도 다 전화를 해서는 잘됐다고 축하해주기도

했어요. 그 이전부터 저희가 이런저런 활동을 하기도 했거든요. 전화를 받고서도 정말 잘된 건가 생각이 들었지만, 처음엔 다 몰랐어요. 그러다가 다음 날 할머니들 목소리 들으면서 속았다는 걸 깨달았어요.

—최나현: 합의 다음 날 이용수 할머니가 외교부 차관을 앞에 세워두고 엄청 화를 내는 모습을 보면서 너무 놀랐고, 또 너무 슬펐어요. 그 모습 보면서 정말 펑펑 울었거든요. 그렇게 울고 나서야 이 합의가 잘못된 합의였구나, 제대로 이해하게 됐어요. 속았구나, 또 이런 식인가, 생각이 들면서 너무 화가 났어요. 그러고는 피해 할머니들이 걱정되기 시작했어요. 할머니들의 상처는 또 어떻게 하지, 뭔가 잘못되어가고 있는데 왜 언론은 이 문제가 해결되었다고 하지, 정말 알 수 없는 일들이 벌어지니까, 진지하게 생각하게 됐어요. 그래서 저희끼리 모여서 그런 말을 했던 것 같아요. 우리가 무엇이든 해보자. 그렇게 본격적인 활동이 시작된 것 같아요.

합의 이틀 후인 2015년 12월 30일에 열린 수요시위가 끝나고 평화나비 대학생들은 바로 수요시위 현장에 그대로 주저앉았다. 눈이 내리고, 비가 내리고, 바람이 몹시 불던 날이었다. 소녀상을 에워싸고 앉아서 소녀상을 지키기 시작했다.

—이태희: 그때 합의문에 소녀상 철거를 위해 협의한다는 문구가 있었잖아요. 그 문구에 근거해서 정부가 언제 기습적으로 '평화의 소녀상'을 철거할지 모른다고 판단했어요. 그렇게 말도 안 되는

합의를 했는데, 소녀상 철거는 사실, 맘만 먹으면 그냥 할 수 있는 거잖아요. 그래서 그 자리를 무조건 지켜야 한다고 생각했던 것 같아요. 그렇게 노숙농성을 시작하면서 처음에는 '일주일 정도 하면 되겠지' 생각했어요. 뭔가 금세 해결책이 나오고, 합의가 무효화되고, 그런 과정을 생각했던 것 같아요. 그런데 그게 3주, 4주 이어지게 된 거죠. 추운 겨울이니까 시민들이 농성장을 찾아와서 담요도 주고 핫팩도 나눠줬어요. 또, 밥 잘 챙겨 먹으라고 먹을 것도 많이 주셨고요. 많이들 응원해주셨어요. 그런 모습 때문에, 우리 결정이 잘못된 결정은 아니구나, 생각하게 됐죠.

당시 김복동 할머니를 비롯한 다른 할머니들도 농성장을 찾아 대학생들을 응원해주었다.

—최나현: 당시에 김복동 할머니가 오신 게 기억나요. 그때 할머니가 말씀하셨어요. "우리 때문에 너희가 고생이 많다. 잘못한 것은 일본 정부, 한국 정부인데 왜 이 젊은 친구들이 이렇게 추운 날 길거리에 나와 밤을 지새우며 소녀상을 지켜야 하는지, 너무 속상하고 화가 많이 난다. 그래도 여러분이 있어줘서 너무 고맙고 우리도 힘을 내서 끝까지 사죄를 받아내겠다." 그해 겨울이 많이 추웠어요. 아직도 기억나는 게, 농성 초반에 비가 내리는데 그 비가 금세 얼음이 되는 게 간이 천막에서 보였어요. 처음이니까 떨리기도 하고 무섭기도 했고요. 우리가 길을 제대로 가고 있는 건지 잘 모르겠는 마음도 들

고, 여러 생각으로 마음이 굉장히 복잡했거든요.

—이태희: 그때 그 비가 너무 무서웠어요. '이걸 한다고 달라질까, 이러다 경찰한테 잡혀들어가면 어쩌지, 이제 겨우 1학년인데.' 정말 당시에는 수없이 많은 걱정에 사로잡혀 있었던 것 같아요. 그렇게 며칠 있으면서 소녀상의 얼굴이 향하는 곳에 서 있는 일본대사관의 일장기를 바라봤어요. 그때 기분이 아주 묘했어요. 이 행동이 단순히 소녀상만을 지키기 위한 행동이 아니구나, 피해자들의 권리를 지키는 것이기도 하구나, 그게 결국은 우리 자신의 권리를 지키는 행동이구나, 하는 생각이 들기 시작했어요. 그럴 때 김복동 할머니가 오셨는데, 할머니는 오시면 그냥 집에 가라고만 하셨거든요. 추운데 고생하지 말고 어서 집에 가라고요. 할머니는 소녀상보다 저희를 먼저 걱정해주셨던 거예요. 그때 저희를 걱정하는 할머니의 말씀을 들으면서 할머니가 늘 말해왔던 "미래세대를 위해 다시는 이 땅에 전쟁이 일어나서는 안 된다."는 그 말이 정확히 뭘 뜻하는지를 깨닫게 된 것 같아요. 처음에는 소녀상을 지키자고 시작한 농성이었는데, 결국 할머니들의 마음을 이해하는 교감의 장이 된 거죠.

그렇게 농성을 하고, 할머니들과 교감하는 과정을 통해서 학생들은 더욱더 피해자들을 위해 제대로 행동해야 한다고 생각하게 되었다고 한다. 잘못된 합의가 불러온 화해치유재단 설립이 얼마나 피해자에게 상처가 되는지 느끼면서 급기야 기습시위까지 벌이게 된다.

— 최나현: 피해자가 용서하지도 않고, 가해자가 사과하지도 않았는데, 가해자가 먼저 나서서 화해를 말하고 치유를 말한다는 게 사실 굉장히 화가 많이 나고, 분노가 일기도 하고, 감히 그런 말을 꺼낼 수 있는 건가? 이런 생각이 들었어요. 제대로 된 화해와 치유를 위해서는 진상 규명이 먼저 이뤄져야 하고, 그에 대해 사과하고 다시는 그러지 않겠다는 반성을 해야 하는 건데, 그런 과정이 전혀 없이 화해를 말하고 치유를 말하는 거잖아요. 그때 정말 화가 많이 났던 것 같아요.

학생들은 '화해'와 '치유'가 가지는 사전적 의미부터 다시 살피기 시작했다고 한다. 화해란 무엇인지, 화해가 성립하기 위해서는 무엇이 전제되어야 하는지. 치유란 무엇인지, 치유가 성립하기 위해선 무엇이 전제되어야 하는지. 함께 학습하고 토론했다.

— 이태희: 할머니들과 일본 정부의 관계가 화해를 해야 하는 관계인가라는 생각이 많이 들었어요. 이들이 서로 싸운 게 아니라 한 사람이 피해자고 한 사람은 가해자인 상황에서 과연 화해라는 말이 성립할 수 있는가라는 생각이 정말 많이 들었던 것 같아요. 그래서 화해라는 말이 싫었고 치유라는 말도 싫었어요. 피해자들의 의견은 철저히 무시된 채 정부끼리 합의를 한 거잖아요. 그런 게 왜 합의라는 건지 이해가 안 가요. 그 합의로 피해자들은 더 큰 상처를 입게 되었는데도, 일본 정부도 아니고 우리 정부가 화해를 말하고 치유를 말

하더니, 그 두 단어를 조합해서 화해치유재단이라는 단체를 만드는 것을 보면서는, 이건 피해자들에 대한 조롱이다, 그런 생각도 들었어요. 돈 주면 받아야 하고, 상대가 미안하다고 하면 그 마음을 받아줘야 하고, 그만하라고 하면 그만해야 하는 존재. 할머니들을 그런 말 잘 듣는 존재로 바라보는 것 같았어요. 그렇게 사과를 요구했는데도 한마디 사과는 없이 그저 화해하라고 하고, 치유됐다고 강요당하는 거잖아요. 돈 받으세요, 이 돈 안 받으면 이제 일본 정부가 안 줘요, 이런 말로 피해자들을 협박하고. 이런 말을 우리나라 정부 사람들이 하고 다닌 게 이해가 안 가요. 그래서 그런지 저희는 아직도 '화해치유재단'이라는 이름만 생각해도 너무 화가 나요. 저희도 그런데 당사자들은 얼마나 화가 났을까요. 정말 상상도 할 수 없을 것 같아요.

—최나현: 그때 우리나라 정부가 너무 비열해 보였어요. 저렇게까지, 국민들을 상대로 저렇게까지 해야 하는 건가 싶었어요. 화해치유재단으로 한창 시끄러울 때 김복동 할머니가 우는 모습을 본 적이 있었어요. 눈이 떨리면서 우는 속울음 같은 거였는데, 그게 저는 너무 마음이 아팠어요. 근데 한편으로는 그 모습을 보면서 김복동 할머니가 더 인간적인 모습으로 다가온 것 같기도 해요. 돌아가실 때까지는 당당하셨던 분이지만, 혼자 계시거나 무대 뒤편에서는 그렇게 눈물을 흘리는 줄 정말 몰랐거든요. 그런 슬픔을 견뎌야만 하는 할머니의 마음을 조금은 느낄 수 있었던 것 같아요. 이 문제를 끝까지 기억해야겠구나, 해결될 때까지 기억하고 행동해야 하는구나, 그런 결심도 하게 됐고요.

오후에는 2016년 7월 28일 화해치유재단 출범식 기습시위 현장에서 기자들을 향해 성명서를 읽고, 구호를 선창한 당시 평화나비네트워크 대표 박민회 학생과 이화여대 소녀상 인근에서 이야기를 나누었다. 바람은 오전보다 더 차가웠다. 화해치유재단 출범식 당시의 기습시위 이야기를 들었다.

—박민회: 그날 기습시위를 벌이기까지, 저희끼리도 굉장히 고민이 많았어요. 이게 될까, 안 되면 어쩌지, 걱정도 됐고요. 합의를 하고 불과 7개월 만에 이런 말도 안 되는 재단이 만들어지는데, 이걸 그냥 보고만 넘어가면 김복동 할머니, 길원옥 할머니 모두 돌아가셨을 때 우리 마음에 어떻게 남겠냐, 저희끼리 그런 이야기를 하면서 마음을 다잡게 된 것 같아요.

결국, 피해 할머니들을 생각하는 마음이 우선이 되어 뛰쳐나갔던 것이다. 그러나 눈길을 사로잡은 것은 죄책감 없이 행사장에 참석해 웃으며 기념사진 찍고, 덕담하고, 악수하고, 웃고 있는 소위 높은 사람들의 모습이었다.

—박민회: 그 사람들 다 같이 서서 사진 찍고 웃고 하는 모습을 보는데, 너무 어이가 없었어요. 할머니들은 피눈물을 흘리는데, 저 사람들은 기념사진 찍으면서 웃는구나, 생각이 들었어요. 그런데 현장에는 또 경찰도 많았어요. 분위기가 삼엄했어요. 기습시위를 해야

하는 거니까, 이게 잘될 수 있을지 걱정을 많이 했던 것 같아요. 친구들도 아마 다 떨렸을 거예요.

그때, 대학생들은 할머니들을 떠올렸다.

—박민회: 그냥, 할머니들을 떠올릴 수밖에 없었던 것 같아요. 그렇게 기습적으로 친구들과 함께 무대로 올라갔죠. 피해자들의 의견은 전혀 반영되지 않은 그런 합의를 해놓고도, 화해와 치유라는 말도 안 되는 말들로 재단을 만든 거잖아요. 재단을 만들기만 한 게 아니라 배상금도 아니고, 위로금인지 뭔지를 할머니들에게 준다고 생각하니, 너무나 화가 났어요. 아마 그런 마음이었기 때문에 현장에서 저희가 하고 싶은 말을 적은 성명서도 읽은 것이고, 경찰에 끌려갈 때 구호도 외칠 수 있었던 것 같아요. 오랜 시간 고민하고 토론한 게 그대로 튀어나온 거죠. 그리고 우리는 저 사람들처럼 죄인은 되지 말자고 생각을 했어요. 저렇게 할머니들 팔아서 웃고 있는 사람은 되지 말자고요.

대학생들의 생각을 들으며, 이 문제에 대해 깊은 고민 없이 살아온 내 지난 시간을 반성할 수 있었다. 학생들이 정말 말을 잘해서, 인터뷰하며 많이 배운 느낌이 들었다.

2019년 3월 25일 월요일

완성된 편집구성안

아침 일찍 김근라 작가에게서 완성된 편집구성안이 넘어왔다. 한글 파일로 40페이지 가량. 막 출력한 종이가 따뜻했다. 추운 겨울 양손으로 호빵을 잡은 듯 기분이 좋다. 한 달 가까운 시간 동안 자료와 촬영본을 종합적으로 구성한 결과물이다. 작가가 팀에 합류한 지 한 달 보름 가까운 시간이 흘렀다. 시간이 많지 않았음에도 불구하고, 이야기의 흐름을 만들기 위해 에피소드를 고르고 연결한 흔적이 곳곳에 보였다. 수없이 많은 고민이 녹아 있다. 이야기 흐름이 편집구성안에 담겨 있지만, 실제 편집으로 이야기를 만들어가는 것은 또 다른 과정이다.

구성은 글로 이야기를, 편집은 화면으로 이야기를 만들어나가야 한다. 그리고 때가 되면, 머릿속으로 구상한 이야기와 실제 구현된 화면의 이야기로 구성과 편집의 접점을 찾아야 한다. 그 시간을 위해 달린다. 오늘도 윤석민 편집감독과 함께 편집실에서 작업을 진행했다. 정리된 그림 속 이야기를 확인하며, 조금씩 이야기를 고치고 만들어나갔다. 그러나 쉽지 않다. 이렇게 작업해서 촘촘한 그물 같은 이야기가 만들어질 수 있을지 여전히 의문이다.

2019년 3월 26일 화요일

"이름은 김복동"

영화의 제목을 '김복동'으로 확정했다. 몇 차례 제작진이 회의하는 동안, 몇몇 다른 제목들이 후보로 거론되기도 했다. 한평생 일본 정부의 사죄를 요구했던 할머니의 마음을 기리는 뜻에서 '사죄'로 하자는 의견이 있었다. 또 빼앗긴 어린 시절을 되찾기 위한 마음을 살려 '나의 소녀 복동이'라는 제목도 나왔다. 또 '김복동'이라는 제목 앞에 수식어를 넣은 제목들도 나왔다. 그러나 '김복동'으로 결정했다.

우리 사회에 김복동을 모르는 사람이 많다. 그들에게 '김복동'이라는 상징적 인물을 기억하게 해줄 필요가 있다. 김복동은 일본군 '위안부' 피해자이자 인권운동가, 평화활동가로 불리지만, 정작 '김복동'이라는 그 이름 자체로만 불린 적은 없다. 이름 앞의 수식어로 김복동을 설명하는 것이 아닌, '김복동'이라는 이름 그대로의 김복동을 살펴야 한다. 그리하여 세상에 '김복동'이라는 사람의 이름 석자를 남기고 싶다. 그것이 이 영화의 제목을 '김복동'으로 결정한 이유다.

영문 제목은 'My name is Kim Bok-dong'으로 결정했다. 2015년 유럽 강연 당시 수많은 청중 앞에서 자신을 소개할 때, 김복동은 "서울서 온 피해자, 나이는 90세, 이름은 김복동입니다."라고 말했다. 그 문장 속에 있는 '이름은 김복동입니다'를 영어로 번역해 영문 제목으로 정했다. '김복동'이라는 이름을 낯설어하는 외국인에게도 '김복동'이라는 이름을 각인시키고 싶다.

2019년 3월 27일 수요일

프롤로그를 어떻게 할까

영화 「김복동」의 프롤로그를 어떻게 짤 것인지 회의를 거듭하지만, 쉽게 결론이 나지 않는다. 결론은 더 편집해보고 결정하자였다. 잠시 관객의 입장이 되어 시뮬레이션해본다. 상영관에 불이 꺼지고, 영화가 본격적으로 시작된다. 영상이든 소리든, 「김복동」을 알리는 시작이 눈앞에 펼쳐진다. 프롤로그는 관객들이 '김복동'을 마주하게 되는 첫인상이다. 첫인상으로 관객들은 영화에 대해 선입견을 갖게 된다. 영화를 충분히 보지 않아도, 마치 영화가 할 이야기를 이미 아는 듯한 상태가 되는 것이다. 그래서 프롤로그는 중요하다. 관객들의 마음을 사로잡을 가능성이 있는지는, 몇 분이 채 되지 않는 프롤로그에서 이미 결정이 되는 것이다.

극장 안으로 들어선 관객들은 여전히 「김복동」이라는 영화를 의

심할 것이다. 십중팔구는 지루할 거라고 생각할 것이다. 게다가 주인공은 일본군 '위안부' 피해자다. 김복동이라는 이름은 들어본 것 같은데, 어떤 사람인지 잘 모르는 관객들은 영화에 대한 믿음을 여전히 갖지 못한 상태다. 그런 상태에서, 영화 「김복동」의 프롤로그가 시작되는 것이다. 영화 시작과 동시에 관객들의 시선과 마음을 사로잡아야 한다. 시간은 5분. 그 짧은 시간 동안 관객들의 마음을 움켜쥘 무언가가 필요하다. 그들이 가진 영화에 대한 선입견을 뒤집을 수 있을 내용과 형식이어야 한다.

지금까지 내가 생각한 최선의 프롤로그는 1992년 부산 다대포에서의 김복동 할머니의 증언이지만, 목소리만 남은 대화이기에 영상으로 보여줄 수 없다는 단점이 있다. 그러나 김복동 할머니의 당시 목소리에는 최근의 할머니에게서는 느낄 수 없는 떨림, 긴장, 답답함이 고스란히 배어 있다. 그로부터 27년이 지났지만, 27년 전 당시의 상황이 그 목소리에 생생히 담겨 있다. 그뿐만이 아니다. 당시의 대화를 통해 김복동이 누구인지, 어떤 피해를 겪었는지, 그 후 어떻게 살아왔는지를 알 수 있다. 오직 대화로, 김복동 할머니에 대한 인상을 심어줄 수 있는 것이다. 그러나 여전히 고민이다. 과연, 얼마나 성의 있는 방식으로 당시의 목소리를 표현할 수 있을까. 여러 가지 구상을 해보지만, 마음이 동하지 않는다. 어렵다. 윤석민 편집감독과 그림을 보면서, 이런저런 시도를 더 해보기로 했다.

2019년 3월 28일 목요일

최고의 프롤로그

"선배, 이거 한번 보실래요?" 새벽까지 편집하고 집에 늦게 돌아간 윤석민 편집감독이 점심 무렵 출근했다. 윤 감독은 요즘 계속 낮과 밤이 뒤바뀐 생활을 한다. 체력적으로 힘들지 않을까 걱정이다. 어제 새벽에 작업한 영상을 같이 봤으면 한다고 했다. 나는 바로 편집실로 가서 영상을 플레이했다. 좁은 편집실에서 의자를 뒤로 죽 빼고 앉았다. 한 걸음 더 뒤로 물러서서 이야기를 봐야 한다는 강박이 있다. 그렇게 해야, 영화를 보는 사람의 시선에서 영상을 볼 수 있기 때문이다.

검은 화면에서 소리만 들리기 시작한다. 부스럭거리는 소리. 나무로 된 상 위에 어떤 물건이 놓이는 소리가 난다. 김복동은 끌려가던 상황을 설명한다. 공장에 간다고 해 길을 따라나섰고, 부산항에 도착하니 나 같은 아이들이 20명 정도 있었고, 배를 타고 일본을 거쳐서 광동으로 간 후, 그곳에서 몹쓸 짓을 당했다고 김복동은 말한다. 예순일곱 살 김복동의 목소리에서는 왠지 모를 자신감이 느껴진다.

검은 화면이 끝나고 세면대에서 비누칠을 하는 누군가의 손이 나온다. 손 구석구석 꼼꼼히 비누칠을 한다.

화면이 끝나고 다시 검은 화면이 나온다. 검은 화면에 다시 목소리만 흘러나온다. 김복동은 한숨을 쉰다. 아침 8시부터 저녁 5시까지 군인을 상대해야 했다고 말한다. 어떨 땐 출장을 가기도 했다고, 또 말을 안 들으면 가두고 때리고 밥도 안 먹였다고 화를 낸다.

다시 검은 화면이 끝난다. 이번에는 비누칠한 손을 오래오래 씻는 장면이 나온다. 씻고, 씻고, 또 씻는다. 꽤 긴 시간 손을 씻는데, 이렇게 길게 손을 씻는 사람이 있구나, 생각이 들 정도다.

화면은 다시 검은 화면으로 바뀐다. 김복동이 담배를 피우기 위해 라이터를 켜는 소리가 들리고, 이어 김복동이 담배를 빨아들이고 연기를 내뱉는 소리가 들린다. 김복동이 한탄하듯 다시 말을 시작한다. 열여섯에 떠났다가, 살아서 돌아와보니 사람들이 자신에게 스물세 살이라고 했다는 말을 긴 한숨과 함께 내뱉는다. 검은 화면 속 대화가 마무리되면서 녹음기 멈추는 소리도 들린다.

다시 손을 씻는 장면. 손을 씻는 사람의 얼굴이 거울에 비친다. 그렇게 오래 비누칠을 하고 손을 씻는 사람은 바로, 김복동이다. 손만 오래 씻는 게 아니었다. 머리카락이 한 올도 삐져나오지 않게, 김복동은 자꾸만 머리를 매만지고 매만진다. 혹시나 빗은 머리가 다시 삐져나올까, 김복동은 거울을 보며 연신 머리를 쓸어넘긴다. 화면이 다시 검은 화면으로 바뀌며 영화의 타이틀 '김복동'이 화면 한가운데에 세로로 떠오른다.

1992년 김복동의 목소리와 2018년에 손을 씻고 머리를 매만지는 김복동의 모습이 교차 편집되며 굉장히 인상 깊은 이야기가 만들어져 있었다. 애초에 프롤로그와 오프닝으로 분할해 사용하려고 했던 각각의 신을, 윤석민 편집감독이 하나로 묶어 프롤로그로 교차 편집한 것이다. 두 상황이 묘하게 잘 어울렸고, 가슴을 뭉클하게 만들었다. 1992년 예순일곱 김복동의 목소리와 2018년 아흔셋 김복동의 모습이 27년 시간의 흐름을 대변해주고 있었다. 영화가 설명하려는 김복동이라는 인물의 역사와 현재가 고스란히 담긴, 너무나도 좋은 프롤로그가 만들어졌다.

2019년 3월 30일 토요일

아베 총리의 발언

'2015 한일합의'가 있고 얼마 후, 일본 의회에서 여야 의원들이 참석한 예산 회의가 열린다. 정부 정책에 대한 의원들의 질의에 일본의 정부 관료들이 답변하는 자리다. 2016년 1월 12일, 이날 '2015 한일합의'에 대해 인상적인 발언이 오간다. 오가타 린타로 일본 야당 의원이 아베 신조 일본 총리와 질의응답을 주고받는 장면이었다. 오가타 의원은 아베 총리에게 얼마 전 체결된 '2015 한일합의'를 실행하기 위해서는 총리가 직접 총리의 입으로 사과를 해야만 한다며, 외무대신이 아닌 총리의 직접 사과를 요구한다. 총리가 직접 미안하다고 말해야만, 진정한 합의라고 주장한다. 이에 대해 아베 총리는 그 문제는 각국의 외무부 장관들끼리의 합의를 통해 이미 끝난 사안이라고 답변한다. 그런데도 사과 요구가 거듭되자 아베 총리는 이미 한국의 박근혜 대통령에게 전화로 사과했다고 말한다. 또, 이 문제는 이미 최종적이고 불가역적으로 해결된 사안이기 때문에 자신이 사과를 하는 것은 사태 해결에 도움이 되지 않는다고도 말한다.

아베 총리는 끝끝내 사과하지 않는다. 그런 총리의 모습이 무척 거만해 보인다. 자세와 말투는 물론이거니와 총리의 답변 모습을 보면서 나는 '아베 총리가 피해자들에게 전혀 사과할 마음이 없구나' 확신하게 되었다. 박근혜 대통령에게 전화로 미안하다고 말했다는 것도 사실일까, 의심이 들 정도였다. 아무런 미안한 마음이 없이 그저 미국과 국제사회로부터의 압박을 모면하기 위해 피해자들이 원하는 합의가 아닌, 가해자인 일본 정부가 바라는 합의를 한 거구나, 확신하게 되었다. 가슴이 답답해지는 장면이었다.

지금까지 우리 언론을 통해서 단 한 번도 본 적이 없는 내용이었다. 그래서 약 3분에 이르는 이 장면을 편집하지 않고 영화 속에 고스란히 담기로 했다. 일본 정부가 일본군 '위안부' 문제에 대해 어떤 생각을 하고 있는지, 또 '2015 한일합의' 체결에 대한 일본 정부의 속내가 무엇인지를 관객들도 느끼기를 바랐다. 관객들은 이 장면을 보고, 아베가 진정으로 사과를 했다고 생각할 수 있을까. 제대로 된 사과도 하지 않은 일본 정부의 입에서 이 문제가 최종적이고 불가역적으로 해결되었다는 말이 나오는 것이 과연 가당키나 한 말인가. 관객들의 반응이 궁금해진다.

2019년 4월 1일 월요일

울림 또는 분노

오후에 스태프들 모두가 중회의실에 모여 가편집 영상을 확인하는 시사회를 했다. 지난 며칠 편집을 하는 동안 영상을 수없이 봐서일까, 나는 2시간이 무척 길게 느껴졌다. 다시 보는 영상은 정리가 어느 정도 됐다는 설명이 무색하게 손봐야 할 것투성이였다. 특히 영화 초반부의 이야기 전개는 해결되지 않은 채 여전히 복잡했다. 엊그제 편집감독과 앉아 편집할 때만 하더라도 그럴듯했던 그림들이 오늘 다시 확인하니 이해하지 못할 그림이 되어 있었다. 시사회는 그렇게 민망하고 부끄럽고 난감한 시간이었다. 이렇게 해서 정말 영화 개봉이 가능한 것인지, 한숨만 나왔다.

평가는 나의 한숨과는 달리 썩 나쁘지만은 않았다. 아니, 반은 긍정이었고 반은 부정이었다. '영화 초반은 여전히 안개 속, 후반은 의

외로 흡인력 있음' 정도로 정리할 수 있을 것 같다. 영화 초반은 여전히 설명이 복잡하고 이해하기 힘들 정도로 난해했다. 실제 김복동의 의미 있는 활동 대부분이 2010년 이후에 벌어지기 때문에 그 이전의 시기를 살았던 김복동의 지난 시간을 묘사하는 일은 쉽지 않다. 기록이 남아 있지 않기에 기억을 지닌 사람들을 찾고 흔적을 찾았지만, 그것만으로는 여전히 관객을 납득시키는 데 역부족이다. 복잡하지 않은 간결한 설명, 은유적 표현이 필요하다. 다행히 영화 중반 이후 김복동의 활동에 감정이입이 이루어지며 지루함 없이 영화를 감상할 수 있었다고 했다. 특히, '2015 한일합의'가 김복동의 삶에 변곡점이 되는 동시에 관객들에게도 감상의 전환 지점이 되는 듯하다는 의견이었다. 아베 총리가 일본 의회 내에서 사과를 거부하는 모습이 그랬고, 합의 이후 맞이한 김복동의 91번째 생일잔치에서 흘린 눈물이 그랬다. 또한 화해치유재단 설립식 현장에서 대학생들이 벌인 기습시위, 김복동의 암 발병, 재일조선학교 장학금 수여, 마지막 수요시위까지 김복동의 마음을 고스란히 따라갈 수 있었다고 했다.

결론이 여전히 불투명한 것은 아쉽다. 영화의 마지막 메시지를 어떻게 결정할 것인가 고민이다. 고령의 피해자들에게 남은 시간이 많지 않다는 것을 부각할 것인가, 아니면 이 문제를 해결하기 위해 이제라도 정부가 강력하게 나서야 한다는 의지를 피력할 것인가. 울림을 줄 것인가, 분노를 줄 것인가. 결정해야 한다.

2019년 4월 2일 화요일

김복동의 시간

어제 시사회를 통해 '김복동의 시간'을 제대로 표현해야 한다고 생각했다. 오늘 신동윤 피디와 김기철 촬영감독이 부산 다대포 바다를 다시 촬영했다. 촬영 영상 속 바다는 지난달 다녀온 다대포 바다와 같았다. 지난달 거세게 불어대던 바람은 오늘도 여전했다. 바람에 실린 모래가 카메라를 때려대는 모습이 오늘도 아파 보였다. 육지에 닿은 바람은 멈추지 않고 모래 위를 날아 그 위에 물결 모양의 바람 자국, 풍문(風紋)을 새겼다. 모래 위 무늬는 거센 바람에 의해 사라졌다가 만들어지기를 반복하고 있었다. 다대포 바닷가에서 끝없이 부서지고 만들어지는 바람의 자국이 나에게는 끝없는 고민을 반복해야만 했던 '김복동의 시간'으로 느껴졌다. 아무리 지워내고 씻어내려 해도 기어이 다시 돋아나는 상처 같기도 했고, 그런데도 또 일어서 걸어가야만 했던 의지, 덧없이 흘러가는 시간처럼 느껴졌다. 다대포 바다를 바라보던 김복동의 모습을 다시 상상한다. 쉼 없이 사라지고 생겨나기를 반복하는 이 풍문을 바라보며 무엇을 떠올렸을까.

이 상처를 위해 내가 할 수 있는 일이 있을까.
나는 이 치욕에서 벗어날 수 있을까.
내 삶을 위해 나는 무엇을 해야 할까.
죽기 전에는 사과받을 수 있을까.
그때 나는 무엇이었는가.
언니는 왜 나를 가엽게 여기지 않았을까.
미안하다는 말로 내 상처가 나을 수 있을까.
세상 어디에, 내 속을 알아줄 사람이 있을까.

김복동은 바다를 보고, 바람을 맞으며, 고개를 떨궈 모래 위에 새겨진 무늬를 바라본다. 손가락을 모래 위에 올려 무늬를 지워보지만, 모래에 새겨진 무늬는 지워지지 않고 다시 새겨지고 쌓이기를 반복한다. 그렇게 반복되는 '김복동의 시간' 속에서 김복동은 바다가 되었다가 다시 김복동이 되고, 다시 바다가 된다. '김복동의 시간'은 그렇게 바람을 타고 불어와, 모래 위에 자국을 남긴다. 하염없는 '김복동의 시간'을 다대포의 바다와 모래에 새겨진 풍문으로 표현해본다.

2019년 4월 3일 수요일

불면의 밤

김근라 작가, 윤석민 편집감독과 함께 1차 편집의 마무리 작업을 시작했다. 내일까지 정리하면 대략적인 가편집은 마무리될 듯하다. 연일 계속되는 편집으로 피로가 쌓인 윤석민 감독의 건강이 걱정이다. 피로도가 높은 것은 김근라 작가도 마찬가지다. 이번 파인 커팅 작업을 마무리하고 금요일 극장 시사를 마치면, 조금이나마 숨 고를 시간이 주어지지 않을까. 그러나 8월 개봉까지는 가야 할 길은 여전히 멀다. 나 역시 요즘엔 자려고 눈을 감아도 눈앞에 김복동의 모습이 아른거린다. 눈을 감아도 보이는 화면 속 생생한 모습들 때문에 심장은 두근거리고, 정신은 깨어난다. 분명 몸은 피곤한데, 뇌는 쉼 없이 움직이는 게 느껴진다. 그렇게 불면의 밤을 보내고 있다.

2019년 4월 4일 목요일

좋은 기회

영화 「김복동」이 제20회 전주국제영화제 코리아 시네마스케이프 부문 상영작으로 선정되었다. 2016년 뉴스타파에서 제작한 영화 「자백」이 전주국제영화제에서 상영된 이후 3년 만이다. 영화제 상영을 통해, 관객들의 반응을 얻고, 이를 바탕으로 수정 보완해 제작을 완료하면 8월 개봉에 큰 도움이 되지 않을까. 좋은 기회를 얻었다.

2019년 4월 5일 금요일

가편집본 시사회

오후 2시부터 아트나인 극장에서 배급사 직원들, 마케팅 관계자들, 뉴스타파 구성원들과 함께 영화「김복동」가편집본의 스크린 시사를 진행했다. 지금까지 편집한 결과물을 극장 스크린을 통해 확인하는 시간이다. 이런 시사회를 가져본 적이 없는 나는, 영화가 상영되는 순간에 드는 다양한 감정들을 처음으로 느낄 수 있었다. 아직 내레이션이 없고 색 보정이 되지 않았고 음향 상태도 좋지 않았지만, 극장 화면의 느낌은 알 수 있었다.

상영 시간이 다 되자, 사람들이 극장 안으로 들어섰다. 50석 객석 중에 반이 넘는 자리가 가편집본을 보려는 사람들로 채워졌다. 이렇게 많은 사람이 모였는데 완성본이 아닌 어색한 편집본을 보게 한다는 게 미안했다. 생각보다 긴장이 많이 됐다. 호흡이 가빠지고, 심장이 빨리 뛰었다. 나는 극장의 오른편, 맨 뒷자리에 자리를 잡고 앉았다. 최대한 멀찌감치 떨어져 이 영화를 보고 싶었다. 오늘 많은 의견을 듣고, 이를 편집에 반영해야 한다.

곧이어 배급사 정상진 대표가 무대로 나와 오늘 시사회에 대해 간단히 설명했다. 감독에게 관련 설명을 듣겠다고 했다. 무대에서 인사하는 걸 전혀 예상치 못해서 무척 당황스러웠다. 쑥스럽고 어색한 마음으로 무대로 나가 엉거주춤 인사했다. 준비되지 않은 내 모습이 싫었다. 영화 작업이 처음이어서,라는 생각은 핑계였다. 준비했어야 했다. 지난 10월 처음으로 작업을 시작하게 된 이래, 6개월 만에 이렇게나마 가편집본을 상영할 수 있게 된 것이 기쁘다고 말했다. 개봉까지 남은 시간, 최선을 다하겠다는 말을 남기고 다시 자리로 돌아왔다. 관계자의 인사가 끝나고, 객석에 불이 꺼졌다. 영화 상영이 시작됐다. 극장 속 관객들은 스크린을 바라보고 있었다. 영화를 바라보는 관객들의 모습을 난생처음 바라보았다.

검은 화면 위로, 김복동의 목소리가 들려왔다. 목소리와 함께, 김복동의 현재 모습이 스크린에 비쳤다. 생각보다 늙고 왜소한 모습. 그렇게 영화 「김복동」을 알리는 자막이 스크린을 채웠다. 영상을 극장 스크린을 통해 바라보는 일은 신비로운 경험이었다. 편집실의 작은 모니터에서는 느낄 수 없었던 웅장함이 느껴졌다. 극장에 앉아 스크린을 바라보니 온몸의 감각이 깨어나 열리는 듯했다.

그러나 시간이 지날수록 나는 어느새 관객이 아니라 제작을 책임진 연출자로 영화를 바라보고 있었다. 너무 여러 번 돌려봐서일까. 프롤로그에 잠시 집중했을 뿐, 그 이후 이어진 영상을 나는 너무도 덤덤하게 바라보고 있었다. 그러다보니 혹시 시사회 관객들도 나처럼 별 감흥 없이 보고 있는 것은 아닐까 걱정되기 시작했다. 주변 반응을 살피려 했지만, 뒷자리에 앉아서 다른 사람들의 얼굴과 표정을 제대로 볼 수 없었다. 심지어 숨소리도 들려오지 않았다. 극장 안은 무척 조용했다. 몇몇 장면에서는 분명 감정이 격해질 법도 한데, 분위기는 덤덤하기만 했다. 이런 반응이라면 실패나 다름이 없는데, 큰일이었다.

그동안 제작진이 느꼈던 감정의 동요는 그저 우리만의 감정이었나. 무엇이 문제일까. 김복동의 이야기는 일반 관객에겐 여전히 다가서기 어려운 문제인가. 아니면…… 연출을 제대로 하지 못한 내 탓인가. 이제 이 영화를 어떻게 뜯어고쳐야 하는가. 혼란스러웠다. 무덤덤해 보이는 모두의 뒷모습이 미웠다. 8월에 영화 개봉이 가능하긴 할까. 자신이 없어졌다.

'큰일 났다'는 생각만 하다가 영화가 끝났다. 객석에 불이 켜졌다. 정상진 대표가 극장 밖으로 나가서 간단한 리뷰를 하자고 했다. 머릿속에 '망했다'는 생각만 가득했다. 밖으로 나가 테이블에 자리를 잡고, 애써 담담한 척하려 했다. 관객들의 무반응에 반응하지 않는 척해야 했다. 무거워진 마음으로 가방에서 수첩을 꺼내고 펜을 집어 들었다. 이 사태를 어떻게 수습할지 눈앞이 캄캄했다.

나는 다시 사람들의 얼굴을 살폈다. 어두운 극장에서는 보이지 않던 표정들이 그제야 눈에 들어왔다. 울다 지친 얼굴들. 김복동의 마음에 공감한 표정들이 분명했다. 맨 뒷자리에선 잘 보이지 않았을 뿐 관객들은 이미 김복동의 마음에 흠뻑 빠져 있었던 것이다. 앞자리에 앉았던 스태프들 말로는 여기저기서 훌쩍이는 소리가 들려 영화에 집중하기 힘들 정도였다고 했다. 다행이었다. 상영 내내 관객들은 김복동과 공감하고 소통했던 것이다. 지금까지의 작업이 허튼 일은 아니었다.

오늘 관계자 시사회는 여러모로 의미가 있었다. 관객 대부분이 '위안부' 문제를 안다고 생각했지만, 영화를 보니 모르고 있었다는 걸 깨달았다는 소감을 전했다. 김복동의 당당한 모습을 보게 되어 좋았다는 이야기도 들을 수 있었다. 영화의 표현 방식이 자극적이지 않았다는 평, 김복동과 거리감을 유지하는 시선이 영화를 섬세하게 만들었다는 평도 있었다. 오늘 영화를 본 사람들의 이야기를 소중하게 담아 정리했다. 프롤로그를 다시 정리하고, 재일조선학교의 현재 상황을 설명할 영상도 추가로 편집하기로 했다. 영화의 마지막에 들어갈 자막의 내용도 다듬기로 했다. 다시 한번 커트 순서를 정리하고, 새로 편집할 장면들도 손보기로 했다. 첫 스크린 시사회가 이렇게 마무리됐다.

2019년 4월 15일 월요일

현실은 차갑되, 사람은 따뜻하게

색 보정 작업을 위해 김형희 감독을 만났다. 영화 「김복동」은 김복동 단 한 사람의 삶을 돌아보는 것이 아닌 일본군 '위안부' 역사 속에서 살아온 김복동의 삶을 다룬 다큐멘터리영화다. 현실은 차가웠지만, 김복동의 삶은 사람이 품은 온기로 따스했다. 그것이 영화 속에 녹아 있다. 차가운 현실과 연대의 따스함이 색 보정 작업을 통해 잘 구현되길 바란다고 김 감독에게 말했다. '현실은 차갑되, 사람은 따뜻하게.' 차가운 현실은 푸른빛이 감돌게, 사람의 온기는 따스한 햇볕이 감도는 느낌이 살았으면 좋겠다고 말했다. 사실 뉴스타파에서는 색 보정 작업을 할 기회가 거의 없다. 색 보정에도 테마가 있다는 것을, 나는 이번 작업을 통해 깨닫는다. 영화 편집을 전담해온 윤석민 편집감독이 김형희 감독과 함께 작업을 진행하기로 했다.

2019년 4월 16일 화요일

바위처럼

오늘 아침, 집 뒤편 한양도성 성곽길을 걸어 삼청공원을 지나 회사까지 걸어서 출근했다. 하늘이 무척이나 파랬고, 봄바람이 시원하고 따스했다. 못 보는 사이, 세상은 온갖 꽃들의 천국이 되어 있었다. 꽃들 사이를 걷는 길이 즐거웠다. 걷는 내내 자꾸만 「바위처럼」의 노래 가사가 머리를 맴돌았다. 「바위처럼」은 수요시위가 열리는 날이면 언제나 흘러나오는 노래다. 수요시위가 시작하기 전에 흘러나오기도 하고, 수요시위가 진행 중일 때 나오기도 한다. 시위 참가자들은 노래에 맞춰 율동을 하기도 하고, 노래가 참가자들의 개성에 맞게 변주되기도 한다. 나에게는 「바위처럼」이 마치 수요시위를 상징하는 노래처럼 들린다. 그래서인지 이 노래의 가사가 마치 김복동의 삶을 말해주는 것이 아닌가, 하는 생각이 들었다. 수요시위 현장에 앉아 바람을 맞고, 눈을 맞고, 비를 맞는 김복동의 모습이 실제 바위처럼 느껴졌다. 바닥에 깊숙이 뿌리를 내리고 서서 어떠한 흔들림에도 굴하지 않는 모습처럼 보였다.

「바위처럼」이라는 노래가 영화 「김복동」의 또 다른 테마곡이 될 수 있지 않을까. 혹시 누군가 이 노래를 다시 편곡해 김복동에게 불러줄 수 없을까. '너의 삶은 바위 같았지만 참으로 애쓴 삶이었다'고 김복동의 마음을 위로해줄 수 없을까. 어울리는 목소리를 가진 가수가 누구일까 고민하다 한 사람이 떠올랐다. 「하루하루」라는 노래를 불렀던 가수 윤미래 씨였다. 혹시 이런 마음이 잘 전달된다면, 윤미래 씨가 김복동을 위해 노래를 불러주지 않을까, 조금 기대하게 되었다. 신동윤 피디가 섭외해보기로 했다.

2019년 4월 17일 수요일

김복동의 나이

연도별 김복동의 나이를 다시 한번 명확하게 정리했다. 원고 작성 및 자막 작업을 위해서도 정리해야 했다. 만으로 나이를 계산하면 여러 가지 면에서 헷갈릴 우려가 있어, 우리나라 나이로 정리해 김근라 작가와도 공유했다.

1926년(1세) 김복동 출생.

1941년(16세) 일본군 '위안부'로 끌려감.

1992년(67세) 일본군 '위안부' 피해자 신고.

1998년(73세) 나눔의집 생활을 접고 부산으로 돌아감.

2010년(85세) 부산 생활을 정리하고 서울로 다시 돌아옴.

2011년(86세) 1,000회 수요시위 기념 '평화의 소녀상' 공개.

2012년(87세)	길원옥 할머니와 함께 일본 순회강연 진행.
2013년(88세)	미국 글렌데일 '평화의 소녀상' 제막식 참석.
2015년(90세)	미국, 유럽 등 전 세계 순회강연.
	'2015 한일합의' 발표.
2016년(91세)	'바다가 보고 싶어' 속초 바다에서 생일파티 개최.
2017년(92세)	평화의우리집 식구 이순덕 할머니 사망.
2018년(93세)	복막암 수술. 항암 치료 중단.
	재일조선학교에 전 재산 기부.
2019년(94세)	암 투병 끝에 김복동 사망.

김복동은 67세가 되어서야 '잃어버린 나'를 찾는 여정에 오른다. 흔히들 인생의 황혼기가 시작되었다고 말하는 나이, 노년의 삶이 시작되었다고 말하는 나이이다. 물론 이 싸움을 시작할 당시 그 누구도 30년 가까운 시간 동안 아무것도 해결되지 않을 거라고는 생각하지 못했을 것이다. 자신의 삶을 짓밟은 이들로부터 그저 '미안하다'는 말 한마디 듣고자 했던 싸움은 결국 죽음을 맞는 순간까지 해결되지 않았다. 16세 소녀가 67세 노인이 될 때까지 50년이 넘는 시간을 숨죽여 살아야만 했던 김복동의 분노와 슬픔을, 그 상처의 깊이를 우리는 제대로 헤아릴 수 있을까. 그렇게 싸움을 시작했지만, 끝내 일본 정부의 사죄를 얻지 못한 채 눈을 감아야 했던 김복동의 마음에는 무엇이 남았을까. 김복동의 나이를 세며, 김복동이 지나온 세월의 깊이를 다시금 느껴본다.

2019년 4월 19일 금요일

영화제 포스터

제20회 전주국제영화제에서 사용할 영화 「김복동」의 포스터를 만들었다. 뉴스타파 이도현 디자이너의 작품이다. 사진은 윤석민 편집감독이 강력히 추천했다. 오랜 시간을 힘겹게 싸우며 세월의 무게까지 짊어지고 살아야 했던 김복동의 고단함과 쓸쓸함이 느껴진다는 이유에서였다. 뒤에서 보이는 김복동의 굽은 등과 그런 김복동을 바라보는 먼 관객들의 모습이 왠지 마음 아프다. 2012년 오사카에서 진행한 강연회 자리에서 촬영한 사진이다. 2주 전, 스크린 시사회에 참석해 눈물지었던 강숙 작가가 타이틀을 손 글씨로 써주었다. "내 힘이 닿는 데까지 끝까지 싸우다 갈 거야."라는 김복동의 말이 글자로 새겨져 있다.

2019년 4월 20일 토요일

영화를 위한 비망록

영화 「김복동」은 위인전이 아니다. 김복동의 일대기를 다루었지만 김복동을 존경하자거나 위대하다고 말하지 않는다.

격동의 시간을 견디고 버틴 김복동의 삶을 담담히 보여주는 영화다.

그런 김복동의 삶과 마음이 관객에게 가닿기길 바라는 마음으로 만들어진 영화다.

존경해주기를 바라는 영화가 아니라 공감해주기를 바라는 마음으로 만든 영화다.

고뇌하고, 후회하고, 한탄하고, 좌절했던 김복동의 마음을 보여주는 영화다.

역설적이지만, 김복동은 생전에 일본군 '위안부' 문제가 해결되지 않을 것임을 알고 있었다. 그런데도 김복동은 거리에 나서 '사죄와 배상'을 외쳤다. '그 사람들? 결국, 스스로 무너지고 말더라.' 이런 일본 정부의 비아냥거림을 듣고 싶지 않기 때문이다.

'너희 일본 정부를 내가 이길 수 없을지 모른다. 그렇지만 결단코 나는 너희들에게 지지 않을 것이다.'

김복동은 지지 않겠다는 마음으로 싸웠다.

싸움이 진행되는 내내 김복동은 그 무게감을 견디며 속울음을 울어야만 했다.

사람들 앞에서 마음 놓고 울 수도 없었다.

보이지 않는 곳에 숨어 울어야 했다.

자신이 무너져서는 안 된다 생각했기 때문이다.

김복동은 나약한, 한 인간이었다.

현실에 둘러싸여 늘 고뇌하던 사람이었다.

「김복동」은 '사람' 김복동을 말하는 영화다.

김복동의 상처투성이인 발자취를 돌아보는 영화다.

그 상처를 살피며, 동시에 나 자신을 돌아보게 하는 영화다.

대체 나는 지금껏 무엇을 하고 살아온 것인가, 스스로를 반성하게 만드는 영화이고, 김복동의 삶을 함께 느끼게 하는 영화다.

2019년 4월 22일 월요일

김복동과 김복동 할머니

영화 「김복동」의 내레이션 원고 작업이 끝났다. 집필을 위해 김근라 작가는 2주 가까운 시간을 집 안에만 갇혀 글을 썼다고 한다. 스스로를 격리하다시피 하며 작업을 마무리한 것이다. '김복동'을 통해 내용을 설명하기도 하고, 이야기를 끌어가기도 하고, 때로는 여운을 남겨야 했다. 러닝타임 1시간 50분이 넘는 다큐멘터리영화의 원고를 유기적으로 움직이는 하나의 이야기로 만드는 일이 쉽지 않았을 것이다. 특히나 실존 인물의 이야기, 세상을 떠난 지 얼마 지나지 않은 김복동의 삶을 다룬 영화였기에, 원고에는 단어 선택 하나에도 고심한 흔적이 역력했다. 그렇게 46장의 영화 「김복동」 내레이션 원고가 나왔다.

영상을 머릿속에 그리며 천천히 읽어내려갔다. 내레이션을 맡은 한지민 씨의 목소리를 떠올리기도 했다. 스태프들과 함께 원고 속 사실들도 마저 확인했다. 혹시 모를 표현 방법도 꼼꼼히 살폈다. 사실을 다루는 다큐멘터리영화라서 완성 전까지 사실관계를 계속 철저히 확인해야 한다.

원고에서 가장 특징적인 부분은 김복동을 지칭할 때였다. 작가는 '김복동'과 '김복동 할머니'를 구분해 사용했다. 해외 강연이나 피해 증언, 인권활동, 평화활동 등을 통해 사회적인 존재로 활동하는 김복동을 지칭할 때는 '김복동'이었다. 그러나 김복동이 주변과 연대할 때나, 집에서 일상생활을 할 때, 인간 본연으로서의 김복동을 표현할 때는 '김복동 할머니' 또는 '할머니', '복동 할머니'로 지칭했다. 호칭을 각각의 활동 성격에 맞게 구분하자 김복동을 이해하는 게 조금 더 쉬워졌다. 그렇다고 '김복동'과 '김복동 할머니'라는 각각의 호칭에 거부감이 들지도 않았다. 호칭이 변했을 뿐 김복동은 변함이 없었다. 공적이고 사적인 김복동의 차이에 관해 이야기를 나누긴 했지만 원고에 이런 구분이 반영될 줄은 몰랐다. 이야기의 흐름에 맞게, '김복동'과 '할머니'가 호칭으로 구분되면서, 영화 속에서 조그만 리듬이 만들어진 듯했다. 원고의 맨 마지막, 우리의 결론은 김복동의 이름을 기억하는 사람이 되어달라는 부탁이었다. 영화의 제목이 '김복동'인 이유였다. 그렇게 정리된 원고를 음향감독, 음악감독, 영어 번역가, 한지민 씨에게 메일로 보냈다.

저녁에는 박상원 음악감독이 편집실을 찾았다. 지금까지 완성된 음악을 영상, 원고와 함께 확인했다. 음악의 시작 타이밍도 꼼꼼히 확인했다. 한숨을 쉬고 난 후 음악을 시작할지, 한숨을 쉬기 전 음악을 시작할지 결정하는 것은 중요하다. 타이밍에 따라 음악의 메시지가 달라지기 때문이다. 박 감독의 음악은 들으면 들을수록 가슴이 시린 음악이었다. 특히나, 영화의 시작과 끝을 장식하는 메인 테마 음악이 꽤 오래 가슴에 남았다.

박 감독은 지난한 작업에 큰 자극이 전해진 순간이 있었다고 했다. 바로 영화 속 길원옥 할머니가 기억을 잃어가는 모습이었다. 길원옥 할머니가 기억을 잃어가는 모습이, 길을 잃고 방황하던 영화 음악의 전반적인 테마 선정에 길을 밝혀주었다고 했다. 영화 속의 한 장면이 이렇게 작업을 원활히 나아가게 하는 계기가 된다는 사실이 놀라웠다. 음악으로 메시지를 전달해야 하는 작업은 영감을 얻는 것이 그만큼 중요할 것이다.

기억을 잃어가는 길원옥 할머니의 모습은 한편으로는 일본군 '위안부' 운동의 현재 상황을 고스란히 드러내기도 한다. 「김복동」의 영화 음악 속에 일본군 '위안부'의 슬픈 현실이 담겨 있는 것 같아 한편으로는 씁쓸하다.

2019년 4월 26일 금요일

내레이션 녹음

배우 한지민 씨의 목소리로 영화 「김복동」의 내레이션을 녹음했다. 4월 말이 되었는데 갑자기 날이 추워져 두꺼운 옷을 챙겨 입었다. 하필이면 녹음하는 날 날씨가 이럴까. 비까지 내려 마음이 더 움츠러들었다. 행여 녹음에 영향을 주지 않을까 걱정이 됐다. 나와 스태프들은 1시간 먼저 녹음실에 도착해 준비를 마쳤다. 미리 준비한 영화 「김복동」 포스터를 녹음실 곳곳에 붙여 두었다. 약속한 시각이 되자 한지민 씨가 녹음실에 도착했다. 가볍게 인사를 나누고 다시 한번 감사의 마음을 전했다. 한지민 씨도 2017년 여름에 있었던 '기억의 터' 행사를 기억하고 있었다. 당시 길원옥 할머니 손을 잡고 이동하느라 김복동 할머니를 제대로 챙겨드리지 못한 미안함이 아직 남아 있다고 했다. 영화 「김복동」의 내레이션 참여 제안을 받았을 때 당시의 기억이 떠올라 선뜻 응하게 되었다고 한다.

녹음에 들어가기 전 다시 한번 원고를 체크했다. 나는 한지민 씨에게 할머니의 마음을 담담히 위로하는 마음으로 읽어주면 좋겠다고 간단히 의견을 전했다. 그리고 행여 눈물이 날 것 같아도 참아야 한다고 말했다. 2시간 분량의 영화 내레이션을 녹음하다가 눈물로 흐름이 끊기게 되면 목소리를 가다듬는 데 꽤 긴 시간이 필요하기 때문이다. 한지민 씨는 "원고 첫 장만 읽어도 눈물이 날 것 같던데요." 라고 말했다. 그 목소리가 왠지 담담했다. 이 목소리가 내레이션으로 담기겠구나, 생각이 들었다. 그저 함께하고 싶은 마음으로 담담하게 김복동의 삶을 짚어주면 될 것이다. 한지민 씨가 녹음을 위해 대기실에서 방음시설이 있는 녹음실로 이동했다. 의자에 앉아 마이크 높이를 조절했다. 마이크 음량을 테스트하고, 전반적인 녹음실 환경도 다시 한번 체크했다. 훗날 영화 홍보를 위해 한지민 씨의 녹음 모습은 영상으로 촬영했다. 최대한 한지민 씨가 원고를 읽는 데 방해되지 않도록 카메라를 설치했다. 가장 편안한 자세로 앉아서 원고를 읽는 데에 집중할 수 있도록 하는 게 우선이었다.

녹음이 시작되자, 한지민 씨는 다른 사람이 됐다. 눈앞의 원고를 읽어 표현하는 데 집중할 뿐 다른 곳에는 함부로 시선을 주지 않았다. 집중하는 모습이 인상적이었다. 내레이션 장면에 맞춰 녹음실 안 모니터에 영상이 재생되고 있었지만, 한지민 씨는 이상하게도 그 영상에는 눈길을 주지 않았다. 그저 원고에 표현된 언어를 자신의 말로 표현할 뿐이었다. 나도, 스태프들도, 진행 중인 녹음 이외에는 별다른 대화를 하지 않았다. 다만, 내가 생각하는 톤과 한지민 씨가 생각해 표현한 톤이 조금 달랐을 때, 이를 조정하기 위한 간단한 대화들이 오갔을 뿐이다. 중간중간 일본 정부의 행태를 설명하는 장면에서 한지민 씨는 감정을 숨기기 버거웠는지 깊은 한숨을 쉬기도 했다. 김복동의 활동을 공감하는 순간이 될 때면 잠시 말을 멈추고 가만히 앉아 마음을 추스르기도 했다. 그저 다큐멘터리의 내레이션을 읽는 것이 아니라 연기를 펼치는 듯했다.

한지민 씨가 다큐멘터리에 색다른 생동감을 넣어준 장면이 있었다. '2015 한일합의' 이후 절망에 빠진 할머니가 바다가 보고 싶다며 찾아간 속초 바다를 보여주는 신에서였다. 내레이션은 '바다가 보고 싶어'였다. 나는 그저 건조한 내레이션을 머릿속에 그리고 있었는데, 한지민 씨의 "바다가 보고 싶어."는 다정하기도 하고 쓸쓸하기도 한 목소리였다. 지금까지 녹음된 목소리와는 다른 톤이었다. 내레이션으로 김복동의 마음을 설명하는 것이 아니라, 잠시 스스로 김복동이 되어 김복동의 마음을 표현한 것이다. 녹음된 음성을 다시 한번 확인했다. 속초의 거센 파도가 부서지는 풍경 속에 "바다가 보고 싶어."라는 한지민 씨의 음성이 김복동의 마음과 뒤섞였다. 생각지 못한 장면이 완성되었다.

에필로그를 앞두고 잠시 녹음을 멈추었다. 에필로그에서는, 내레이션 내내 꽁꽁 묶어 두었던 감정을 진솔하게 표현하는 게 필요하다고 생각했다. 김복동과의 추억마저 기억나지 않는다고 말하는 길원옥 할머니의 모습을 통해, 우리가 모두 김복동의 이름을 기억해야 한다고 관객에게 말하는 장면이다. 길원옥 할머니의 마지막 말이 담긴 영상을 함께 확인했다. 다시 녹음을 시작했다. 한지민 씨의 선택은 눈물을 머금은 목소리였다. 녹음하며 처음으로 한지민 씨는 한가득 눈물을 머금은 듯한 목소리로 에필로그를 차분히 읽어내려갔다. 생각했던 것 이상의 결과물이었다. 더 녹음할 필요가 없었다. 길고 긴 4시간가량의 녹음이 끝난 것이다.

그런데 한참이 지나도 한지민 씨가 대기실로 돌아오지 않았다. 결국 참았던 눈물을 쏟아낸 것이다. 한지민 씨는 화도 나고, 슬프기도 하고, 몰랐던 걸 알게 된 시간이라고 했다. 특히 '용서할 준비가 다 되어 있는데, 손을 내밀지 못하는 일본 정부가 진정한 사과를 바랐다고 말할 수 있을까'라는 부분이 기억에 남는다고 했다. 더욱 많은 미래 세대들이 영화 「김복동」을 보고 일본군 '위안부' 문제에도 관심을 갖게 되면 이번 작품에 참여한 의미가 더 깊을 거라고도 말했다. 한지민 씨의 말을 들으며, 그 진심을 느낄 수 있었다.

2019년 4월 27일 토요일

전주국제영화제 준비

오전 10시부터 다시 작업을 시작했다. 어제 온 신경을 집중한 탓인지, 아침까지 피로가 풀리지 않았다. 편집실에서 전주국제영화제 상영에 필요한 영어 자막을 입혔다. 번역 작업을 했던 김희준 번역가와 함께 좁은 편집실에 앉아 마지막으로 꼼꼼히 자막을 체크했다. 자막 작업은 오후 5시가 되어서 끝났다.

영상을 파일로 출력해 외장하드에 옮긴 후, 최종 음향·음악 작업을 위해 마포 작업실로 이동했다. 녹음실에 도착하니, 박상원 음악감독이 몇 시간째 기다리고 있었다. 장철호 음향감독에게도 죄송하다 말했다. 근처 칼국숫집에서 간단하게 저녁 식사를 하고, 녹음실로 돌아와 작업을 시작했다. 영화의 처음부터 끝까지, 영상에 맞춰 음악과 음향을 입혀가며 최종 음성 파일을 만드는 작업이다. 어제 녹음한 한지민 씨의 내레이션 위치가 제대로 자리하고 있는지 마지막으로 확인했다. 영상과 음성이 서로 어긋남은 없는지 체크했다. 음악의 시작점을 체크해가면서 실시간으로 마지막 녹음을 시작했다. 음량도 신경 써서 확인했다. 편집할 때는 없던 소리가 음향 작업으로 만들어진 것도 확인했다. 골목길의 오토바이 소리, 나무 위에 앉아 있는 새들의 지저귀는 소리가 만들어졌고, 명확하게 들리지 않던 소리가 확연히 들리는 소리로 바뀌어 있었다. 그 소리가 영상과 함께 애초부터 있었던 소리인 듯 자연스럽게 어울렸다. 음악도 세밀하게 시작점들을 조절하고, 음량을 조절해가면서 영상과 최대한 어울릴 수 있도록 했다.

최종 믹싱 작업은 생각보다 시간이 오래 걸리는 작업이었다. 팽팽하게 당겨진 긴장이 몇 주 동안 이어져오면서, 스태프들 모두 신경이 날카로워진 것이 느껴졌다. 의견이 자꾸 충돌했다. 애초에 생각했던 대로 표현된 것인지에 중점을 두고 끝까지 작업을 진행했다. 어두운 작업실에 앉아, 눈으로는 환한 모니터를 바라보고 귀로는 소리에 집중하는 일은 생각보다 에너지를 소모했다. 그렇게 작업이 모두 끝나니 자정이 훌쩍 넘어 있었다. 5시간이 넘도록 작업을 한 것이다.

완성된 5.1채널 음성 파일을 외장하드에 옮겼다. 이로써 영화 「김복동」의 전주국제영화제 상영을 위한 준비가 끝났다. 몇 달간의 고생이 이 작은 외장하드 하나에 담겼다고 생각하니, 조금은 허탈한 기분이 들기도 했다. 이제는 이 파일을 극장 상영을 위한 DCP(Digital Cinema Package)로 변환해야 한다. 배급사 정상진 대표가 밤늦도록 사무실에서 대기 중이다. 신동윤 피디가 외장하드를 들고 배급사로 향했다. 새벽 3시가 넘어서 영화 「김복동」의 DCP가 완성되었다. DCP 파일은 돌아오는 월요일에 내가 직접 전주로 가서 전주국제영화제 사무국에 제출할 예정이다. 택배를 보내면 된다고 했지만, 번거롭더라도 직접 가는 방법을 택했다. 직접 상영 준비를 끝내고 싶었다.

영화 「김복동」의 첫 상영일은 5월 6일 월요일이다. 지금부터 일주일의 시간이 남았다. 첫 상영 후 있을 감독과의 대화가 벌써 걱정된다. 남들 앞에 잘 나서지 않는 삶을 살아왔기 때문이다. 함께 마무리한 스태프들과 새벽까지 문을 연 분식집에서 떡볶이와 순대, 튀김을 먹으며 간단한 쫑파티를 열었다.

2019년 4월 28일 일요일

이름을 아는 것만으로도

오랜만에 집에서 쉬었다. 창밖 세상은 그저 뿌옇기만 했다. 세상이 안개인지, 습기인지, 먼지인지 모를 것들로 둘러싸여 있었다. 오랜만에 아빠가 집에 있으니 둘째가 놀이터에 가서 술래잡기를 하자고 성화를 부렸다. 늦은 점심을 먹고 아이들과 집을 나섰다. 뛰다가 걷다가 공을 차다가, 꽃구경도 하고 개미 구경도 하며 느릿느릿 놀이터로 향했다. 길가에는 분홍색, 빨간색, 흰색 꽃들이 가득했다. '이 꽃샘추위만 지나면 진짜 봄이 오겠구나. 꽃 색깔도 참 예쁘네.' 나도 오랜만에 꽃구경을 하고 있었다. 그때 둘째 아이가 내가 바라보는 꽃을 가리키며 말했다.

"아빠, 이건 철쭉꽃이에요."

"이게?"

"네."

유치원에서 선생님이 알려줬다고 한다. 둘째는 손가락으로 짚어 가며 다른 색깔의 꽃 이름을 반복했다. 아이는 색깔이 다르다며 각각 따로 알려주었다.

"이건 분홍색 철쭉꽃, 이건 하얀색 철쭉꽃, 저건 빨간색 철쭉꽃."

나는 꽃의 이름을 아는 아이가 신기해 다시 물었다.

"이게 철쭉꽃 맞아?"

"맞아요."

둘째 아이는 어깨를 으쓱하며 당당히 말했다.

그 말을 듣고 다시 길가에 피어 있는 철쭉꽃들을 살폈다. 오래도록 이 자리에 피어 있었을 텐데, 난 수없이 이 길을 지나면서도 제대로 바라본 적이 없었다. 이름을 궁금해한 기억도 없다. 꽃을 이름으로 구분하기보다 색깔로 구분했다. 그저 스치듯 쳐다보며 '하얗고 빨간 꽃' 그리고 '봄이 오면 피는 존재'로만 바라보았다. 노란 꽃을 보며 '봄이 왔구나' 생각했을 뿐, 산수유꽃이나 개나리라는 존재를 제대로 바라보지 않았다. 그렇게 40년을 넘게 살아왔다.

그런 내게 오늘 여섯 살 아이가 꽃의 이름을 알려준 것이다. '철쭉'이라는 이름을 듣는 순간, 이상하게도 그 존재가 가슴에 강하게 밀려들어왔다. 동시에 주변의 다른 꽃들도 살피게 되었다. 저마다 제 이름을 가지고 각각의 생명을 뽐내며 살고 있는 꽃들이다. 꽃들이 나를 꾸짖는 듯했다.

그렇게 무관심하게 살던 내가 한 사람의 이름을 영화 제목으로 정하고, 그가 걸어온 길을 담은 다큐멘터리영화를 제작한다는 사실이 참으로 민망했다. 내 주변에 있는 꽃과 나무와 수많은 존재들의 이름도 제대로 들여다보지 못하는 내가, 100년 가까운 시간을 살아온 한 인간의 우주를 어찌 들여다볼 수 있을까. 부끄러웠다. '김복동'이라는 이름을 사람들 마음속에 새기겠다고 되뇌어온 지난 말들이 헛된 구호처럼 느껴졌다.

2019년 5월 2일 목요일

위로의 노래

가수 윤미래 씨의 매니저가 뉴스타파 사무실을 찾았다. 영화 「김복동」에 삽입될 헌정곡에 대해 논의하기 위해서였다. 나는 영화가 다 끝난 뒤, 김복동의 마음에 위로가 되는 노래였으면 좋겠다는 생각을 전했다. 반드시 「바위처럼」이어야 할 필요도 없다. 윤미래 씨가 영화 「김복동」을 감상하고, 그 감상을 바탕으로 노래를 만들고 불러주었으면 좋겠다는 것, 그것이 제작진이 윤미래 씨에게 제안할 수 있는 전부였다. 그리고 영화 「김복동」을 감상할 수 있는 파일을 건넸다. 꼭 영화를 직접 감상한 후, 가능 여부를 판단해달라고 말했다. 윤미래 씨는 과연 영화 「김복동」을 보게 될까. 윤미래 씨가 직접 불러주는 노래로 김복동이 위로를 받는 상상이 현실이 되길, 꼭 그렇게 되길 바랐다.

2019년 5월 5일 일요일

힘을 빼자

내일 전주국제영화제 첫 상영을 위해, 오후 늦게 전주에 도착했다. 5월이 되면 완연한 봄일 거라고 생각했지만, 밤은 아직 쌀쌀했다. 봄바람 속에 숨은 차가운 바람이 자꾸만 옷깃을 여미게 했다.

스태프들과 배급사 직원들과 함께 저녁을 먹으며 내일 있을 첫 상영에 대한 이야기를 나눴다. 며칠간 '관객과의 대화'를 앞두고 부담을 느끼는 나에게 배급사 주희 이사는 너무 걱정하지 말라고 말했다. 너무 잘 말하려 할 필요 없이, 그동안 준비한 대로만 하면 자연스러운 말이 나올 거라 했다. 맞는 말이지만, 참으로 어렵다. 불특정 다수의 관객을 상대로 영화에 대해 이야기한다는 것은 그만큼 내공이 쌓여야 가능한 일이었다. 생각을 정리하기 위해 이런저런 고민을 이어가지만, 입 밖으로 말이 나와 정리가 되는 일은 차원이 다른 일이다.

내가 늘어놓는 말들은 여전히 정리되지 않은 말들이었다. 필요한 말과 필요 없는 말이 아직 잘 구분되지 않는다. 애초에 뭐든지 적응이 좀 늦는 성격 탓인지도 모르겠다. 경험이 쌓이면 자연스레 해결될까. 첫걸음이 무척 낯설고 두렵다.

밤늦게까지 스태프들과 함께 맥줏집에 앉아 내일 있을 첫 상영에 대한 이야기를 나누었다. '관객과의 대화' 시간에 어떤 질문이 나올지도 예측해보았다. 윤석민 편집감독은 내가 하는 말이 여전히 어렵다고 했다. 함께 작업하면서 들었던 상황에 대한 설명과 '관객과의 대화'를 위해 풀어놓는 설명이 다르게 들린다고 했다. 조금 더 편하게, 힘을 빼고 말하는 게 필요하다고 했다. 맞는 말이다. 힘을 빼야 한다.

2019년 5월 6일 월요일

첫 상영

아침 8시에 눈을 떴다. 숙소에 밝은 햇빛이 들어오고 있었다. 정신이 말짱했다. 어제까지 나를 짓누르던 첫 상영에 대한 걱정이 사라졌다. 다만 약간의 긴장감만 온몸에 미세하게 흘렀다. 기분 나쁘지 않은 아침이었다. 서둘러 씻고 나왔다. 숙소 근처에서 콩나물 국밥으로 아침을 먹었다. 속이 좀 든든해야 할 것 같아 남김없이 다 먹었다. 상영장이 있는 영화의 거리까지 천천히 걸었다. 아침부터 많은 시민들이 영화의 거리에 가득했다. 카페에 앉아 커피를 한잔 마셨다. 10시 20분, 극장 근처에 도착했다는 아내의 전화가 왔다. 영화 첫 상영의 기회를 놓칠 수 없다며 새벽에 서울에서 출발해 이제 도착한 것이다. 극장 앞에서 아내와 기념사진을 한 장 찍었다. 제작 스태프들과 회사 직원들, 배급사 관계자들, 초대 손님들도 속속 극장에 도착했다. 상영 10분 전, 조직위원장인 김승수 전주시장이 극장을 찾았다. 상영관 앞에서 함께 사진을 찍고 안으로 들어가 자리에 앉았다.

시작 전 극장으로 들어오는 관객들의 모습을 바라봤다. 극장 안으로 조심조심 발걸음을 옮기는 모습, 티켓과 자리를 비교해 찾는 모습, 자리에 앉아 편안하게 관람을 준비하는 관객들의 모습이 보였다. 시작 시각이 임박하자, 갑자기 심장 박동이 빨라졌다. 그러더니 100미터 달리기를 하는 사람처럼 심장이 뜀박질했다. 정신이 어지러웠다. 시계를 보니 시작이 채 1분도 남지 않았다. 관객들도 거의 객석을 채웠다. 그때 내 옆에 앉은 김승수 시장이 전주 '평화의 소녀상' 건립식 행사에서 김복동 할머니를 만난 적이 있다고 말했다. 아, 정말요, 하는 순간 극장에 불이 꺼졌다. 전주국제영화제를 상징하는 영상이 흘렀다. 너무 떨려서 무슨 영상이었는지 기억이 나질 않는다. 그 후, 배급사 엣나인필름 로고가 나왔다. 이어서 제작사 뉴스타파의 로고가 나왔다. 영화가 시작됐다.

스크린은 검은 화면이 되었다. 피아노 건반을 두드리는 음악이 시작됐다. 동시에 마른 감나무 가지가 화면에 모습을 드러냈다. 김복동의 방 창문 틈 너머로 새벽녘의 골목 풍경이 보였다. 골목 어디선가 오토바이 소리가 들렸다. 햇볕이 겨우 들어앉은 김복동의 방 안이 보였다. 방 안에는 김복동이 평소에 사용하던 물건들이 놓여 있었다. 진통제, 이름도 모를 약봉지들, 텔레비전 리모컨, 돋보기안경. 그리고 한지민 씨의 내레이션이 시작됐다. 그 목소리에 녹음 당시엔 알지 못했던 떨림이 묻어 있다. 갑자기 눈물이 흐르기 시작했다. 눈을 좀 더 크게 뜨고, 숨을 깊이 쉬면서 진정하려고 애썼다. 긴장이 풀린 것일까. 첫 상영부터 눈물을 흘릴 거라고는 상상도 하지 못했다. 겨우겨우 마음을 가다듬고, 눈물샘도 틀어막았다. 영화가 끝나자, 관객들이 큰 박수를 보내주었다. 영화 「김복동」의 첫 상영이 그렇게 마무리되었다.

무대에 불이 켜지고, 나와 뉴스타파 김용진 대표, 신동윤 프로듀서, 윤석민 편집감독이 무대로 올라 인사를 했다. 잠시 후, 김영진 수석프로그래머의 진행으로 '관객과의 대화'가 이어졌다. 스크린을 배경으로 서서, 관객들의 모습을 마주하며 이야기를 나누는 것은 내게는 무척 낯선 일이었다. 생각보다 관객들의 표정이 가까이 보여서 놀랐다. 오른편 위쪽으로 아내의 모습도 보였다. 다음 일정으로 금방 나갈 예정이라던 김승수 시장도 자리에 있었다. 몇몇 관객들은 여전히 울고 있었다. 부은 눈과 빨개진 코, 멍한 눈망울이 보였다. 한 외국인 관객은 '관객과의 대화'가 진행되는 내내 곁에 있는 번역가의 말을 들으며 울음을 멈추지 않았다. 시간이 갈수록 눈물의 강도가 더 세졌다.

예상하지 못한 질문을 받으면 어떡하지 고민했던 것과 달리 첫 '관객과의 대화'에서는 그리 어렵지 않은 질문이 나왔다. 사실 질문보다는, 영화를 잘 봤다는 감상평과 이런 영화를 만들어줘서 고맙다는 평이 많았다. 특히 일본군 '위안부' 문제를 설명하는 관점이 아닌, 이를 극복하는 과정을 세밀하게 그렸다는 점을 높게 평가해 주었다.

누군가는 영화「김복동」이 일반적으로 일본군 '위안부' 영화에 대해 가질 수 있는 선입견을 깬 영화라고 말했다. 끔찍한 고통과 피해 사실에 대한 묘사가 없이도 이야기가 만들어질 수 있다는 사실을 깨달았다는 것이다. 오히려 일본 정부가 지금까지 무엇을 잘못하고 있는지를 차갑게 돌아볼 수 있는 시간이었다고 했다. 또 다른 누군가는 나에게 숙제를 안기기도 했다. 일본군 '위안부' 영화에 선입견을 품은 사람들도 극장을 찾게 할 제작진의 전략이 무엇인지를 묻는 질문이었다.

30분 조금 넘게 진행된 '관객과의 대화'까지 모두 마쳤다. 가슴이 후련해지는 기분이었다. 몇몇 관객이 극장 문을 나서면서 지금까지 본 '위안부' 영화 중 단연 돋보였다는 말을 해주었다. 뜻밖의 칭찬에 기분이 날아갈 듯했다. 이렇게 영화감독으로 데뷔한 것인가. 아직 정식 개봉은 아니지만, 세상을 떠난 김복동 할머니에게 건넨 '영화 잘 만들겠다'는 약속을 지킬 수 있겠다는 희망이 생겼다.

2019년 5월 7일 화요일

감정동요 최소화 방안

어제저녁에는 이영광 기자를 만나, 영화 「김복동」에 대한 인터뷰를 진행했다. 오늘 오전에는 오마이뉴스 이선필 기자와 인터뷰했다. 김복동의 삶을 영화로 제작했던 과정과 영화에서 보여주고 싶었던 이야기는 무엇인지, 김복동과의 에피소드, 뉴스타파가 제작한 세 번째 다큐멘터리영화로서 영화 「김복동」이 갖는 의미 등에 대한 질문과 답변이 오갔다. 어제 '관객과의 대화'를 무사히 넘긴 덕분인지, 어느 정도 정리된 생각을 이야기할 수 있었다. 1시간이 넘는 시간 동안 말을 이어가다보니, 머리가 어지러웠다.

피디로 살면서 지금껏 질문하는 역할에 익숙했다. 보이지 않는 곳에서 좋은 프로그램을 제작하기 위해 애쓰는 사람이 피디라고 배웠고, '피디는 프로그램으로 말하는 사람'이라는 말을 되뇌며 15년이 넘는 시간을 살아왔다. 피디로 지내는 것은 늘 무대 뒤에 존재하는 것을 의미했다. 그러다 이번에 영화 「김복동」을 계기로 전면에 나서야 하는 상황이 되었다. 무대 뒤가 익숙한 나는 무대에 서는 것이 여전히 어색하다. 넘어야 할 산이다.

게다가 가장 큰 문제는 인터뷰 도중 자꾸만 눈물이 난다는 것이다. 어제 '관객과의 대화'에서도 갑자기 터져나오는 눈물을 주체하지 못했다. 심지어 프로그래머 입에서 감독이 눈물을 흘리면 안 된다는 말까지 들었다. 그런 상황에서 오늘 인터뷰 중 다시 눈물을 보이고 말았다. 김복동 할머니의 삶을 설명하다보면 자꾸만 말문이 막힌다. 감정동요를 최소화할 방안을 마련해야 할 것 같다.

2019년 5월 10일 금요일

초보 감독

전주국제영화제 폐막식을 하루 앞둔 오늘, 영화 「김복동」의 마지막 상영이 있었다. 서울에서 뉴스타파 동료들이 내려왔다. '평화의 소녀상' 김서경 작가도 오늘 영화를 관람했다. 전라남도 해남에서 생활하는 대학 후배도 직접 영화를 관람해주었다. 전주에서 지내시는 부모님도 오늘은 극장에 와 영화를 관람했다. 아버지는 영화를 보신 후 "애국이 별거냐." 하고 말씀하셨다. 얼마 전 정년퇴임한 교사인 아버지와 잘 어울리는 말이다.

MBC 라디오 생방송 프로그램에도 출연했다. 영화 「김복동」이 어떤 영화인지 소개하고, 영화제에서 관객들의 반응, 제작과정, 8월 개봉 계획 등에 관해 이야기를 나누었다. 생방송이었지만 전화 연결이다보니 의외로 떨지 않고 인터뷰에 응할 수 있었다. 방송을 마치고 가슴을 쓸어내리는데, 집에서 아내와 아이들이 라디오를 들었다며 전화했다. 아빠 목소리가 라디오에서 나오자, 아이들은 어색했는지 이불을 덮고 다른 방에 들어가 숨어버렸다고 한다. 왜 갑자기 아빠 목소리가 라디오에 나오냐며 믿지 않고 부끄러워했다고 한다. 사실, 지금 이 상황이 믿기지 않는 건 나도 마찬가지다.

짧은 시간 안에 제작을 마치고, 영화제에서 상영까지 하게 된 것은 다시 떠올려봐도 기적 같은 일이다. 지난해 10월 이후, '김복동'이라는 이름 안에 숨겨진 일본군 '위안부' 피해자의 역사와 현실의 무게에 눌리고 휩쓸려 지금 이 시간, 이 자리에까지 이르렀다. 때로는 눈앞이 보이지 않아 막막하기도 했다. 처음 영화를 제작하는 초보 감독이라는 딱지 때문에 여러 사람들로부터 우려 섞인 시선을 받기도 했다. 실존 인물의 삶을 다루는 압박감은 힘겨웠다. 믿을 건 오로지 동료들뿐이었다. 회의실과 편집실에서 나눈 수많은 이야기가 어느 순간, 하나의 이야기로 연결되어갔다. 그 덕에 길을 잃지 않고 전주국제영화제까지 항해할 수 있었다.

내일 다시 서울로 돌아간다. 전주에서 얻은 소중한 의견들을 바탕으로 영화를 다시 한번 다듬을 것이다. 단 며칠이었지만, 관객들의 반응으로 기운도 얻었다. 스크린을 통해 영화를 보며 부족했던 점들도 확인할 수 있었다. 이제 다시 보완 작업을 시작해 8월 개봉을 준비해야 한다.

2019년 5월 12일 일요일

숲의 생명력

집에만 있으면 억울할 것 같은 휴일이었다. 며칠이라도 영화에서 벗어나 쉴 계획으로, 스태프들과 일주일의 휴가를 갖기로 했다. 창밖 너머로 봄바람에 기분 좋게 살랑이는 나무들이 보였다. 돗자리와 컵라면, 코코아를 챙겨 아이들과 함께 집을 나섰다. 불과 열흘 전의 쌀쌀함은 어디로 가고, 5월 중순에 접어든 봄날은 따뜻했다. 나무 그늘에 돗자리를 깔고 앉았다. 컵라면을 먹고, 코코아도 마셨다. 배를 채운 아이들은 축구를 하며 놀았다. 나는 돗자리에 누워 하늘을 바라봤다. 지난 며칠 동안 긴장했던 온몸이 나른하게 늘어졌다.

흔들리는 나뭇잎 사이로 태양이 넘실대며 모습을 드러냈다. 주변을 걷는 사람들의 발걸음과 흙이 부딪히며 내는 소리가 사각사각 경쾌했다. 화살나무 잎은 벌써 진한 녹색을 띠고 있었다. 화살나무 잎

아래에는 애벌레들이 잎을 바삐 갉아 먹고 있었다. 살아남겠다는 검은 애벌레들의 의지에 소름이 돋았다. 숲길 옆 수풀 사이로 이름 모를 꽃과 풀들이 꽤 높이 자라 있었다. 그중에 작고 노란 꽃의 이름은 애기똥풀이었다. 검색해서 알게 된 이름이다. 그 이름을 잊지 않기 위해 자꾸 되뇌어보았다.

아이들이 어디선가 민들레 홀씨를 뜯어 왔다. 한 손으로 줄기를 잡고는 입을 동그랗게 오므리더니 깊이 숨을 들이마시고 후 불었다. 민들레 홀씨가 따뜻해진 공기 속으로 훨훨 날았다. 멀리멀리 날아 곧 시야에서 사라져버렸다. 민들레 홀씨가 사라진 그 너머에 연두색과 녹색 잎이 빽빽한 숲이 제 모습을 뽐내고 있었다. 봄의 한복판. 그 속에서 나는 숲의 생명력을 느꼈다. 우리를 비롯한 숲속 모든 생명에게서 강렬한 생기가 느껴졌다. 해 질 녘이 될 때까지 숲에서 놀다, 해가 지고서야 집으로 돌아왔다. 살아 있는 생명들을 살피고 바라보는 것만으로도, 그 속에서 함께 숨 쉬는 것만으로도 벅찬 하루였다.

2019년 5월 20일 월요일

다시 신발 끈을 조이고

일주일의 휴가를 마치고 오랜만에 사무실에 출근했다. 지난 영화제 기간에 인터뷰했던 기사들을 다시 한번 살폈다. 영화제 기간 동안 관심을 많이 받았고, 영화의 메시지에 대해서도 호평을 받았기 때문에 대체로 우호적인 기사들이었다. 영화가 가진 기록으로서의 의미와 함께, 김복동을 그저 피해자로만 바라보는 것이 아니라 여성운동가로 또 인권운동가로 바라본 점에 대해서도 좋은 평가를 해주었다. 피해자를 수동적이 아닌 능동적인 인물로 묘사한 것에 대해서 대부분 호평했다. 이건 스스로 현실을 극복하기 위해 싸워온 김복동의 적극적인 삶, 그 자체에 대한 평가일 것이다. 일본군 '위안부' 문제와 관련해 지금까지는 제대로 조명되지 않았던 '2015 한일합의' 이후의 일들을 다뤘기에 관객들은 영화를 과거의 이야기가 아닌 오늘의 이야기로 받아들이고 이해한다고 했다.

오후엔 오랜만에 스태프들이 모여 지난 영화제 관련 리뷰 회의를 가졌다. 극장에서 관객들이 주로 어떤 장면에서 반응하는지 자세한 이야기를 나누었다. 가장 많이 들었던 이야기는 내레이션을 좀 줄일 수 없을지에 대한 의견이었다. 영화니까 굳이 일일이 설명하지 않아도 된다는 말이었다. 관객이 김복동의 마음을 충분히 느낄 여유를 주길 바란다는 말이었다. 수정할 부분들을 정리하고, 동시에 추가 촬영도 준비하기로 했다.

앞으로의 일정을 정하는 일이 관건이었다. 8월 개봉을 위해, 제작 완료 시점이 언제가 되어야 할지 고민했다. 조만간 배급사와 만나 회의하기로 했다. 아마 이 자리에서 상영을 위한 최종 일정을 확정할 수 있을 것이다. 내레이션 수정 작업이 이뤄지면, 다시 한번 한지민 씨를 섭외해야 한다. 색 보정과 음향, 음악 작업 스케줄도 일정에 맞춰 조정해야 한다.

회의하는 스태프들의 표정이 지쳐 보였다. 일주일 휴식이면 충분하지 않을까 생각했지만, 며칠 쉰다고 풀릴 피로가 아니었나보다. 다시 신발 끈을 조이고 달려야 한다는 사실이 부담으로 다가왔을 수 있다. 나도 다시 영화 작업에 집중해야 한다는 사실이 엄청난 부담이다. 지난 시간을 떠올리면, 선뜻 발을 내디딜 용기가 나지 않는다. 마음 가득한 짐을 조금이라도 덜어내야 작업에 몰두할 텐데, 마음먹는 게 쉽지 않다. 어쨌든 다시 한번, 조금씩, 차분하게, 영화에 몸을 담가야 한다.

2019년 5월 21일 화요일

새로운 엔딩 테마곡

저녁이 다 되어서 엔딩 테마곡을 부탁했던 윤미래 씨 측에서 섭외에 응하겠다는 연락이 왔다. 영화를 끝까지 본 윤미래 씨가 김복동 할머니를 위해 자신이 할 수 있는 일이 있다면 기꺼이 하겠다고 말했다 한다. 윤미래 씨는 「바위처럼」을 편곡해 부르기보다는 영화 「김복동」이 전해준 영감을 살려 새롭게 노래를 만들어 부르고 싶다고 했다. 어떤 음악이 나올까, 또 윤미래 씨는 어떤 목소리로 그 노래를 부를까. 많은 이들이 영화 「김복동」을 위해 힘을 실어주고 있다. 놀라운 일들이다.

2019년 5월 23일 목요일

개봉은 8월 초 극성수기

여름도 아닌데, 벌써 날이 더웠다. 배급사 사무실에서 영화 「김복동」의 추후 일정에 대해서 회의를 했다. 전주영화제 기간의 관객 반응 중에 지금껏 생각하지 못한 부분을 지적하는 내용이 있었다. 영화 상영이 끝난 후 몇몇 관객들이 "그래서…… 할머니가 돌아가셨다는 거야, 안 돌아가셨다는 거야?"라는 말을 했다는 것이다. 지난 1월에 숨을 거둔 김복동 할머니의 죽음을 영화 속에서 명확히 표현하지 않아 관객들이 할머니의 죽음을 인지하지 못한 것이다. 은유적 표현으로 할머니의 죽음을 알릴 수 있으리라 생각했지만 우리만의 착각이었다. 더욱 구체적으로 명확하게 표현하는 것이 필요해 보였다. 김복동 할머니를 아는 사람보다 김복동 할머니의 존재를 모르는 사람을 위한 영화여야 한다. 아무런 정보 없이 극장에 온 이들이 영화 한 편을 감상한 후에 제대로 이해하고 돌아갈 수 있도록 만들어 줘야 한다. 정보 전달은 그래서 쉽고 직관적이어야 한다. 이해하지 못한 관객의 문제가 아니라, 제대로 이해시키지 못한 감독의 책임이다.

배급사 정상진 대표는 영화「김복동」의 개봉을 8월 초 극성수기로 예정하고 있기 때문에 상영관 확보가 그 어느 때보다 쉽지 않은 상황이라고 했다. 여름방학과 휴가철이 겹치는 시기의 극장은, 블록버스터부터 애니메이션까지 마치 물 만난 물고기처럼 싱싱한 영화들이 여기저기서 팔딱거리는 때다. 그런 여름의 한복판에서 다큐멘터리영화를 극장에 거는 것이 얼마나 어렵고 힘겨운 일이겠는가. 그런데도 정 대표는 영화「김복동」이 가지고 있는 힘이 있다고 했다.「김복동」엔 다큐멘터리가 가지고 있는 공익성과 더불어 8월이 아니면 안 될 시의성도 있다. 8월 8일을 개봉일로 잡고 작업을 진행하겠다고 했다.

마지막으로 최종 일정을 확인했다. 7월 24일 언론배급 시사회, 7월 30일 VIP 시사회를 개최하기로 했다. 상황에 따라 VIP 시사회는 두 차례 개최할 가능성이 있다. 이를 위해 영화등급심의위원회에 심의를 신청해야 한다. 심의에 드는 시간은 대략 한 달. 즉, 7월 24일 언론배급시사회를 계획하고 있다면, 적어도 6월 20일에는 전체 틀을 확정해 심의를 신청해야 한다. 지금부터 28일 남았다. 머뭇거리는 사이 시간이 쏜살같이 흘러갔다. 시간이 없다. 일정을 확인하다 갑자기 정신이 번쩍 들었다.

2019년 5월 27일 월요일

꽃

윤미래 씨 측에서 노래의 가이드 버전을 보내왔다. 제목은 '꽃'이었다. 가이드 버전은 가수가 노래를 녹음하기에 앞서 작사, 작곡한 제작자가 노래의 느낌을 전달하기 위해서 만든 음악을 말한다. 완성된 음악은 아니었지만 「꽃」이라는 노래의 감성을 제대로 느낄 수 있었다. 설령 세상이 외면하더라도 묵묵히 걸어갔던 김복동의 삶이 이 새로운 곡으로 되살아난 듯했다. 음악을 듣는 내내 소름이 돋았다. 김복동 할머니가 이 음악을 들었다면 얼마나 좋았을까. 자신의 삶을 위로하는 이 노래를 가만히 듣고 있는 김복동의 모습을 그려보았다.

꽃

작곡: 베리(Rocoberry)

작사: 로코(Rocoberry)

편곡: 로코베리

노래: 윤미래

빈 들에 마른풀 같다 해도

꽃으로 다시 피어날 거예요

누군가 꽃이 진다고 말해도

난 다시 씨앗이 될 테니까요

그땐 행복할래요

고단했던 날들

이젠 잠시 쉬어요

또다시 내게 봄은 올 테니까

빈 들에 마른풀 같다 해도

꽃으로 다시 피어날 거예요

흙으로 돌아가는 이 길이

때로는 외롭고 슬프겠지만

그땐 행복할래요
고단했던 날들
이젠 잠시 쉬어요
또다시 내게 봄은 올 테니까

빈 들에 마른풀 같다 해도
꽃으로 다시 피어날 거예요

2019년 5월 29일 수요일

김복동의 석등

어제 오후 늦게 김기철 촬영감독과 울산행 기차에 몸을 실었다. 울산역에 도착해 차량을 렌트하고 통도사 인근에 숙소를 잡았다. 도착하니 시간은 밤 11시가 다 되어 있었다. 새벽 4시부터 통도사 백련암에 있는 김복동의 석등을 촬영하기로 백련암 측과 약속을 잡았다. 조금이라도 눈을 붙여야 했지만, 잠자리가 바뀌어서인지 쉽게 잠이 오지 않았다. 계속 뒤척이다 새벽 3시에 눈을 떠 촬영 준비를 했다. 여름이 지척이었지만 산 아래 위치한 숙소의 새벽 공기는 차가웠다. 편의점에서 삼각김밥과 샌드위치를 샀다. 간단하게 배를 채우고, 통도사 백련암으로 향했다. 새벽 4시, 기도하는 스님들이 보였다. 그 한쪽에 김복동의 석등이 백련암 경내를 은은한 불빛으로 비추고 있었다. 새벽에 잠을 깬 새들과 풀벌레 소리가 쉼 없이 들려왔다.

김복동은 어두운 세상에 한 줄기 빛이라도 비춰주고자 이렇게 석등을 세웠다고 했다. 칠흑 같은 암흑 속에 서 있는 자신의 삶을 돌아보고, 언젠가 찾아올 밝은 내세를 기원하며 이곳 백련암에 석등을 세운 것이다. 그 모습을 영화 속에 담고 싶었다. 꼭두새벽, 김복동의 석등은 정말로 세상을 향해 빛을 비췄다. 숲속 새들에게 어둠을 물리칠 용기를 주고, 새벽달이 빛을 향해 돌아갈 길을 열게 하는, 또 새벽기도를 위한 스님들의 발걸음을 밝히는 빛이었다. 그렇게 김복동의 석등은 어둠 속에 도도히 선 한 줄기 빛이었다.

새벽 5시, 석등 앞 들판 너머에서 붉은 해가 솟아오르기 시작했다. 솟구치는 태양 아래로 산과 들판도 태양처럼 밝게 빛나며 물들어갔다. 붉게 타오르는 여명을 본 적이 언제였던가. 어두운 공간에 밝은 빛이 스미는 찰나의 아름다움을 넋을 잃고 바라보았다. 백련암의 한 스님이 “오늘따라 아침 여명이 유난히 아름답네요.”라고 말했다. 그 선명한 태양 빛이 김복동의 석등 지대석에 있는 ‘병인생 김복동’을 비추었다.

2019년 6월 3일 월요일

굳이 설명하지 않고도

오후 내내 윤석민 편집감독과 함께 수정된 편집을 확인했다. 내일은 작가와 함께 파인커팅을 진행할 예정이다. 개봉까지 남은 시간이 많지 않다. 마음이 바빠진다. 다음 주 화요일에 한지민 씨의 추가 녹음이 예정되어 있다는 사실을 떠올리니 더 조급해졌다.

넘치는 느낌이 들었던 내레이션을 많이 줄였다. 줄어든 내레이션 자리는 영상과 음향이 대신했다. 관객들이 영화가 지시하는 대로 영화를 따라가는 것이 아닌, 관객 스스로가 영화를 보면서 생각하고 정리할 수 있도록 여유를 주는 데 주안점을 두었다. 영상에 여유가 생기면서 영화에 몰입할 수 있게 된 듯했다. 새로 촬영한 통도사 백련암의 새벽 풍경도 정리했다. 석등 지대의 글자도 관객들의 눈에 더 잘 보이게 정리했다.

영화에 정보가 많다는 의견이 많아 불필요한 날짜나 장소 자막 등을 조금 뺐다. 김복동의 인터뷰 말이 귀에 잘 들리지 않는다는 의견을 반영해 최대한 말 자막을 입히기로 했다. 일본 의회의 질의응답 장면은 일본 의회 홈페이지에 올라온 영상을 다시 검색해 사용했다. 일본 의회 영상을 사용하는 데 별다른 제약은 없는 것을 확인했다. 그 외에도 화질이 좋지 않은 자료 화면은 고화질 화면을 찾아 대체했다.

김복동이 병상에 누워 집에 가고 싶다고 말하는 장면에서는 병상에 누워 신음하는 김복동의 모습을 한 컷 더 추가했다. 죽음에 이르는 과정에서 김복동의 존엄성을 훼손하지 않기 위해 편집에도 신경을 썼다. 괴로움에 몸부림치거나 아파하는 모습을 직접적으로 표현하는 것이 아닌, 손이나 팔, 병실의 모습으로 표현했다. 다만, 병실 장면 이후 김복동의 생몰에 대한 정보를 자막으로 표현했다. 김복동의 죽음이 명확히 표현되지 않아 헷갈린다는 의견을 반영한 것이다. 마지막 장면에는 길원옥 할머니가 고개를 떨군 채, 한참을 말없이 고개를 숙이고 있는 장면을 더 길게 표현했다. 그 자리에 길원옥 할머니의 현재 상황을 내레이션으로 설명했다. 김복동을 기억하지 못하는 길원옥 할머니의 답답한 마음을 여운이 남도록 표현했다. 할머니의 거친 숨소리도 더 또렷이 들리게 했다.

굳이 설명하지 않고도 관객들이 김복동의 마음을 느낄 수 있게 하고 싶었다. 내레이션이 없을 때는 파도 소리, 바람 소리로 떠올릴 수 있도록 하고 싶었다. 작업이 이어질수록 사람의 마음을 표현한다는 것은 참으로 어려운 일이라는 것을 느낀다.

2019년 6월 4일 화요일

러닝타임

오후에 김근라 작가와 함께 파인커팅을 했다. 점심을 먹고 시작한 작업이 저녁까지 이어졌다. 지금까지 편집하면서 느낀 것을 이야기하고, 내레이션 원고에 어떻게 반영할지 의견을 나누었다. 작업을 마무리하고 완성된 파일의 러닝타임을 확인하니 106분. 1시간 46분이었다. 배급사는 100분을 넘지 않는 것이 좋을 것 같다고 했다. 100분이 일종의 심리적 마지노선이라는 것이었다. 마음 같아서는 그렇게 줄이고 싶지만, 쉽지 않다. 손볼수록 지금까지 만들어진 과정이 생각난다. 편집으로 덜어내기 아까운 장면들이 많다. 불필요한 장면들은 충분히 뺀다고 했는데도 시간이 줄지 않는 것이 신기했다. 급하게 영상을 들어내는 건 안 좋을 것 같아 추후 스태프들의 의견을 듣고 결정하기로 했다. 일단 다음 주 내레이션 수정 녹음은 오늘 정리한 영상으로 원고를 쓰고 진행하기로 했다.

다음 주에는 내부 스태프 시사회가 있고, 그다음 주에는 배급사에서 주관하는 스크린 시사회가 있다. 요즘 스태프들이 부쩍 지친 것을 느낄 수 있다. 내가 지쳐서 다른 스태프들도 그렇게 보였는지도 모르겠다. 무엇보다 관객의 입장에서 영화가 가진 문제들을 판단하고 정비해야 하는데, 그러지 못하고 있다. 여전히 제작진의 입장에서만 영화를 바라보고 있다. 꽉 막힌 고속도로 한복판에서 오도 가도 못한 채 멈춰 선 차 안에 덩그러니 놓인 듯하다. 생각을 전환해 막힌 길을 뚫어야 하는데, 전혀 과감해지지 못하고 있다. 이런 내 모습이 마음에 들지 않는다.

2019년 6월 14일 금요일

일본정부의 공식 입장

현재 일본군 '위안부' 문제에 대한 일본 정부의 입장을 정리하기 위해 일본 외무성 홈페이지의 공식 입장문을 확인했다. 그들의 입장문은 영어로 되어 있었고, 아주 짧았다. 이토록 중요한 사안에 대한 한 국가의 공식 입장이 이토록 성의 없을 수 있나, 생각했다.

·위안부 문제를 비롯한 한일 간의 재산, 청구권 문제는 1965년 한일 청구권 협정으로 완전히 그리고 최종적으로 해결되었다.

·위안부 문제는 2015년 한일합의를 통해 최종적이고 불가역적으로 해결된 것으로 한일 정부 간에 확인되고 있다.

도대체 저런 일본 정부에 '최종적, 불가역적'이라는 단어를 사용하도록 합의서에 서명한 당시 우리나라 외교부 장관은 뭐 하는 사람일까. 왜 '최종적, 불가역적'이라는 문구를 쓸 수 있도록 허락해준 것일까. 피해자들이 그토록 원했던 피해 당사자에 대한 '사죄와 배상'은 얻지도 못했는데 말이다. 또다시 피가 거꾸로 솟는 기분이다.

2019년 6월 17일 월요일

아픈 지적

오전 11시, 배급사 극장에서 스크린 시사회를 열었다. 지난 5월 전주국제영화제 상영 후 나온 다양한 의견들을 수렴해 재정비한 영화를 확인하는 자리였다. 영화 등급심의를 위해서는 모레까지 심의용 영상 제작을 마무리해야 한다. 오늘이 전체 틀을 확정하는 사실상의 마지막 시사회다. 오늘 시사회에는 다른 배급사에서도 참석했다. 영화 온·오프라인 마케팅 관계자 및 광고 홍보 관계자들도 참석했다. 50여 석의 좌석이 가득 찼다.

영화가 시작되었다. 지난주까지 음량이 불안정했던 오디오는 주말 동안 음향감독이 손을 봐준 덕에 많이 깔끔해져 있었다. 귀를 거스르는 소리가 없으니 보기에도 편했다. 이상한 것은 시사를 할 때마다 손볼 곳들이 생겨난다는 것이다. 방망이 깎는 노인처럼, 깎아도 깎아도 손볼 곳이 줄지 않는다. 어두운 극장 안에서 한 손에는 수첩을, 한 손에는 펜을 들고 수정 사항이 발견되는 대로 메모했다. '10분 40초경 영상 1초 더 늘이기, 16분 10초경 오디오 음량 조금 더 줄이기, 25분 50초경 바람 소리 조금 더 극적으로 수정 필요, 다대포 바닷가 장면에 나오는 음악 반 템포만 더 늦게 시작하기, 아베 이름 자막 1초 더 늘리기, 에필로그 내레이션 한 템포 늦게 시작하기' 등이었다.

그렇게 시사회가 끝났다. 관객들의 반응은 나쁘지 않았다. 하지만 영화를 여러 차례 감상한 스태프들의 반응은 냉정했다. 영화의 기획 의도를 넘어서 세밀한 연출 기법이나 표현에 대한 지적이 있었다. 영화 초반 이야기 설정이 부자연스럽다는 지적은 오늘도 이어졌다. 영화의 후반부로 갈수록 끝맺음하지 못해 관객을 지치게 한다는 지적도 있었다. 영화를 몇 차례 보다보니 비슷한 내용이 반복되고 늘어지는 느낌도 든다고 했다. 지난 영화제 버전과 별반 다르지 않다고, 결단이 필요하다고 했다. 조금 더 떨어져, 더 객관적인 시선으로 영화를 보면 좋겠다고 했다. 과감하게 칼을 들어도 된다고 했다. 적어도 불필요한 장면은 없애고 개봉하자고 했다. 아픈 지적이었다.

1시부터 시작한 시사회 리뷰 회의는 6시가 다 되도록 이어졌다. 김근라 작가와 의견을 나누었다. 몇몇 장면은 과감하게 정리할 수 있을 듯했다. 내일 다시 편집실에서 만나 작업을 마무리하기로 했다.

2019년 6월 18일 화요일

삭제 장면

최종 편집 수정 작업을 진행했다. 영상을 꼼꼼히 살피면서 중복되는 부분은 과감히 편집했다. 너무 편집해서 어색해진 장면은 다시 되살리기도 했다. 전체적으로 영화의 여운이 사라지지 않는 선에서 편집과 되살리기를 미묘하게 조정했다. 그렇게 편집했더니 영화는 101분이 되었다. 100분 미만으로는 이야기를 정리할 수 없었다. 역부족이었다. 영화 「김복동」은 이 모습으로 영상물등급위원회로 등급심의를 위해 넘어갈 예정이다.

그렇게 사라진 장면을 기록해둔다.

자동차 안

김복동이 차를 타고 어딘가로 가고 있다. 김복동은 차 안에서 자신의 이름, 김복동에 담긴 사연을 떠올린다.

아버지가 자신의 이름을 지어준 이야기를 하고, 형제자매를 키우느라 고생한 어머니에 대해 이야기 나눈다.

그러면서 지금은 만나지 않는 가족들의 이름을 말한다.

복수, 정수, 정남, 귀동.

아흔셋의 김복동은 그렇게 하나하나 언니 동생의 이름들을 부르고는 이내 다시 입을 닫는다.

김복동은 달리는 차 안에서 가만히 창밖을 바라본다. 명예를 찾고 싶어 시작했던 싸움.

시간이 어느새 30년이 흘러 있었다.

'이렇게 오래 걸릴 줄 알았다면, 아예 신고하지 말고 살걸.'

김복동의 상념은 더 깊어간다.

3부 눈물 자국

2019년 6월 20일 목요일

개봉까지 49일

8월 8일 영화 개봉까지 정확히 49일, 7주가 남았다. 앞으로 개봉을 위한 단계를 차근차근 밟아나갈 것이다. 그 시작을 알리는 '킥 오프' 회의가 뉴스타파 회의실에서 열렸다. 배급사, 오프라인 마케팅, 온라인 마케팅, 광고팀, 포스터 제작팀, 예고 제작팀, 그리고 우리 제작진이 모여 상견례를 하고 본격적인 개봉을 위한 준비에 돌입했다. 말 그대로 게임이 시작된 것이다. 축구 경기가 시작되는 것을 알리는 '킥 오프'라는 단어를 영화에 사용하는 것이 신기했다.

인사말을 따로 준비했어야 했다. 수십 명의 스태프가 모인 자리에서 뭔가 자극이 될 만한 말이 필요했다. 이 회의가 어떤 자리인지 전혀 몰랐던 나는 제대로 된 인사말도 준비하지 못했다. 영화 「김복동」 작업을 시작한 이후, 오늘 이 자리가 있기까지 시간이 어찌 흘렀는지 모를 만큼 그저 앞만 보고 달리기만 한 것 같다. 나 자신이 그런 상황이다보니 그저 '최선을 다해보자'는 입바른 소리만 하고 있었다.

오늘 회의는 각 팀의 콘셉트와 계획을 공유하는 자리였다. 첫 회의였고, 너무 긴장해서 다들 무슨 말을 하는지 귀에 제대로 들어오지도 않았다. 제작이 완료된 영화를 배급하고 상영하는 일은 배급사의 몫이었다. 자연스레 홍보와 마케팅에 관한 내용이 주를 이뤘다. 7주 후, 영화 「김복동」은 세상 사람들에게 그 모습을 드러낼 것이다. 어떤 결과로 이어질지 지금은 누구도 알 수 없다. 영화 「김복동」의 또 다른 항해가 시작되었다.

2019년 6월 28일 금요일

일기장

오후에 두 번째 배급 마케팅 회의가 있었다. 오프라인 마케팅팀에서 감독의 제작 노트가 있는지 물었다. 보도자료 및 홍보책자를 제작하는데, 감독이 생각하는 연출 포인트나 제작 당시 에피소드 등을 담으면 홍보나 언론 보도에도 꽤 도움이 된다고 했다. 나는 제작 노트를 썼다기보다 원래 일기를 조금씩 쓰는데, 그 일기 속에 취재와 편집 과정이 기록되어 있다고 했다. 다만 워낙 내밀한 이야기들이 많아서 공개하려면 정리가 조금 필요하다고 했다.

퇴근 후 집에 돌아와 그동안 써왔던 노트들을 읽어보았다. 그저 얼떨떨했던 제작 초기부터 바쁜 취재 과정, 정신없는 편집 과정들이 곳곳에 적혀 있었다. 글로 써두지 않았다면 기억하지 못했을 순간들도 있었다. 첫 상영 순간의 떨림도 적혀 있었다. 세세하게 써둔 걸 보니 그날의 기억이 꽤 강렬했던 듯하다. 쑥스러우면서도 미소가 지어졌다.

쌀쌀한 가을에 시작한 작업이 추운 겨울 동안 내실을 키웠고, 새싹을 틔우는 봄을 거쳐 어느덧 생명력 충만한 여름이 되어 있었다. 노트 안에서 오랜만에 시간의 발자국을 따라 기분 좋게 한참을 걸었다. 이런 내용을 잘 엮으면 관객들이 영화 「김복동」을 이해하는 데 꽤 도움이 될 수 있겠다는 생각이 들었다. 동시에 이런 사적이고 내밀한 고민까지 공개해야만 하는 것인지, 의문이 들기도 했다.

2019년 7월 2일 화요일

속울음

영화 「김복동」의 메인 포스터가 완성되었다. 포스터에는 일본대사관 앞 수요시위에서 발언하는 김복동의 모습이 담겨 있었다. 포스터는 실사가 아닌 그림이었는데, 세밀화라고 했다. 서양화가 정우재 작가가 실사를 직접 그림으로 그려 작업한 결과물이라고 했다. 거리를 두고 보면 사진 같기도 했고, 가까이에서 보면 수채화 같기도 했다. 포스터를 실제 종이로 출력해서도 살펴보았다. 모바일이나 컴퓨터 모니터로는 보이지 않던 그림의 세밀함이 보였다. 가장 인상적인 건 김복동의 눈에 맺힌 눈물이었다. 눈물이 흘러내리지 않고 눈가에 깊이 맺혀 있었다. 속울음이었다. 영화 작업 내내 느꼈던 김복동의 속울음이 포스터 그림에 표현되어 있었다. 그 속울음이 포스터를 바라보는 나를 한동안 붙잡았다.

2019년 7월 3일 수요일

한일 관계

한일 관계가 연일 냉각되고 있다. 급기야 일본 정부는 역사적, 정치적인 문제에 경제를 끌어들이는 우를 범했다. 일본은 연일 1965년 박정희 전 대통령이 맺은 한일 청구권 협정과 2015년 박근혜 전 대통령이 서명한 한일 일본군 '위안부' 합의를 이행하라고 촉구했다. 그러다 갑자기 우리 기업을 위협하겠다며 급기야 수출규제 카드를 꺼내 들었다. 일본 정부의 합의 이행 요구나 경제 제재 발언도 놀라웠지만, 저런 일본 정부와 합의한 우리나라 대통령이 박정희, 박근혜 부녀인 사실이 더 놀라웠다. 일본 정부는 우리 국민을 전쟁의 총알받이, 성노예로 이용한 죄에 대해 진심 어린 사죄와 반성은 없다. 부녀가 함께, 반성 없는 일본 정부에 면죄부를 준 것이다. 무엇이 저들 모두를 저렇게 당당하게 만드는 것일까.

2019년 7월 7일 일요일

속상한 말

다음 주 최종 믹싱 작업을 앞두고, 오늘은 음악과 음향을 마지막으로 점검하며 녹음했다. 날씨가 며칠째 흐리다. 오랜만에 만난 박상원 음악감독의 피부에 빨간 반점 같은 것들이 많이 보였다. 면역력이 약해졌을 때 나타나는 반점 같았다. 오랜 작업과 스트레스 때문이 아닐까 걱정됐다. 아이러니하게도 음악감독의 고민이 쌓일수록 「김복동」의 음악은 진화했다. 한 장면에 들어갈 음악도 2개 또는 3개 버전으로 준비되어 있었다. 행복한 고민을 하며 음악과 음향 믹싱 작업을 마무리했다.

장철호 음향감독도 연이은 작업의 여파 때문인지 목에서 쉿소리가 날 정도로 몸이 상해 있었다. 말하는 것도 버거워 보였다. 윤석민 편집감독의 얼굴에도 피로가 잔뜩 묻어 있었다. 쥐어짜내고 있다고 표현해도 좋을 만큼 스태프들은 초췌해져만 갔다. 나 역시 피로가 꽤 쌓여 있다. 그렇게 제작진의 노고로 영화 「김복동」은 서서히 완성되어 가고 있었다.

여러 곳에서 「김복동」을 헐뜯고, 평가 절하하는 말들이 들려오고 있다. 가장 속이 상했던 표현은 우리 영화가 정의기억연대와 미디어몽구의 자료로 짜깁기했다는 말이었다. 물론 영화를 보지도 않은 사람들이 한 말이다. 그냥 웃어넘기려 했지만, 그것도 쉬운 일은 아니었다. 내가 굉장히 여린 사람이구나 다시 느꼈다. 세상에 필요한 이야기를 만드는 거라며 지금껏 버텨온 시간이 짜깁기라는 말로 부정되어버리는 것만 같았다. 기운이 빠진다.

2019년 7월 10일 수요일

삶과 죽음

고백건대, 나는 암 환자다. 지금으로부터 2년 전인 2017년 3월 간절제술을 받았다. 그리고 지난해인 2018년 6월에는 암이 재발해, 고주파 열 치료를 받았다. 그 후 3개월 단위로 CT와 MRI를 촬영해 주기적으로 주치의의 소견을 듣고 있다. 오늘 오후, 며칠 전 촬영한 MRI의 결과를 들으러 병원을 찾았다. 의사는 내 얼굴을 보자마자 한숨부터 쉬었다. 빨리 말을 하지 못한다.

"상황이 많이 안 좋네요. 암세포가 다시 재발한 것 같아요. 모두 5개의 암이 간에 재발한 것으로 보입니다. 3개월 전 검사에서는 크기가 작아 확신을 못했는데, 이번 검사를 보니, 재발이 맞네요."

거짓말 같았다. 불과 3개월 전만 해도 괜찮다며 몸 좀 돌보면서 일하라는 말을 들었을 뿐이었다. 3개월 사이 암이 5개가 생겼다니, 이게 지금 무슨 소리인가 싶다. 내 두 손은 어느새 주먹을 꽉 쥐고 있었다. 가운뎃손가락 손톱이 손바닥을 세게 눌렀다. 아팠다. 손톱자국이 선명하게 새겨져 있었다. 정신을 차리고 손바닥을 보니 그제야 한꺼번에 통증이 밀려왔다. 동시에 심박 수가 빨라지는 것이 느껴졌다. 빨라진 심박수를 호흡이 따라가지 못했다. 답답했다. 숨을 한번 크게 들이마시고 내뱉었지만 마찬가지였다. 누구한테 정신없이 때려 맞은 듯 얼얼한 기분이었다. 죽는다는 생각보다 영화는 이제 어쩌나, 걱정이 됐다. 내가 무엇을 잘못했나. 아무 작업도 하지 말았어야 했나. 그냥 숨만 쉬고 살아야 했나. 이제 어떡해야 하지. 머릿속에 이런 저런 생각들이 맥락 없이 튀어나왔다. 정신을 차릴 수가 없었다. 그러다 의사에게 물었다.

"제가 영화를 만들었는데, 그거 개봉해야 하는데, 개봉하기 전에, 혹시 뭔가 치료를 받을 수 없나요?"

이런 순간에 하는 말이 고작 영화 걱정이라니, 내가 한심한지 주치의는 또 한숨을 쉬었다. 한참 아무 말이 없었다. 주치의는 이제 답이 없다고 했다. 암세포가 한번에 5개가 재발했다는 건 이제 간이 제 역할을 못하는 것이라고 했다. 이미 지금 상태가 너무 좋지 않기 때문에 치료하더라도 진행을 조금 늦추는 치료뿐이라고 했다. 그것도 암세포가 5개인 상태로는 희망적이지 않다고 했다. 희망이 없다니……. 간이식. 간이식을 받는 것 외에는 방법이 없다고 했다. 1년 전, 주치의가 간이식을 염두에 두고 있어야 한다고 했던 말이 생각났다. 먼 훗날을 위해 하는 말이라던 간이식은 1년 만에 현실이 되었다. 생각해보지 않았기 때문에, 아무것도 몰랐다. 그게 무엇인지, 어떻게 준비하는 것인지, 돈은 얼마가 드는지, 누구에게 간을 받으라는 것인지. 나는 겨우겨우 정신을 차리며 다른 방법은 없는지 물었다.

담당 의사는 임시방편적 시술밖에 없다고 했다. 이미 간절제술을 한 번 했기 때문이다. 우선 색전술이라는 치료를 해보자고 했다. 간에 있는 암세포로 연결된 혈관을 막아 암세포를 죽이는 치료법이라고 했다. 일단 중요한 것은, 내 몸에 자라고 있는 새로운 암세포를 막는 거라고 했다. 그러나 색전술은 간이식을 하기 전 잠깐의 시간을 벌어주는 치료라고 했다. 어렵고 막막하겠지만 가족들과 상의해보라고 했다. 늦어도 올해 겨울이라고 했다. 늦어도 올겨울까지는 간이식을 받아야 산다고 했다. 나는 아이들이 어리고, 아버지는 연세가 많고, 동생도 간이 썩 좋지 않아 힘들다고 했다. 도대체 누구에게 간이식을 받으라는 건지 모르겠다고 말했다. 주치의는 또 한숨을 쉬었다. 그리고 말했다.

"아내분이 계시잖아요. 요즘은 혈액형이 달라도 아무 문제 없습니다."

충격이었다. 아내는 안 된다고 했다. 아이들이 아직 어린데, 그건 아닌 것 같다고 했다.

진료실을 나와 병원 복도를 걸었다. 수많은 환자들과 의료진들이 병원을 가득 메우고 있었다. 갑작스레 온몸에 힘을 주고 있어서인지,

다리에 힘이 없었다. 부들부들 떨렸다. 병원 내 빵집 앞에 있는 의자에 빈자리가 보였다. 자리에 털썩 주저앉았다. 그냥 멍했다. 한참을 고개를 숙인 채 앉아 있었다. 몹쓸 병이 다시 시작됐다는 게 믿기지 않았다. 환자와 의사, 보호자들이 뒤섞여 이리저리 바쁘고 정신없이 움직이고 있었다. 그중에 나처럼 멍하니 혼자 앉아, 어쩔 줄 몰라하는 사람도 보였다.

저 멀리 수많은 사람들 가운데, 환자복을 입은 어린아이 한 명이 눈에 들어왔다. 여섯 살이나 일곱 살쯤 되어 보이는 작은 아이였다. 어디가 어떻게 아픈 것일까. 아이는 환자복을 입고 목에는 삽관을 하고 한 손에는 붕대를 감고 있었다. 다른 한 손으로는 엄마의 손을 잡고 있었다. 환자복을 입은 것은 아이였지만, 엄마가 더 창백하고 수척해 보였다. 입술은 바짝 말라 있었고, 꽤 오랜 시간을 운 듯 눈도 부어 있었다. 아이의 시선이 자꾸만 제과점의 갓 구운 빵으로 향하고 있었다. 한눈에도 아이가 얼마나 빵을 먹고 싶어 하는지 알 수 있었다. 엄마는 아이에게 잠깐 기다리라고 하고 제과점으로 들어갔다. 엄마는 진열대 왼쪽에서부터 오른쪽으로 걸음을 옮기며 아이와 함께 먹을 빵을 골랐다. 언뜻 스치는 엄마의 옆얼굴에서 미소가 보였다. 아이는 제과점 앞에 서서 빵을 고르는 엄마의 뒷모습을 살폈다. 엄마의 움직임을 따라 아이의 시선도 움직였다.

눈을 감자 같은 공간 속을 지나는 아픈 사람들이 내는 소리가 들렸다. 다급한 발소리, 거칠게 굴러가는 휠체어 바퀴 소리, 간이 병상의 덜컹이는 소리, 신음을 내며 한숨을 쉬는 소리도 들렸다. 누군가 등을 두드리는 소리, 누군가 괜찮다고 말하는 소리가 들렸다. 누군가는 아랑곳하지 않고 울고 있었다. 그렇게 병원에 멍하니 앉아 '삶과 죽음'의 갈림길에 놓인 자들의 소리를 들었다. 오늘 나 역시 이곳에서 같은 소리를 내고 있다. 눈을 뜨고 앞을 바라봤다. 저 멀리, 빵을 맛있게 먹고 있는 아까 그 아이와 엄마의 모습이 보였다. 그 모습을 보는데 나도 모르게 눈앞이 흐릿해졌다.

갑자기 뜨거운 커피 한잔을 마시고 싶었다. 커피를 사서 다시 자리로 돌아와 앉았다. 천천히, 후후 불어가며 뜨거운 커피를 마셨다. 커피를 마시며 다시 오른쪽으로 고개를 돌렸다. 아이와 엄마가 또 눈에 들어왔다. 이번에는 빵을 다 먹고 다시 병실로 되돌아가는 모습이었다. 아이는 올 때처럼 엄마의 손을 잡고 걸었다. 두 사람이 어떤 표정을 짓고 있을지 궁금했다. 빵을 다 먹고 행복의 여운을 느끼는 표정일지, 다시 '삶과 죽음'의 갈림길 앞에 들어서는 두렵고 고단한 표정일지. 그러나 그 표정을 직접 확인하고 싶지는 않았다. 그저 아이와 엄마의 뒷모습이 사라질 때까지 나는 한참 그들을 바라보았다. 그리고 아이가 꼭 완쾌하기를 빌었다. 아직 너무 어렸다. 건강하게 자라서, 좋아하는 것들을 맘껏 해볼 수 있는 삶을 살길 바랐다. 기적처럼, 엄마의 얼굴에서 그늘이 사라지기를, 그들이 다시 일상으로 돌아갈 수 있기를 빌었다.

집에 돌아와서는 아무 이야기도 하지 않았다. 내 마음이 조금 더 가라앉은 후 이야기를 꺼내야 한다.

2019년 7월 11일 목요일

김복동 할머니 묘역

망향의동산에 있는 김복동 할머니 묘역에 다녀왔다. 할머니에게 영화 완성 소식을 알리기 위해서였다. 어제부터 우중충한 날씨가 오늘까지 이어졌다. 출발할 때도, 도착해서도 날씨는 변함이 없었다. 어제 이후, 나는 아직 정신을 차릴 수가 없다. 오늘 아침에 아내의 얼굴도 제대로 쳐다볼 수 없었다. 뭐라고 말을 해야 할지 막막하다. 동행한 몽구 님, 신동윤 피디, 김기철 촬영감독과도 거의 대화를 못했다. 지금 현실이 믿기지 않을 뿐이었다.

할머니 묘역에 이르자 비가 조금씩 떨어지기 시작했다. 몽구 님이 하늘을 올려다보더니 할머니를 만나러 오는 날에는 이상하게도 이렇게 비가 온다고 말했다. 생각해보니 할머니 영결식이 치러진 날에도 눈이 내렸었다.

우리는 영화 「김복동」 포스터를 할머니 묘비 앞에 세우고, 포스터 앞에 꽃을 올렸다. 그렇게 서서 「김복동」 포스터를 말없이 바라보았다. 개봉 전이지만 일본군 '위안부' 문제를 관통한 영화로 많은 사람들의 관심을 받고 있고, 일본 정부가 놓치고 있는 지점을 직시할 수 있는 영화가 될 거라는 평가도 받고 있으니, 할머니의 손을 잡고 속삭였던 약속은 어느 정도 지킨 셈이다. 몽구 님은 할머니가 영화를 봤다면 아마도 "수고했다."라는 말과 함께 삼계탕 한 그릇을 사주었을 거라고 말했다. "수고했다." 영상 속에서 할머니는 자신을 돕는 이들에게 늘 '수고했다'고 말했다. 할머니에게 '수고했다'는 말은 '고맙고 감사하다'는 표현이다. 경상도 사투리 섞인 그 한마디가 무척 듣고 싶은 날이었다.

오후에 아버지와 다른 일로 통화했다. 통화가 끝날 때까지, 끝끝내 암 재발을 알리지 못했다. 아무 일 없냐고 묻기에, 아무 일 없다고 말하고 끊었다. 스스로 효자라고 생각하고 살지는 않았다. 불효는 하지 말자는 다짐도 몸이 아픈 이후로 부질없게 되었다. 언제 어떻게 이 사실을 말씀드려야 할지 막막하다.

2019년 7월 13일 토요일

아내

아침을 먹으며, 아내에게 사실대로 이야기했다. 더 이상 미룰 수가 없었다. 2017년 3월 간절제술 이후 위태로운 나를 위해 자신의 삶을 희생한 아내였다. 그래서 현재 나의 상태를 고백하는 것이 그렇게 미안할 수가 없었다. 의사가 한 이야기들을 기억나는 대로 하나하나 이야기했다. 간이식 수술 외에 답이 없다는 말을 했다. 의외로 아내의 반응이 담담했다. 1년 전, 함께 들어간 진료실에서 주치의가 얘기한 내 몸 상태를 냉정하게 받아들이고 있었던 듯하다. 아이들은 방에서 놀고 있었다. 우리는 식탁에 앉아 먼 곳만 바라봤다. 아내의 얼굴을 바라볼 용기가 나지 않았다. 그렇게 침묵이 이어졌다.

2019년 7월 14일 일요일

순리

오후에 영화 「김복동」의 마지막 녹음을 진행했다. 오늘로 영화 「김복동」이 최종 완성되었다. 9개월에 걸친 제작 작업이 이렇게 마무리되었다. 다 끝났다는 후련함보다 앞으로 해야 할 일과 가야 할 길이 떠올랐다. 영화를 개봉하고 상영이 이뤄질 때까지, 그때까지 어떻게든 쓰러지지 않고 버텨야 한다는 생각만 가득하다. 일단 치료를 받고, 영화는 영화대로 어떻게든 최선을 다해 마무리해야 한다. 그것이 현재 내 앞에 닥친 일에 대한 순리다.

2019년 7월 15일 월요일

자문자답

어떻게 여기까지 오게 되었습니까?

—어떻게 여기까지 오게 된 것인지 저도 아직 모릅니다. 그저 우연한 기회에 이 작업을 시작하게 되었어요. 시작을 했는데, 알아가면 알아갈수록 똑바로 해야 한다는 생각이 커졌습니다. 역사 앞에 경건하게 선 기분이었습니다. '위안부' 역사에 대해 제대로 알지 못하고 산 것에 대한 죗값을 치르는 건 아닌지, 이상한 기분마저 들었습니다.

매번 그렇게 작업하나요?

—아니요. 프로그램이든 다큐멘터리든 이런 정도의 경건한 마음으로 제작한 적은 없습니다. 제작 과정을 그날그날 기록해본 적도 없

습니다. 모든 과정을 스치듯 지나쳐서는 안 된다는 마음으로 작업에 임했습니다.

김복동 할머니와 인연이 깊었나요.

—아니요. 저는 인사도 제대로 나누지 못했습니다. 할머니가 누워 있는 문지방도 제대로 넘지 못했어요. 그저 어떤 강한 물살을 만났고, 물살에 휩쓸렸고, 휩쓸린 채 떠내려왔습니다. 어느 순간 눈을 떠 제가 떠내려가고 있는 곳이 어딘지 살폈습니다. 강 한복판에 있었습니다. 물살은 무척 거셌고요. 제 두 손에는 그저 떠 있을 정도의 나무토막 하나만 잡힐 뿐이었습니다. 그걸 붙잡고 여기까지 떠내려온 거죠. 이제 제 바로 뒤에 바다가 보입니다. 계곡에서 시작한 물이 강을 타고 내려와 여기까지 왔네요.

영화 「김복동」이 저 너른 바다에 닿기 직전이네요.

—그렇네요. 결국 여기까지 오게 되었습니다. 저 바다에서 저는 또 어떤 모습을 하고 있을지 사실 두렵고 걱정이 큽니다.

괜찮나요.

—아니요. 완전히 괜찮지만은 않습니다. 마음이 너무 힘듭니다. 그래도 후회는 하지 않습니다. 제가 원해서 한 작업입니다. 제 선택이었습니다.

2019년 7월 16일 화요일

담담함

스태프들에게 병의 재발 소식을 전했다. 개봉을 앞둔 상황에서 이런 소식을 알리게 된 것이 한편으로 미안했다. 이번 주 목요일에 입원해 시술이 잘되면 토요일에 퇴원할 수 있다고 했다.

다음 주가 언론배급 시사회인데 걱정이다. 자리를 비우는 동안 신동윤 피디가 대신해서 개봉 진행 상황을 체크하기로 했다. 이제는 조금 담담해진 건가. 내 몸 안에서 나도 모르게 벌어진 일이지만 내가 걱정한다고 해결될 일도 아니라는 생각을 했다. 우선 내일 당장 잘못되는 상황은 아니니까. 그것으로 위안을 삼고 있다. 인간은 망각의 동물이 맞나보다. 이렇게 절망감을 덜어내고, 그 자리를 담담함으로 채우다니. 일단은 현재 내 몸 상태에 맞춰서 할 수 있는 일들을 해나가야 한다. 어떻게 만든 영화인데…….

2019년 7월 17일 수요일

희망을 찾아가는 긴 인생의 여정

죽음을 앞둔 김복동은 어떤 마음이었을까. 자신에게 드리워진 죽음이라는 그림자를 바라보며 김복동은 자신의 삶 속에서 무엇을 되찾고 싶었을까. 김복동의 '희망'은 무엇을 위한 '희망'이었을까. 영화「김복동」은 '희망'을 찾아가는 긴 인생의 여정인가.

아내가,
자신이 먼저 간이식 공여자 검사를 받아보겠다고 말했다.

나는,
아이들이 둘이나 있고, 혹여 수술 중 잘못될 우려가 있으니 그 방법은 생각하지 말자고 말했다.

아내는,

옆에 있는 가족도 머뭇거리는 수술을 누가 하려 들겠느냐고 말했다. 자신은 수술이 두렵지만은 않다고 말했다. 그렇게 하는 것이, 지금 상황에서의 최선이라고 말했다. 일단 검사를 받아본 후, 맞지 않는다고 하면 다른 방법을 생각해보자고 말했다.

나는,

안 된다고 더 말하지 못했다.

2019년 7월 18일 목요일

감독 인터뷰 촬영과 입원

영화 마케팅을 위해 감독 인터뷰를 촬영했다. 영화를 연출한다는 것은 단순히 연출자가 아닌 영화를 대표하는 사람이 되어야 한다는 걸 시간이 갈수록 깨닫는다.

영화 「김복동」에 대한 생각들을 말로 정리하는 일은 쉽지 않았다. 수없이 되뇌고 반복했던 생각이지만 질문에 따라 상황에 따라 나의 말들은 매번 조금씩 바뀌는 것 같았다. 질문을 받는 순간, 내 머리 속에서는 여러 가지 생각이 튀어나온다. 그 생각들이 말로 변해, 입 밖으로 나오기 시작한다. 그런데 문제는 말이 되는 순간 정리가 되지 않는다는 것이다. 뭘 자꾸만 설명하려고 한다. 때로는 생각과 다른 말이 나와 깜짝 놀라기도 한다. 그러다보면, 말이 많아진다. 내가 이렇게 말이 많은 사람이었는지 의심이 들 정도로 말이 많다.

더 큰 문제는 따로 있다. 예측하지 못하는 사이 눈물이 난다. 정말, 하염없이 흘러내린다. 이게 말하는 자린지, 우는 자린지 모를 정도로 많은 눈물이 흐른다. 특히 김복동에 대한 질문을 받고, 김복동을 떠올리며 대답을 준비하다보면 마음속 어딘가에 숨겨져 있던 감정이 순간 눈물로 변한다. 그러면 고장 난 수도꼭지처럼 눈물이 콸콸 쏟아진다. 흐르는 눈물을 잠글 수도 없다. 문제는 울고 나면, 이후의 일을 제대로 할 수 없다는 것이다. 우는 일이 그렇게 큰 에너지를 소모한다는 사실을 나는 미처 몰랐다. 오늘도 인터뷰하는 도중 울어버렸다. 에라 모르겠다, 하고 울었다.

인터뷰를 끝내고 짐을 챙겨 입원했다. 1년 만의 입원이다. 다시 돌아오고 싶지 않았던 입원실로, 결국 이렇게 돌아왔다. 패잔병이 된 기분이었다. 병실에는 아버지뻘 되는 할아버지 환자들만 가득했다. 내 또래는 찾기가 힘들다. 안타깝게 나를 쳐다보는 눈길이 느껴진다. 어떤 할아버지는 나를 보고 혀를 끌끌 차기도 했다. '쯧쯧, 젊은 사람이 어쩌다가…….' 옆 환자의 말이 방음벽 없는 내 침상에 고스란히 전해진다. 익숙한 손놀림으로 옷을 정리하고, 환자복으로 갈아입는다. 입원 물품 정리도 가볍게 끝냈다. 1년 만의 입원이었지만 병원 생활이 익숙하다. 수건, 칫솔, 치약, 슬리퍼, 충전기를 놓는 자리도 그대로다. 정리를 끝낸 후 병상에 눕는다. 귀에 이어폰을 꽂고 눈을 감는다. 그대로 잠을 청한다. 모자란 잠을 잔다.

2019년 7월 19일 금요일

홍보 책자 확인과 시술

오전에 홍보 책자에 담길 내용을 확인했다. 영화 마케팅팀에서 오랫동안 작업한 내용이었다. 영화에 대한 소개뿐만이 아니라 일본군 '위안부' 문제를 둘러싸고 벌어진 역사적인 사건을 타임라인 형식으로 정리했고, 김복동 할머니가 겪은 수난이 간략하게 정리되어 있었다. 내레이션을 맡은 배우 한지민 씨의 인터뷰와 헌정곡을 불러준 가수 윤미래 씨의 인터뷰도 담겨 있었다. 내가 쓴 「제작일지」는 홍보 책자의 마지막 부분에 날짜별로 정리되어 그대로 실렸다. 너무 개인적인 고민들까지 홍보 책자에 실릴 필요가 있는지 문의했지만, 홍보팀장은 감독의 시선, 생각, 감정을 글을 통해 확인하는 것이 영화 홍보에 도움이 된다고 했다. 홍보를 위해서는 더 적극적으로 임해야 한다며, 감독다운 자세를 보여달라는 충고도 들었다. 이제 「김복동」을 통해 나 역시 공공의 장에 나서게 되었다는 사실을 실감할 수 있었다. 오늘 정리한 내용은 조만간 인쇄해 책자로 제작한다고 한다. 이후 각종 시사회에서 관객들에게 제공될 거라고 한다.

오후에는 색전술 시술을 받았다. 병실에서 이동용 침대에 누워 수술장으로 이동했다. 수술실에 도착할 때까지 눈을 감았다. 수술실의 공기는 차가웠다. 알코올 냄새로 머리가 어지러웠다. 간호사 몇 명이 시술 준비를 하고 있었다. 차가운 금속 소리가 들렸다. 내 몸 위에 천과 비닐을 덮었다. 의사로 보이는 사람이 들어와 무언가를 확인하고 나가고를 반복했다. 그리고 곧 수술복을 입은 의료진들이 들어왔다. 마취를 하고, 허벅지 위쪽에 있는 대동맥으로 무언가를 집어넣는 느낌이 났다. 괴로웠다. 그렇게 1시간이 넘도록 나는 의료진들의 손에 맡겨졌다. 입 밖으로 연신 '윽, 윽' 신음이 나왔다. 시술이 끝나고 X-ray인지 CT인지 모를 촬영을 통해 시술 결과를 확인했다. 방사능이 쏟아지는 촬영이다. 촬영이 이뤄지는 순간, 수술실에는 나뿐이었다. 의료진은 방사능을 피해 밖으로 나가 대기하다, 촬영이 끝나자 바로 들어와 영상을 확인했다. 그렇게 얼마를 더 누워 있었다. 소독약 냄새가 많이 났다. 의사가 내 옆으로 와 말했다. "다 끝났습니다. 시술 잘됐어요." 나는 5개 모두 치료가 된 건지 물었다. 의사는 3개는 잘됐는데, 2개는 너무 작아서 몇 달 후에 다시 해야 할 것 같다고 했다.

그렇게 수술실에서 나와 대기실로 옮겼다. 동맥을 뚫어서 하는 시술이라 간호사가 10분이 넘게 강하게 지혈했다. 병실로 다시 돌아왔지만 지혈을 위해 3시간 동안 움직이지 않고 가만히 누워 있어야 한다고 했다. 아내가 병실로 왔다. 괜찮냐고 물어 괜찮다고 했다. 아내 손을 잡았다. 눈물이 났다. 모든 게 미안했다. 3시간이 지난 후 몸을 조금 움직였다. 역겨움이 갑자기 밀려왔다. 그러고는 한참을 토했다. 어지러워 쓰러지듯 침상에 누웠다. 눈을 감았다. 머리 위로 손을 올린 채 잠이 들었다.

2019년 7월 20일 토요일

퇴원

어제저녁에는 먹은 것을 모두 게워냈다. 의료진은 시술 후 일어날 수 있는 일이니 괜찮을 거라고 했다. 약 기운이 온몸을 타고 도는데 그 느낌이 너무 역했다. 아침에 일어나도 컨디션이 썩 좋지 않았다. 오전에 퇴원 결정이 났다. 동생이 퇴원을 돕겠다며 병원으로 왔다. 혼자 퇴원할 수 있다고 했지만 막무가내였다. 자꾸만 미안한 마음이 들어 가족들을 볼 면목이 없다. 퇴원을 하고 집에 도착했지만 몸이 좋지 않았다. 색전술을 처음 한 후유증인지 속이 무언가에 긁힌 기분이다. 어제부터 시작된 기분 나쁜 기운이 집에 돌아와도 사라지지 않는다. 몸이 자꾸 찌뿌드드하다. 얼굴이 자꾸 뜨거워지고 몸에 힘이 없다. 불과 며칠 전과는 전혀 다른 몸이 된 것 같다. 회복이 될 수 있을지 걱정이다.

2019년 7월 23일 화요일

중고등학생 시사회

청주에서 중고등학교 학생 200여 명을 대상으로 시사회를 열었다. 내일 언론배급 시사회가 있으니, 오늘은 움직이지 않아도 된다는 스태프들의 말을 물리치고 첫 시사회를 찾았다. 주말부터 나름 편히 쉬었더니, 몸을 움직여도 괜찮을 것 같았다. 청주 극장에 도착하니 생각보다 학생들이 많이 모여들고 있었다.

영화가 상영되는 동안 근처 카페를 찾았다. 점심을 먹은 게 체했는지 속이 답답했다. 식은땀이 나고 몸이 떨리는 느낌이 들었다. 조금 쉬면 괜찮을까, 카페 의자에 눈을 감고 1시간 정도 앉아 있었다. 상영이 끝날 때쯤 다시 극장으로 올라갔다. 스크린에는 조선학교 학생들을 만나는 김복동의 모습이 나오고 있었다. 상영관 한쪽에 서서 지켜봤다. 극장 곳곳에서 학생들이 훌쩍이는 소리가 들려왔다. 학생들의 표정도 심각해 보였다. 할머니가 살아서 이 모습을 봤다면 어떤 기분이셨을까.

상영 후에는 학생들과의 대화가 이어졌다. 지금까지 이런 사실을 몰랐다는 이야기가 주를 이루었다. 일본군 '위안부' 피해자 문제를 정확히 알리는 일이 중요하다는 걸 새삼 느꼈다. 1시간이 훌쩍 지났다. 그렇게 시사회를 마치고, 다시 서울로 돌아왔다. 여전히 속이 좋지 않다. 내일이 언론배급 시사회인데 걱정이다.

2019년 7월 24일 수요일

언론배급 시사회

지난 새벽, 기어이 어제 먹은 음식을 모두 토해내고 말았다. 거의 1시간 동안 화장실 변기를 붙잡고 있었다. 나중에는 아무것도 게워내지 못하는데도 자꾸 구역질이 났다. 이대로 잘못되는 건가 두려웠다. 음식이 문제인지, 내가 문제인지 몰라서 더 두려웠다. 거실 바닥에 널브러져 잠들었다. 이러다가 오늘 시사회에 참석하지 못하는 것은 아닌지 걱정됐다. 지금까지 얼마나 고생했는데, 이렇게 무너지기 싫었다.

오전 느지막이 시사회에 나갈 채비를 했다. 시사회 전 방송사 인터뷰도 예정되어 있다. 최대한 컨디션을 조절해 오늘만 제대로 버텨보자는 마음이 들었다. 허해진 속을 채우기 위해 밥을 챙겨 먹고 집을 나섰다. 구름은 낮아 흐렸고, 공기는 습했다. 당장이라도 한바탕 비가 쏟아질 것만 같은 날씨였다.

동대문에 있는 시사회 현장에 도착하니 극장 로비 곳곳에 「김복동」 포스터가 걸려 있었다. 닻을 올리고 항해를 시작하는 영화 「김복동」의 출항 현장이었다. 얼마나 많은 사람이 영화를 보러 올까, 기대와 걱정이 뒤섞여 떨렸다.

2시에 JTBC와 인터뷰를 시작했다. 영화 「김복동」이 제작된 계기, 제작하면서 있었던 에피소드, 영화를 통해 말하고 싶은 것 등에 대한 질문을 받았다. 많이 떨렸다. 내가 한 말 중, 적어도 한 문장은 방송에 나간다는 사실에 더 긴장되었다. 말을 조심해야 했지만 잘되지 않았다. 인터뷰가 이어질수록 마음이 많이 흔들렸다. 아마도 기자가 그 모습을 놓치지 않았던 것 같다. 작정하고 울리려는 질문이 나왔다. 대답하다가 눈물이 났다. 이번에도 역시 하염없이 흘렸다. 기운이 쭉 빠지고, 머리가 멍해져 생각도 멈추는 기분이 들었다. 몸이 안 좋으니 더 그런 것 같다.

이어서 KBS, MBC, SBS, YTN 방송사와 인터뷰를 진행했다. 이들은 1992년 3월 김복동 할머니의 피해 증언 녹취를 중심으로 인터뷰를 진행했다. 음성 파일의 발견 경위와 확인 과정, 그리고 그 의미에 대한 질문들이었다. 그저 평범한 질문이었지만 카메라 4대가 동시에 촬영해 무척 긴장되고 힘겨웠다. 이전 인터뷰에서 눈물을 흘린 여파인지 질문에 답을 제대로 하지 못했다. 말하는 내가 답답할 정도였다. 그렇게 인터뷰를 망쳤다.

언론배급 관계자들을 대상으로 한 시사회가 시작되었다. 300여 객석이 거의 가득 차 있었다. 한일 관계가 갈수록 극한으로 치닫는 상황에서 일본군 '위안부' 피해자인 김복동의 생애를 다룬 영화에 관심이 많다는 것을 느낄 수 있었다. 나는 그동안 대기실에서 지친 몸을 좀 쉬었다. 상영 종료 후 기자회견이 있었다. 나는 연출자로서 앞으로 이 영화가 할 수 있는 일들에 대해서 말했다.

"영화 「김복동」이 단순한 항일·극일 영화가 아닌, 일본군 '위안부' 문제를 제대로 이해할 수 있는 불씨가 되길 바란다. 불꽃이 되길 바란다. 이 영화를 본 사람들의 가슴에 김복동의 이름이 새겨지길, 일본 정부가 이런 반인도적인 범죄 행위를 진심으로 반성하고 사죄할 때까지 '김복동'이라는 이름이 많은 이들의 가슴에 깊이 새겨지길 바란다. 일본 정부의 사죄가 과연 이뤄질지 알 수 없다. 기약도 할 수 없다. 하지만 우리 모두가 피해자들이 겪었던 고통을 기억하고 새긴다면, 일본 정부는 언젠가는 반드시 진정한 사죄를 해야만 할 것이다. 피해자들이 모두 숨을 거두고 난 뒤에라도 이 범죄 행위는 반드시 책임을 물어야 한다. 그것이 우리가 할 일이고, 그것을 위해 영화 「김복동」이 사람들의 가슴에 그 기억을 붙잡아주길 바란다."

시사회는 종료되었다. 배급사에서는 다큐멘터리영화가 이처럼 많은 관심을 받는 건 영화계에서도 드문 일이라고 했다. 모든 행사가 종료된 후 자리를 떠나는 참석자들의 얼굴에 생각이 많아 보였다.

「김복동」은 과연 그들에게 어떤 생각거리를 던진 것일까. 일일이 확인할 수 없어 조금 답답하다.

영화 홍보팀을 통해 알게 된 오늘 참석자들의 반응은 호의적이었다. 많은 단점이 있는 영화지만 「김복동」만의 메시지를 응원해준 거라는 생각이 들었다. 저녁에는 뉴스에 나온 내 얼굴을 봤다. 병색이 돌아 얼굴이 무척 까맸다.

2019년 7월 26일 금요일

생방송 인터뷰

어제부터 내리기 시작한 비가 오늘은 종일 추적추적 내렸다. 상암동 YTN에서 라디오 생방송과 TV 뉴스 프로그램에 생방송으로 출연했다. 이제 조금 떨지 않고 말할 수 있을 거라 자신했지만 생방송 출연은 여전히 어려운 일이다. 그나마 라디오 프로그램은 카메라 촬영을 피할 수 있어 편하게 출연했다. 하지만 TV 생방송은 스튜디오 조명과 카메라들로 인해 긴장을 놓을 수 없었다. 허리를 꼿꼿이 세우고 의자에 앉아 떨지 않으려 노력했지만, 너무 긴장했다. 방송이 끝나자 먹은 저녁이 위에서 장으로 이동하지 않고 어딘가에 멈춰 정체된 게 느껴졌다. 심지어 오늘은 생방송 도중에 눈물을 흘리는 만행을 저지르고 말았다. 피하고 싶었던 가장 최악의 상황이었다. 진행자의 질문은 '영화를 제작하며 느꼈던 가장 인상적인 기억이 무엇인지'였다. 나는 평화의우리집에 겨우내 매달려 있다가 결국에는 말라비틀어진 감나무의 감 이야기를 했다. 그것이 '김복동의 부재'를 느끼는 상징 같은 모습이었다고. 그러다 갑자기 또 눈물이 터져나오려 했다. 동시에 숨이 막히고 말았다. 숨이 막히자 말도 멈추었다. 진행자들은 갑작스러운 내 행동에 당황했다. 서둘러 분위기를 바꾸고 다음 질문을 이어나갔다. 그들에게 미안했다.

생방송을 하며 긴장하고 경직된 몸 상태를 유지해서인지 결국 또 체하고 말았다. 생방송을 끝내고 집에 도착하자마자 저녁에 먹은 음식을 모두 토해냈다. 내 몸에 맞지 않는 옷을 입고 있는 것인가. 할 수 없는 일을 하고 있는 것인가. 몸이 좋지 않으니, 부정적인 생각들만 가득하다.

2019년 7월 29일 월요일

『씨네21』 인터뷰

오후 1시, 영등포 당산역 인근에서 영화 전문 잡지 『씨네21』과 인터뷰했다. 「김복동」의 다큐멘터리영화로서의 가치를 알아봐준 인터뷰였다. 영화적인 표현 방법이나 취재 당시 상황, 영화 속에 등장하는 은유적인 표현 등에 대해 이야기를 나누었다. '영화로 살아 돌아온 김복동의 삶'이라는 주제로 1시간 정도 이야기를 나누었다. 오늘도, 또 울었다. 이 눈물이 온전히 「김복동」 때문만은 아닐 수 있다는 생각이 들었다.

2019년 7월 30일 화요일

평범한 일상을 바라는 마음

아내와 함께 간이식 수술 상담을 받았다. 먼저 내 상태가 수술이 가능한 상황인지 확인했다. 담당 의사는 각종 차트와 기록을 살폈다. 최근 다발성 암이 재발한 사실도 확인했다. 의사는 현재 암 수치는 문제가 없지만, 간은 이미 경화가 진행되고 있는 것으로 보인다고 했다. 간경화 이야기는 오늘 처음 들었다. 그 말은 내 간이 서서히 기능을 잃어가며 굳어가고 있다는 것을 의미한다.

언제쯤 수술을 할 생각이냐고 의사가 물었다. 아이들 겨울방학에 수술하면 좋을 것 같다고 대답했다. 의사는 기왕 간이식 수술을 할 생각이면, 되도록 빨리하는 것이 좋다고, 미룰 이유가 없다고 했다. 하지만 우리 입장에서는 여러 상황을 고려해야 한다. 아이들이 학교에 가지 않아도 되고, 엄마 아빠 부재의 영향을 최대한 덜 받는 시기를 찾아야 한다. 가장 현실적인 때가 바로 돌아오는 겨울방학이다. 물론, 아직 아내의 간이식 공여 가능 여부도 결정되지 않았다. 아내가 공여자가 될 수 없는 상황이면, 다른 방안을 찾아야 한다.

간이식을 받은 후에 암이 재발할 가능성은 얼마나 되는지를 물었다. 의사는 재발 확률을 예측하는 것은 무의미하다고 했다. 다만, 현재보다 간이식을 받는 게 생존 기간을 연장할 수 있을 거라고 했다. '생존 기간 연장'이라는 말이 이토록 무겁게 들릴 수 없었다. 그리고 담당 의사는 현재 내 상태가 생각보다 훨씬 더 안 좋다고 했다. 더 안 좋아져서 손쓸 수 없는 상황이 되기 전에 수술해야 한다고 했다. 추후에 어떻게 될지를 고민할 필요가 없다는 얘기였다. 간이식 수술을 할 수 있는 사람도 환자 중 일부에 지나지 않는다고 했다. 다행이라고 생각해야 하는 건가.

장기이식센터로 가서 관련 상담을 받았다. 간이식 수술은 생각보다 위험하고, 복잡하고, 많은 것을 변화시키는 수술이라고 했다. 설명을 듣는 내내 공여자에게 발생할지 모를 상황이 더 신경 쓰였다. 살아 있는 사람의 간을 다른 사람에게 이식한다는 게 도무지 상상되지 않았다. 멀쩡한 사람의 배를 가르고 간의 70%를 떼어내 아픈 사람에게 옮겨 심는 수술. 수술 후 3개월 만에 간이 80% 재생된다고 해도, 멀쩡한 사람 몸에 해서는 안 되는 일이라고 생각했다. 행여나 수술이 잘못되면 우리 아이들은 어쩌란 말인가. 자꾸만 무서운 생각이 들었다.

그리고 이식 수술을 받더라도, 그것은 다른 사람의 간을 평생 빌려 쓰는 것이지, 내 몸의 일부가 되는 것은 아니라고 했다. 수술 후에는 면역억제제를 평생 복용해야 한다고 했다. 하루에 두 차례. 12시간 간격으로 반드시 정해진 시각에 복용해야 한다. 면역력은 이식받은 간을 적으로 간주해 공격한다. 따라서 그 면역력을 억제해서 이식된 간이 제 역할을 할 수 있게 해야 한다는 것이었다.

무서운 이야기는 계속됐다. 수술 후에는 면역력이 극도로 약해진 상태라서 중환자실에 머물러야 한다고 했다. 수술 후에도 몇 달은 멸균식을 유지해야 한다. 회와 같은 날 음식은 금지하고, 몇 개월은 김치도 익혀서 먹어야만 한다. 기름진 음식도 피하고, 되도록 삶거나 찐 음식을 먹어야 한다. 수술 후 몇 달은 그렇게 신경을 쓸 일이 많다고 했다. 아내를 볼 면목이 없었다. 한숨만 나왔다.

담당자는 아내의 생각이 중요하다고 했다. 공여자가 되겠다는 생각은 언제든 바꿀 수 있다고 했다. 그만큼 공여자의 결심이 중요한 거라고 했다. 공여자가 결심하지 않으면, 이 수술은 이뤄질 수 없다.

상담을 끝내고 밖으로 나와, 문밖에 있는 의자에 앉았다. 생각보다 큰 수술이고, 큰 고통을 수반하는 수술이었다. 수술을 하게 되면, 한동안 우리 가정이 산산이 무너지는 건 확실해 보였다. 엄마 아빠가 없는 그 시간을 견뎌야 하는 아이들과, 나 때문에 하지 않아도 될 고통을 겪는 아내의 모습이 동시에 떠올랐다. 아내는 공여자 가능 검사를 받아보겠다는 결정이 꼭 나만을 위해서는 아니라고 했다. 우리 가족을 위해서라고 했다. 우리 가족의 더 많은 일상을 지키기 위해서라고 했다. 다시 평범한 일상을 바라는 마음이라고, 그래서 잠깐의 고통은 견뎌야 한다고, 아이들도 견딜 수 있을 거라고, 수술은 무섭지 않다고 했다.

나는 죄인 된 마음으로 그저 가만히 들었다. 삶이라는 게 참으로 초라하고 누추하게 느껴졌다. 그렇게 병원에서 나와 사무실로 돌아왔다. 멍하게 앉아 상황을 돌이켜보지만 쉽게 안정이 되지 않는다.

저녁에는 강남 코엑스에 있는 극장에서 VIP 시사회가 있었다. 참석한 손님들에게 명함을 돌리고, 인사를 하고, 잘 부탁한다고 말했다. 종일 울고 싶은 기분이었지만 미소를 지었다. 장인어른, 장모님, 처남도 시사회에 참석했다. 오늘 상담 때문인지 부모님 두 분을 제대로 뵐 면목이 없었다. 시사회가 끝난 뒤에는 뒤풀이에도 참석했다. 술은 마시지 못하지만 술을 마신 손님들과 영화 「김복동」에 대한 많은 이야기를 나눴다. 이것이 지금 내가 해야 하는 일이다.

2019년 8월 2일 금요일

유감

일본은 오래전부터 예고한 대로 오늘 한국을 '화이트리스트'에서 배제했다. 경제 보복을 감행한 것이다. 항의하는 한국 외교부 장관에게 일본 외무대신은 '불평하는 이유를 모르겠다'는 공식 발언을 내놓기도 했다. 우리 대통령은 일본의 조치에 깊은 유감을 표했다. 다시는 일본에 지지 않겠다고도 말했다. 국민들의 일본제품 불매운동도 거세지고 있다. 물건뿐만 아니라 문화 콘텐츠도 반일·항일 바람이 불고 있다.

이런 상황 속에서 영화 「김복동」이 반일·항일·극일 영화로 미디어에 소개되고 소비되고 있다. 영화 「김복동」은 한 일본군 '위안부' 피해자의 삶을 통해 빼앗긴 인간 존엄성의 회복을 말하는 영화임에도 불구하고 미디어들은 그저 항일과 극일이라는 작은 프레임에 가둔 채 소개하고 있다. 한일 양국의 대립 상황 속에 맞춰 개봉하는 영화들로 말이다. 기사만 보면, 마치 영화 「김복동」은 지금 이런 반일 분위기에 편승해서 기획·제작된 영화로 보인다. 이런 미디어에는 영화를 만들며 준비해온 지난 시간이 보이지 않나보다. 안타까운 현실이다.

그뿐만이 아니다. 항일·극일 키워드로 무수히 노출되다보니 김복동의 삶이 주는 메시지는 뒷전으로 밀려나버리고 그저 일본과 싸우는 영화가 되어버린다. 김복동이 오랜 시간 자신의 삶을 걸고 일본 정부와 싸워온 이유는 자신의 인간 존엄성을 훼손한 것이 당시 일본군이고, 그에 대해 줄곧 부정하고 무시하는 대상이 일본 정부이기 때문이다. 자신의 빼앗긴 인간 존엄성을 회복하기 위한 첫 단계가 바로 일본 정부의 사죄이고 배상이기 때문이다. 그래서 나는 항일·극일 영화라는 설명으로만 「김복동」을 바라보는 것이 싫다. 그 설명 속에 김복동의 지난 삶이 소비되는 것도 싫다. 그렇게 간단히 정리될 문제가 아니다.

2019년 8월 5일 월요일

D-3

이제 3일 후면 정식 개봉이다. 8월 7일 수요일 저녁 7시 대규모 시사회를 시작으로, 영화 개봉 성적이 공식적으로 산출되기 시작한다고 한다. 개봉이 다가오면서 언론 출연 스케줄도 빡빡해졌다. 지난주까지만 해도 하루에 하나 정도이던 스케줄을 오늘부터는 하루에 3개, 많게는 5개씩 소화해야 한다. 새벽부터 밤늦게까지다. 영화를 알리는 일이라면, 마다할 이유가 없다. 다행히 지난달에 한 시술 덕에 몸도 조금은 버틸 만하다.

스케줄이 많아지며 좋은 점은, 더는 인터뷰하며 눈물을 흘리지 않는다는 것이다. 이제는 방송 중 눈물이 나올 것 같은 상황이면, 미리 조치할 수 있는 여유가 생겼다. 경험이 쌓이며 익숙해진 덕이다.

2019년 8월 7일 수요일

개봉 전야

오전 7시 여의도 KBS에서 TV 생방송에 출연했다. 어제도 강원도 춘천에서 시사회를 열고 밤늦게 돌아왔는데, 오늘 아침에는 새벽 5시 30까지 방송국에 도착해야 해서 힘이 들었다. 무엇보다 잠을 잘 수 있는 시간이 부족하니 피로가 회복되지 않고 있다. 마땅히 쉴 곳이 없어 사무실로 돌아와 의자에 앉은 채 잠깐 눈을 붙여야 했다. 저녁에는 두 번째 VIP 시사회가 있는데, 몸 상태가 걱정이 됐다.

요즘 들어 말을 많이 할수록 눈앞이 어지러워지는 증상이 나타난다. 그때는 잠시 말을 멈추고 눈을 감거나 물을 마시면 조금 나아진다. 오늘도 1시간가량 인터뷰를 이어가는데 눈앞이 빙글빙글 돌았다. 기자에게 아프다는 말을 할 수 없어서 잠시 숨을 고르고 이야기를 이어갔다. 며칠째 엄청난 양의 스케줄을 소화해서 그런 것이겠지.

말을 좀 줄이면 괜찮아질까. 개봉하면 지금보다는 아마 덜 바쁘지 않을까.

저녁에는 용산역에 있는 극장에서 개봉 전야 시사회가 열렸다. 개봉 전 마지막 시사회였다. 아내와 큰아이를 비롯해 처가 식구들도 시사회에 참석해 함께 영화를 관람했다. 아홉 살 큰아이도 엄마와 함께 끝까지 영화를 봤다.

김복동 할머니가 한 사람에게라도 더 자신의 이야기를 알리고, 일본 정부의 사죄와 배상을 위해 노력했던 것처럼 영화 「김복동」도 한 명이라도 더 많은 사람이 보고 공감할 수 있기를 바란다. 그저 한 명의 관객에게라도 「김복동」이 선택받길 바라는 마음이다. 블록버스터 영화들이 넘쳐나는 여름 극성수기 극장에서 영화 「김복동」은 어떤 결과를 낼까. 떨리고 긴장된다.

2019년 8월 8일 목요일

깃발 같은 영화

개봉 첫날 영화 「김복동」의 관객 수는 5,927명이었다. 전국 366개의 상영관에서 총 591회 상영되었다. 개봉 첫날, 내심 만 명이 넘는 관객을 기대했지만, 결과를 보니 지나친 욕심이었다. 뉴스타파에서 제작한 영화 「자백」이나 「공범자들」에 비해서도 한참 모자란 성적이다. 300개 이상의 극장에서 상영된다고 할 때만 해도 기대를 좀 했는데, 기대와 현실은 엄연히 달랐다. 독립 다큐멘터리영화의 한계를 냉정히 받아들여야 하지만 그게 잘 안 된다. 아쉽다. 상영작들의 성적을 살펴보다가 어린이 극장 애니메이션들의 성적이 「김복동」보다 좋아서 놀랐다.

그러나 실망만 하고 있을 수 없다. 영화 「김복동」은 애초에 큰 흥행을 기대하고 제작한 상업 영화가 아니다. 실존 인물인 김복동 할머니의 삶을 영화로 복원했다는 것만으로도 그 탄생의 의미가 충분할지 모른다. 정상진 대표는 첫날 성적은 분명 아쉽지만, 이것도 역시 선택을 받아야만 하는 영화의 운명이라고 했다. 개봉이 1라운드였다면, 이제는 2라운드, 3라운드를 준비해야 할 때다. 지나간 결과는 바꿀 수 없다. 더 나은 결과를 위해 앞으로 내가 할 수 있는 일을 해야 한다. 그런 면에서 이제 시작일 뿐 아직 끝난 것이 아니다. 영화 「김복동」은 분명 키 크고 힘이 센 거대 영화들에 비하면 여전히 작아 보일지언정 영화 속의 메시지는 다른 영화들에 비해 특별하고 강렬하기 때문이다.

저녁에는 영화 「낮은 목소리」를 연출한 변영주 감독과 함께 '시네토크'를 열었다. 변영주 감독은 영화 「김복동」이 그저 표 한 장 사주면 되는 영화, 봐달라고 구걸하는 영화가 아니라고 했다. 영화를 보지 않은 채 말로만 영화를 응원한다고 말해선 안 된다고 했다. 직접 영화를 감상하고, 그렇게 김복동의 이름을 새기고, 새겨진 이름을 가슴에 꽂는 영화가 되어야 한다며 영화 「김복동」을 깃발 같은 영화라고 했다. 한 명이라도 더 많은 사람이 직접 영화를 볼 수 있도록 주변에 잘 알려달라고 부탁했다. 변영주 감독의 말에 나는 박수를 쳤다. 변 감독의 말이 큰 위로와 용기가 되었다. 영화도 보지 않은 채 이러쿵저러쿵 아는 척하는 지식인들에게 '함부로 말하지 말라'는 경고 같았다. 행사가 끝나고 변영주 감독께 진심으로 감사 인사를 했다.

2019년 8월 9일 금요일

목표 관객 수 수정

오후에 진행된 배급 마케팅 회의에서 영화의 목표 관객 수를 10만으로 내려 잡았다. 원래 목표 수는 20만 이상이었지만, 현실의 냉혹함을 확인하고 수정한 것이다. 사실 어제 관객 수로만 봤을 때는, 10만이라는 수정된 목표도 달성하기 쉽지 않아 보인다. 개봉 첫 주말인 내일과 모레의 성적이 중요하다. 다음 주 일본군 '위안부' 피해자 기림의 날인 14일과 광복절인 15일까지 관객들을 극장으로 오게 해야 한다. 문제는 여름방학이라는 극성수기를 맞아, 극장들이 언제까지 「김복동」에 상영관을 내어줄지 모른다는 점이다. 오늘 관객 수는 4,869명으로 어제보다 500명 이상 줄었다.

개봉하면 감독인 내가 많이 뛰겠다던 다짐이 무색하게, 실제 내가 할 수 있는 일은 많지 않았다. 관객들과 영화에 대한 이야기를 나누고, 영화의 진정성을 말하는 것이 내가 겨우 할 수 있는 일이었다. 한계를 느낀다. 결과를 볼수록 한껏 솟아올라 있던 기대가 조금씩 무너지는 것을 느낀다. 끝까지 최선을 다하자고 말하며 겉으로는 여유 있는 척했지만, 저조한 성적에 심장이 쪼그라들어간다.

2019년 8월 10일 토요일

다 알고 있다는 착각

오후부터 저녁까지 다른 극장들을 돌며 관객들에게 무대 인사를 했다. 극성수기를 맞은 극장들은 영화와 영화 사이의 쉬는 시간도 짧게 잡고 상영을 이어갔다. 상영 후 관객과의 대화는 엄두도 내지 못하고, 그저 10분간의 무대인사에 만족해야 했다. 겨우겨우 얻은 10분이라는 시간이 소중했다. 짧게나마 영화를 관람해준 데 대한 감사 인사와 함께 영화 「김복동」을 제작한 계기, 영화가 지닌 의미에 대해 관객들에게 설명했다. 간단한 질의에는 답변도 했다.

상영장 객석에 빈 좌석들이 많았다. 시사회 때는 분명 가득 찼는데, 현실은 텅 비어 있었다. 이제야 현실을 직시하게 되었다. 빈자리를 바라보니 마음이 아팠다. 극장 문을 나서는 관객들에게 더욱 허리 숙여 인사했다. 이렇게 극장을 직접 찾는다는 것이 얼마나 어려운 일인지를 비로소 느끼게 된다. 직접 영화를 연출해보니 깨닫게 되었다.

한 관람객이 영화 「김복동」을 보고 쓴 관람평을 읽었다. 다 아는 내용일 거라는 생각과 동시에, 보고 나면 마음이 아플 것 같아서 영화를 보기 전에 망설였다고 했다. 그러다가 굳은 마음을 먹고 극장을 찾았는데, 극장에 아무도 없어서 놀랐다고 했다. 관객으로서 마음이 아팠다고 했다. 그렇게 영화가 시작되자 처음부터 눈물이 났고, 마음 놓고 펑펑 울며 영화를 봤다고 했다. 영화가 끝나고 나서도 여운이 오래 남았다며, 할머니들이 쓸쓸하지 않게 「김복동」에도 관심을 갖자며 글을 맺었다. 당신들이 다 알고 있다는 착각이 영화를 보면 깨진다는 말과 함께. 그 이름 모를 관객의 글을 읽다보니 영화 「김복동」이 처한 현실이 고스란히 느껴지는 듯했다. 첫 주말인 토요일 오늘, 관객 수는 7,127명이었다. 다행히 다시 반등했다.

2019년 8월 14일 수요일

일본군 '위안부' 피해자 기림의 날

오늘은 8월 14일, 일곱 번째 세계 일본군 '위안부' 피해자 기림의 날인 동시에 1,400회 수요시위가 열린 날이다. 오늘도 어김없이 수요시위는 일본대사관 앞 평화로에서 열렸다. 마지막 무더위가 기승을 부리는데도 불구하고 주최 측 추산 2만여 명의 시민들이 수요시위에 참석해 일본 정부의 사죄와 배상을 외쳤다. 불과 몇 해 전까지만 해도 광복절 기념 수요시위에는 '위안부' 피해자 할머니들이 직접 현장에 참석해 큰 목소리로 일본 정부의 사죄와 배상을 요구했다. 그러나 이제 피해자들은 불볕더위에서 열리는 시위에 참석하지 못할 만큼 노쇠해 있었다. 오늘 수요시위에 참석한 피해자는 길원옥 할머니가 유일했다. 길원옥 할머니는 단상에 올라 "더운데 이렇게 와주셔서 감사합니다."라고 말하며 '끝까지 싸워서 이기는 사람이 승리하는 사람'이라는 말을 했다. 자신이 겪은 깊은 상처는 그렇게 기억을 잃어가는 중에도 고스란히 남아 있는 듯했다. 시간이 흘렀지만 길원옥 할머니의 일본 정부에 대한 사죄와 배상 요구는 변함이 없다. 단상에서 내려온 길원옥 할머니에게 다가가 인사를 했지만 할머니는 그저 엷은 미소만 보일 뿐이다. 참석자들이 '김복동'이 쓰인 티셔츠를 입고 "내가 김복동이다, 내가 증인이다, 이제는 우리가 해결하겠다!" 외치고 있었다. 소녀상 옆에 영화 「김복동」 포스터가 세워져 있었다.

지난 7일 시사회에서 아내와 함께 「김복동」을 관람한 아홉 살 큰 아이도 수요시위를 찾았다. 엄마 손을 잡고 한참을 걸어 도착한 아이 얼굴에 땀방울이 송골송골했고, 옷은 땀에 젖어 있었다. 무더위에도 '평화의 소녀상'을 보기 위해 시위 현장을 찾은 아이가 대견했다. 얼마 전 「김복동」을 본 아이는 그렇게 하늘나라로 떠난 할머니가 가엽다고 했다. 또, 할머니를 돕기 위해 애썼던 형, 누나들을 끌고 가는 경찰이 이해가 되질 않는다고 했다. 아이는 도착해 '평화의 소녀상'부터 찾았지만 소녀상은 시위 참석자들에 둘러싸여 보기 힘들었다. 까치발을 들고도 어른들에 가려져 볼 수 없었다. 나는 아이 손을 잡고, 시위대를 크게 한 바퀴 돌아 '평화의 소녀상'이 정면으로 보이는 길 건너편으로 갔다. 다행히 현장을 취재 중인 카메라 기자들 틈바구니에서 '평화의 소녀상'을 볼 수 있었다. 아이는 그 자리에서, 시위 현장에 묵묵히 앉아 있는 '평화의 소녀상'을 한참 바라보았다. 아이는 소녀상 속 김복동 할머니가 '잘 가라'고 인사를 해주는 것 같다고 말했다. 나는 아이에게 다음에 다시 찾아와 소녀상을 보자고 말했다. 흠뻑 땀을 흘린 아이는 다시 엄마 손을 잡고, 종종걸음으로 집으로 향했다. 이렇게 더운 날, 소녀상을 보겠다며 이곳까지 찾은 아이와 아내의 뒷모습을 보니 괜스레 가슴이 뭉클해졌다. 일주일 전 본 영화 「김복동」의 마음을 아홉 살 어린이도 공감한 것이리라.

뉴스에서 전국 곳곳의 시민단체, 노동조합, 대학생들이 영화 「김복동」 상영회를 개최하고, 표 나누기 운동을 벌이는 소식을 뉴스 리포트로 전했다. 일본 정부의 경제 제재 속에서 우리 국민들이 일본제품 불매운동과 역사 바로 알기 운동을 벌이고 있는데, 그 가운데 영화 「김복동」이 시민들 사이에서 잔잔한 반향을 일으키고 있다는 내용이었다. 중학생으로 보이는 학생들이 '김복동을 기억하겠다'고 말하고 '이제는 우리가 해결하겠다'고 말하는 모습이 뭉클했다. 일본군 '위안부' 피해자 기림의 날인 오늘의 관객 수는 5,855명이다. 늦은 밤부터는 비가 내리기 시작했다.

2019년 8월 15일 목요일

여전히 외로운 싸움

종일 비가 내렸다. 충무로 극장에서 두 차례 상영회가 열렸다. 비가 오는 날인데도 꽤 많은 관객이 극장을 찾았다. 어제 기림의 날 영향 때문일까. 광복절인 오늘은 어제보다 관객이 많다. 하지만 「김복동」의 상영관 수는 어제와 오늘 총 200개 이상이 줄어 이제 140여 극장에서 상영하고 있다. 예상은 했지만 개봉 일주일 만에 절반이 넘게 줄어들 거라고는 생각하지 못했다. 배급사는 8월 성수기라서 극장 입장에서는 어쩔 수 없는 일이라고 했다. 또 앞으로 「김복동」을 상영하는 극장 수와 상영 횟수는 더 줄어들 거라고 했다. 이제 「김복동」은 주요 도시의 거점 극장들을 중심으로 상영이 이어질 거라고 해다. 상심할 필요가 없다는 말에 고개를 끄덕였지만 마음은 무너져내렸다. 살아서 외롭게 싸웠던 김복동이 죽어서도 여전히 외로운 싸움을 하고 있다는 생각이 들었다.

오늘 자 경향신문에서 영화의 헌정곡 「꽃」을 부른 윤미래 씨의 남편이자 힙합 뮤지션인 타이거JK가 쓴 칼럼을 읽었다. 지난 5월, 영화 「김복동」의 헌정곡을 제안받았던 상황을 이야기하는 글이었다. 당시 영화를 감상하고 난 후 윤미래 씨가 울면서 작업을 하겠다고 말하던 상황이 설명되어 있었다. 열여섯 살 나이에 영문도 모른 채 위안소로 끌려가야 했던 김복동을 비롯한 수많은 피해자의 삶을 고민하고, 이 시대에 진정한 사죄와 반성의 의미가 무엇인지 묻는 글이었다. 정치적인 시선에 갇혀버린 일본군 '위안부' 문제가 더 많은 이들에게 알려지고 기억될 수 있도록 영화 「김복동」을 보자고 말하는 글이었다. 영화 「김복동」에 대한 마음과 윤미래 씨가 어떤 마음으로 노래를 불렀는지 충분히 느낄 수 있는 고마운 글이었다.

극장 수가 많이 줄어든 상황임에도 불구하고, 오늘 개봉 후 최다 관객이 영화 「김복동」을 찾았다. 어제 기림의 날과 오늘 광복절 영향 때문일 것이다. 오늘 관객 수는 8,028명을 기록했다.

2019년 8월 16일 금요일

들꽃처럼

천안의 한 독립영화 극장에서 상영회가 있었다. 극장 관계자는 오늘 「김복동」 상영회가 말 그대로 대성황이라며 흥분해 말했다. 총 50명이 들어갈 수 있는 상영관이 오늘은 극장 사상 처음으로 만석이라고 했다. 관객들이 계단과 스크린 앞에 방석을 놓고 사이사이 끼어 앉아 영화를 관람 중이라고 했다. 관계자가 출입문을 살짝 열어줘서 극장 안으로 잠시 들어가보니 실제 많은 관객이 뒤에 서거나 좌우, 중앙 계단에 앉아 영화를 관람하고 있었다. 스크린 앞에도 교복을 입은 학생들이 앉아 영화를 올려다보고 있었다. 상영관 안은 에어컨 바람이 무색할 만큼 사람들의 뜨거운 열기로 가득했다.

영화가 끝나고 '감독과의 대화'를 위해 사회자와 함께 무대 앞까지 이동했다. 계단에 앉은 관객들 틈 사이를 조심조심 지나 무대 위에 마련된 의자에 앉아 객석을 바라봤다. 학생들을 비롯해 수많은 시민들이 영화의 여운을 느끼고 있었다. 영화를 본 한 관객이 일어나서 영화가 개봉했다는 소식을 뉴스를 보고 알고 있었지만, 이 지역에서는 볼 수 없었다고 했다. 멀티플렉스에서는 대부분 낮 시간에 상영되어서, 직장을 다니는 자신은 볼 수 없었다고 했다. 그러던 차에 오늘 이곳에서 상영된다는 소식을 듣고 달려왔다며, 이렇게 빽빽한 사람들 틈에서라도 영화를 감상한 이유를 설명했다. 영화 한 편을 보기 위해 그분이 겪었을 수고로움을 생각하니 감사한 마음이 들었다. 중고등학생들, 멀리서 온 대학생들, 아이 손을 붙잡고 온 부모님들, 백발의 어르신들까지, 모두 자신이 본 영화 「김복동」의 메시지를 함께 공유했다. 영화 한 편이 주는 메시지가 각자의 삶에 녹아들었음을 확인할 수 있었다. 작은 극장에 모인 관객들의 열기는 뜨거웠다.

지금껏 영화의 성패를 그저 관객 수로만 평가했던 나 자신이 몹시 한심하게 느껴졌다. 「김복동」은 애초에 화려한 꽃이 아니었는데, 언제부턴가 「김복동」을 화려한 꽃으로 만들려고 욕심을 부렸던 것은 아닐까. 서서히 사람들의 마음에 스며드는 영화에 블록버스터의 환호를 기대했던 것은 아닐까. 김복동은 오히려 누가 돌보지 않고 눈길을 주지 않아도 끈질기게 살아남아, 그 작은 생명을 이어가고 씨앗을 뿌리는 들꽃 같은 삶을 살았는데 말이다. 영화 「김복동」도 김복동의 그러한 생애를 따라야 한다. 들꽃처럼 그렇게 묵묵하게, 꿋꿋하게, 끈질기게 살아가야 한다. 살아남아야 한다.

2019년 8월 25일 일요일

바로 지금

아침 일찍 집을 나서 경북 김천행 KTX 열차를 타고 가는 길에, 배급사에서 전화가 왔다. 감기는 나았는지, 목소리가 안 나올 정도면 심각한 것은 아닌지, 장거리 이동이 몸에 무리를 주는 것은 아닌지, 걱정이 돼 전화했다고 했다. 공동체 상영 및 '감독과의 대화' 요청이 줄지 않고 날이 갈수록 늘어간다고 했다. 스케줄에 어느 정도 참여할 수 있는지를 물었다. 나는 다른 것은 고려하지 말고 영화를 알리는 데만 집중하자고 했다. 뭐가 됐든, 할 수 있는 일은 무엇이든 하겠다고 했다. 스케줄만 맞으면 땅끝마을도 갈 준비가 되어 있다고 했다. 영화라는 장르가 무한정 상영할 수 있는 것은 아니지 않은가. 영화가 살아 숨 쉴 수 있는 때가 있다. 그런 만큼, 관객들이 영화를 찾는다면, 지금은 마다해서는 안 된다. 지금이 아니라면, 언제 또 이런 기회가 올지 확신할 수 없다. 「김복동」을 위해 내가 무언가를 해야만 하는 때가 존재한다면, 그것은 바로 지금이다.

김천에서 열리는 상영회는 김천 시민사회단체들과 성주 사드대책위가 함께 주최한 상영회였다. 여전히 싸우고 있는 주민들이 극장에 앉아 영화를 관람하는 모습을 보니 괜히 마음이 뭉클했다. 허리가 구부정한 할머니 한 분이 상영 후 극장을 나서며, 영화 잘 봤다며 말했다. "김복동 할머니 대단하시네요." 김복동 할머니는 살아생전, 위대한 투쟁 용사로 산 것이 아니었다. 늘 고민하고 힘들어했지만 희망을 가지고 끝끝내 버티며, 자신이 해야 할 일을 묵묵히 해나갔다. 그것이 지금의 김복동을 만들었다. 나는 극장을 찾은 이들에게 김복동 할머니의 생전 희망에 대해 이야기를 했다.

김천 상영회가 끝난 후, 행사 주최자들과 함께 점심을 먹고, 바로 경기도 수원으로 향하는 기차를 탔다. 대전까지는 고속열차로 이동한 후, 대전에서 다시 무궁화열차로 갈아타야 했다. 무궁화열차는 생각보다 덜컹거렸다. 객실에서는 비릿한 쇠 냄새가 났다. 아주 오래된 냄새였다. 아침 일찍부터 움직여서인지 자리에 앉자마자 눈을 감았다. 수원역에 도착하니, 어느새 해가 뉘엿뉘엿 지며 하늘이 노을로 물들고 있었다. 묘하게도 위로받는 느낌이 들었다.

오늘 상영회는 경기도문화의전당에서 열렸다. 200여 명이 가까운 시민들과 함께 영화를 보고, 영화를 본 소감을 이야기했다. 이제 이른바 공동체 상영으로 극장이 아닌 장소에서도 영화를 상영할 수 있게 되었다. 비록 영상과 음향의 수준은 극장에 미치지는 못했지만, 이렇게라도 꾸준히 영화가 상영되고 김복동의 이름을 새길 수 있는 시간이 마련될 수 있다는 것은 분명 축복일 것이다. 이제 「김복동」은 극장보다 이런 일반 상영관에서 더 많이 상영될 것이다. 큰 극장들에 자리를 빼앗겼다는 생각보다 우리 사회 구석구석 미세한 지점까지 「김복동」이 가닿을 수 있는 기회가 되었다고 생각하기로 했다. 실제 그것이 사실이기도 했다. 지역에 있는 작은 상영관들에도 비로소 영화가 상영될 수 있는 기회가 마련된 것이다. 영화 「김복동」의 진정한 시작은, 어쩌면 공동체 상영이 본격적으로 시작된 지금부터가 아닐까.

2019년 8월 26일 월요일

세포를 되살리는 일

오늘은 눈을 뜨자마자 몸이 좋지 않았다. 머리도 깨질 듯이 아팠다. 속은 메스꺼웠고, 식욕도 없었다. 오랜만에 몸무게를 쟀더니 8월 초에 비해 무려 2킬로그램이 빠졌다. 아픈 내 몸이 더는 버틸 수 없다는 신호를 주는 것일까. 두통약을 먹으니 다행히 두통은 좀 덜해졌다.

오후에는 충북 오송 보건복지인력개발원에서 상영회가 있었다. 국책기관들이 입주한 단지 내에서 열리는 상영회였다. 어제 수원 상영에 이어 오늘 상영회도 극장이 아닌, 스크린이 있는 강당에서 열렸다. 공공기관에서 열리는 상영회여서 공무원들만 참석하는 줄 알았는데 그게 아니었다. 인근 지역 주민들도 영화 관람을 위해 상영장을 찾았다. 인근 지역 학생들도 교사 인솔 아래 상영회장을 찾았다. 상영하는 극장이 없어 영화를 보지 못했는데, 이런 기회가 있어 영화를 볼 수 있게 되었다는 말이 인상적이었다. 기관과 지역이 함께 살아간다는 느낌이 들었다.

영화가 끝난 후에는 강당 중앙에 서서 '감독과의 대화'를 진행했다. 학생들은 이 영화가 그저 교과서를 대체하지 않는다고 말했다. 일본군 '위안부'에 관한 서술은 비록 역사 교과서에서는 2페이지에 불과할 뿐이지만, 영화 「김복동」을 감상하는 것으로 교과서 속에 서술된 내용들이 정확하게 이해되는 듯한 기분이 들었다고 말했다. 또 일본군 '위안부' 문제를 통찰하게 된 것 같다고도 했다. 우리 역사를 배우는 학생들의 입을 통해서 영화가 가진 장점을 확인하니 왠지 뿌듯했다.

그들로부터 영화에 관한 평을 듣고, 질문을 받고, 대답을 하면서, 영화 한편을 통해 관객을 만나는 일이 개개인의 우주를 만나는 일이 아닌가 하는 생각이 들었다. 영화 한 편이 뻗어나갈 수 있는 생각의 범위가 얼마나 넓고 깊고 세밀한가. 영화를 만들면서도 느끼지 못한 일들에 대해 자꾸만 질문을 던지는 관객들을 만나는 일은 온몸의 세포를 되살리는 일이기도 했다. 그저 영화 한 편을 보는 것에 멈추고 마는 것이 아니다. 영화 한 편을 두고, 만 갈래의 생각이 교차하는 지점 한가운데에 서서 그 생각들의 종류와 색깔을 살피고 있다. 살아 있기 때문에 가능한 일이다. 「김복동」을 통해 사람들의 생각을 만나게 되며 살아 있는 나를 느낀다.

2019년 9월 4일 수요일

욕심

그제는 서울에 있는 독립영화 극장에서 공동체 상영회가 있었고, 어제는 부산대학교에서 상영회가 있었다. 오늘 오후에는 전북 남원에서 2회, 익산에서 1회 상영회가 있었다. 어제는 부산, 오늘은 전주, 남원, 익산을 찍었다. 이틀 동안 이동 거리만 1,500킬로미터가 넘었다. 시속 300킬로미터로 달리며 중력을 거슬러 이동한다는 것의 힘겨움을 나는 요즘 온몸으로 느낀다. 서울로 돌아오는 기차 안에서는 한참을 눈을 감고 숨을 골라야 했다. 속이 메스꺼웠고, 눈을 감아도 잠이 오지 않았다. 어둠 속에서 빙글빙글 돌고 있는 나를 느꼈다. 한동안 묻어두었던, '아픈 사람'이라는 단어가 떠올랐다. 내가 나를 혹사시키는구나, 내가 지금 나를 돌보지 않고 있구나, 욕심을 부리고 있구나, 생각이 들었다.

2019년 9월 6일 금요일

영화의 운명

태풍이 올라온다고 세상이 시끄럽다. 오늘 목포인권영화제에서 영화 「김복동」 상영이 있어 다녀왔다. 2016년 여름, 세월호 인양 작업 현장 취재를 한 이후 처음으로 목포를 찾았다. 역에서 내려 출구로 나가는 길에, 멀리 유달산이 보였다. 출구 앞에 세워져 있는 '湖南線終着驛(호남선종착역)'이라는 표지석을 보니, 내가 얼마나 멀리 내려왔는지가 비로소 실감이 났다. 목포역 광장 근처에 있는 국밥집에서 늦은 점심을 먹고, 극장 쪽으로 천천히 걸어갔다. 다행히 멀지 않은 곳에 극장이 있었다. 상영이 종료될 때쯤 극장 안으로 들어갔다. 관객들의 울음소리를 듣고 있으니, 내 마음도 숙연해졌다. 저들처럼 저렇게 눈물을 흘리며 영화를 제작해온 시간들이 기억났다.

영화는 오늘 어제와는 또 다른 영화가 되어 있는 듯했다. 관객들을 대하는 나도, 어제와는 다른 나였다. 관객들을 만나는 순간마다 영화에 대해 이야기하는 미묘한 차이가 느껴지기도 한다. 영화에는 정답이 있지 않다. 매번 같은 대답을 하는 것 같지만 매번 나는 다른 이야기를 하고 있다. 나는 그것이 영화가 살아 있음을 증명한다고 생각한다. 영화는 만든 이가 주인이 아닌 관객이 주인인 매체다. 만든 사람의 생각보다 보는 사람의 생각이 중요하다. 영화의 성패를 가르는 것도 어찌 보면 관객에게 달렸다 할 수 있다. 영화를 보는 관객이 자신의 모습에 비춰 영화를 보면, 영화는 그렇게 관객의 마음으로 들어가 관객들의 영화로 다시 태어나는 것이다. 일방적인 전달에 머무는 것이 아니라 관객들 속에서 끊임없이 살아 꿈틀거리는 것이다. 그렇게 영화는 살아 숨 쉰다. 더 오래 살아남기 위해, 영화는 끊임없이 숨 쉰다.

배급사 정상진 대표는 영화가 개봉하기 전 나에게 영화는 영화만의 생명이 있다고 했다. 만들고, 배급하는 사람들이 어찌하지 못하는 운명 같은 것이 영화에는 숨겨져 있다고 했다. 수많은 영화를 만나다 보니, 약할 듯한데 의외로 강한 영화가 있고, 강할 듯한데 의외로 약한 영화가 있더라고 했다. 그게 바로, 영화가 태어나며 타고나는 운명이라고 했다. 서울로 돌아오는 기차 안에서 그 말, '영화의 운명'이 자꾸만 떠올랐다. 차창을 때리는 빗방울을 바라보며, 영화 「김복동」의 운명을 떠올렸다. 앞으로 「김복동」은 어떤 길을 걷게 될까. 평생을 꿋꿋이 싸워온 김복동 할머니처럼, 들풀처럼, 들꽃처럼, 어디든 뿌리 내릴 준비를 하며 훨훨 날아 세상 곳곳에 뿌리내리는 운명을 살게 될까. 그리고 나는, 내 운명은 어떻게 될까. 나는 계속 살아남아서 「김복동」의 길을 지켜볼 수 있을까. 영화 「김복동」도 나도, 오래도록 살아서 훗날 김복동 할머니와 피해자들의 염원이 실행되는 것을 지켜보자고, 꼭 그렇게 하자고 빌어본다. 비바람이 무섭게 불어닥치는 날이다.

2019년 9월 13일 금요일

네 번의 계절

가을 저녁.

추석이다.

「김복동」을 시작하고 어느새, 네 번의 계절이 바뀌었다.

2019년 9월 16일 월요일

메시지

밤늦은 시간, 매일같이 상영 스코어를 공유해주던 '영화 배급 홍보 정보 공유' 채팅방에 메시지 하나가 올라왔다.

「김복동」 9/16(월) 24시 스코어입니다.

유료 182 누적 82,683

유료관객 전일대비 152 많습니다.

안녕하세요, 엣나인필름의 ○○○입니다.

어느덧 「김복동」이 개봉 7주가 되었습니다.

9/11부터 IPTV, 극장 동시 서비스를 개시했습니다.

그간 공유드린 관객 스코어는 9월 16일, 금일까지 전달하는 것으로 하겠습니다.

영화는 아직 공동체 상영, 단체 관람 등으로 많은 사랑 받고 있으니 별도 이슈 있으면 공유드리겠습니다.

그간 매일 지켜봐주셔서 감사합니다!

날이 선선해지고 있는데 다들 평화로운 가을 보내시길 바랍니다.

메시지를 한참을 들여다보았다. 내가 세상을 알아가는 것과 별개로 영화 「김복동」의 시간이 점점 종착지에 다다르고 있었다. 뭐가 그리 아쉽고 서운했을까. 그동안 매일 밤 12시, 상영 관련 성적을 안내했던 배급사 직원에게 나는 '고생했다'는 메시지 하나 보내지 못했다. 미련만 남아 있다.

2019년 9월 17일 화요일

할머니가 어디선가

저녁에 서울시교육청이 주관한 영화 「김복동」 상영회가 종로에 있는 한 극장에서 열렸다. 서울시내 중고등학교 학생들을 비롯해, 교사까지 모두 250여 명이 참석한 상영회였다. 영화 상영이 끝난 후, 조희연 서울교육감과 함께 1시간가량 '토크 콘서트'도 가졌다. 영화가 개봉하기 전에도 그랬고, 지금도 마찬가지지만, 나는 개인적으로 김복동 할머니가 자신의 삶을 빼앗겼다고 생각했던 열다섯, 열여섯 학생들이 「김복동」을 관람하는 것이 가장 의미 있다고 생각한다. 그 또래의 학생들이 영화를 통해 김복동의 마음을 공감하는 모습을 바라보는 순간이 가장 뿌듯하다. 그것은 아마도 김복동이 살아생전에 가장 지키고 싶어 했던 존재가 바로 이 학생들이기 때문일 것이다.

그래서일까. 오늘은 문득, 관객들을 만나는 내내 김복동 할머니가 어디선가 이 모습을 지켜보고 있지 않을까, 생각이 많이 들었다. 김복동 할머니 살아생전에 이 영화 「김복동」이 만들어지고, 당신이 직접 영화 상영회에 참석해 관객들과 함께 이야기를 나누었다면 얼마나 좋았을까. 자신의 이야기에 공감하는 이 학생들의 모습을 할머니가 직접 봤다면 어떤 마음이 들었을까, 생각이 많아진다. 그래서인지 오늘은 참 오랜만에 행사 도중 눈물을 흘렸다. 마지막 인사를 하다가 갑자기 울컥해지고 말았다. 개봉한 후로는 거의 눈물 없이 관객들을 잘 만나왔는데, 오늘 갑작스러운 나의 반응에 스스로가 조금 의아스러웠다.

2019년 9월 18일 수요일

줄어드는 남성 관객

갈수록 상영관에는 남성 관객이 줄어들고 있었다. 오늘도 극장을 찾은 남성 관객은 여자친구와 함께 온 한 명뿐이었다. 극장 개봉 당시만 해도 곳곳에 꽤 많은 남성 관객들이 보였지만, 이제 남성 관객들의 모습은 쉽게 찾아볼 수 없게 되었다. 영화 「김복동」이 우리 사회에서 어떤 영화로 자리매김하고 있는지, 남성 중심의 우리 사회에서 일본군 '위안부' 문제가 어떻게 자리하고 있는지를 나는 요즘 영화를 보기 위해 상영관을 찾는 관객들의 성비를 통해 느끼고 있다. 나와 같은 남성 관객들이 보고 반성하고, 변화를 위해 무엇을 해야 할지를 고민해야 하는데, 현실은 그와 거리가 멀다.

2019년 9월 22일 일요일

부끄러운 기록

책장에 꽂힌 책들을 살피다가, 제작 초기에 김복동 할머니를 알고 싶은 마음에 샀던 『숭고함은 나를 들여다보는 거야』를 다시 들춰보았다. 이 책을 읽고 처음 김복동의 삶을 알게 되면서 굉장히 아팠던 기억이 떠올랐다. 너무 마음이 아파 차마 두 번은 읽지 못했던 소설이다. 책 첫 장에 2018년 11월 6일, 이 책을 샀던 날 연필로 써둔 메모가 보였다.

'일본군' 위안부 피해자 김복동 할머니, 그 생애를 살피기 위해.

'위안부'는 성노예로 끌려간 할머니들을 지칭하는 일본 측의 표현이기에, 자발적인 참여가 아님을 분명히 하고자 작은따옴표를 씌워

부정의 의미를 되새긴다. 그런데 당시 나는 무엇이 올바른 표기법인 줄도 모른 채 '위안부'에 쓸 따옴표를 '일본군'에 씌운 것이다. 왠지 모를 씁쓸한 미소가 지어졌다.

그동안 지나온 시간들이 떠올랐다. 불과 지난해 가을까지만 해도 제대로 표기도 못하던 내가 영화 「김복동」을 연출하게 되고, 김복동 할머니의 생애와, 일본군 '위안부' 피해자들의 싸움을 조금이나마 이해할 수 있게 되었다는 사실이 놀라웠다. 책을 산 그때, 책의 첫 장에 잘못 표기하지 않았다면, 열 달의 시간이 흐른 후 나는 변화한 내 모습을 확인할 수 있었을까. 당시에 직접 책을 고른 이유를 써두었기 때문에 지금의 나는 과거의 내가 지나온 시간을 확인할 수 있었다. 비록 그것이 낯 뜨거운 실수일지라도. 그렇게 책의 첫 장에 쓴 메모를 한참 바라보았다.

아무리 부끄러운 기록이라도 기록은 '지금 이 순간'을 떠올릴 수 있도록 돕는 도구다. 그러니 영화를 둘러싸고 벌어졌던 나의 기록을 돌아보고, 정리해보자. 시간이 얼마나 소요될지 모르지만 필요한 일이다.

2019년 9월 24일 화요일

망상

오랜만에 병원을 찾았다. 오늘은 CT와 MRI를 동시에 촬영하는 날이다. 오늘 촬영 결과를 기반으로 간이식 수술 가능 여부를 판단한다. 내 몸은 간이식 수술이 가능한 상태일까. 전이가 되어 있지 않아야 하고, 수술을 버틸 수 있는 몸이어야 한다고 주치의는 말했다. CT를 먼저 찍고 MRI 촬영 순서를 기다리면서 대기 의자에 앉아 있는 동안에는 깜빡 잠이 들었다. 눈을 떠보니 약속된 촬영 시간이 한참 지나 있었다. 잠에서 깼지만 여전히 정신이 돌아오지 않고 멍했다. 내 병이 오진이었다는 소식을 듣는 망상 같은 꿈을 꾸었다. 여전히 마음속에 내 현실을 받아들이지 못하고 있다. 모든 게 꿈이었으면 좋겠다.

2019년 9월 25일 수요일

유럽에서의 첫 상영

영화 「김복동」이 오는 11월 8일 벨기에 브뤼셀에서 열리는 제7회 브뤼셀한국영화제에 공식 초청됐다는 연락을 받았다. 독일에서, 영국에서, 프랑스에서 자신이 겪었던 고통을 이야기해야 했던 김복동 할머니가 걸었던 길을 영화 「김복동」도 걷게 되는 것인가. 유럽에서의 첫 상영이라니, 생각만으로도 떨린다. 영화 상영 후에는 현지의 관객들과 함께 '감독과의 대화'도 열릴 예정이다. 제2차 세계대전의 상흔이 여전히 남아 있는 유럽에서 유럽인들은 영화 「김복동」에 어떤 반응을 보일까. 그저 아시아 동쪽 끝 작은 두 나라의 민족 감정 문제로만 치부할까, 아니면 인류가 함께 치유해야 할 전쟁의 상처로 공감할까. 잘 준비해서, 다녀오자.

2019년 9월 26일 목요일

아내의 희생

오후에 아내와 함께 병원에 다녀왔다. 주치의는 얼마 전 촬영한 CT와 MRI 검사를 토대로 의학적으로 진단한 결과, 현재 나의 몸 상태는 간이식을 하는 편이 하지 않는 것보다 낫다고 했다. 나와 같은 환자가 간이식 수술을 하기 위해서는 암의 전이 여부가 굉장히 중요한데, 우선 전이가 되지 않았기 때문에 간이식 수술을 위한 가장 큰 전제 조건은 해결된 거라고 했다. 만일 내 몸 상태가 이 간이식 수술을 버티지 못할 거라는 의학적 판단이 없었다면, 수술을 권하지 않았을 거라고 했다.

나는 나의 걱정에 대해 주치의에게 말했다. 나의 고민은 아내의 희생으로 그 큰 수술을 했을 때, 내가 과연 얼마나 더 살 수 있는지 여부이다. 그것이 가장 중요하다. 만일 아내의 희생을 통해 간이식 수술을 했음에도 불구하고, 내가 아내의 희생을 제대로 활용하지 못해 오랜 시간을 살 수 없는 상태라면, 나는 절대 이 수술을 하지 않을 것이기 때문이다. 그럴 필요가 없다. 희생을 무의미하게 만들 필요가 없는 것이다. 그 희생을 받아서도 안 된다. 적어도 나 혼자 하는 수술이 아닌, 아내까지 희생을 해야 하는 수술이라면, 그 결과가 그저 몇 년을 연명하는 것이어서는 안 된다. 연명이 아닌, 제대로 된 회복이 가능할 때, 나 역시 간이식 수술을 마음먹을 수 있는 것이다. 만일 별 가망이 없다면, 나는 삶에 대한 마무리를 준비하는 것이 낫다.

주치의는 별 말이 없다. 주치의는 내 또래로 보인다. 나보다 한두 살이 어릴 수도 있을 것 같다. 내 고민이 무슨 고민인지 주치의는 아는 걸까. 주치의는 입을 떼고 말했다. 간이식 수술이라는 것이 다른 사람의 희생을 통한 수술이니, 내가 말하는 고민이 무엇인지 주치의 자신도 이해할 수 있다고 했다. 그러나 의사는 불행하게도 수술 후 내가 얼마나 더 오래 살 수 있는지 여부에 대해서는 확신할 수 없다고 했다. 사람의 몸 안에서 일어나는 유기적이고 종합적인 작동에 대해 지금 단계에서는 예측할 수 없다고 했다.

"송원근 님은 젊으시잖아요. 수술을 해도 잘 이겨낼 수 있을 겁니다."

다행인지 불행인지. 갑자기 가슴이 아리고 눈앞이 흐려진다. 옆에 앉아 있는 아내 얼굴을 볼 면목이 더 없어졌다. 주치의는 10월 중순에 아내의 간이식 적합도 정밀검사를 하자고 했다. 검사를 위해서는 아내가 직접 며칠간 입원해야 한다고 한다. 아내는 덤덤하게 알았다고 대답한다. 저 덤덤한 척하는 말 속에 숨겨진 떨림과 두려움을 잘 알고 있다.

나의 추후 치료 일정에 대해서도 이야기 나눴다. 지난여름에만 해도 너무 작아 치료도 되지 않았던 암세포가 어느새 2센티미터까지 자랐다는 것이다. 제거하지 않으면, 전이가 될 우려가 있다고 했다. 꼭 시술해 제거하자고 했다. 11월 8일, 벨기에서 열리는 상영회에 참석한 후 시술을 하는 게 좋을 것 같았다. 지난여름 개봉 전에 시술을 하고 한동안 크게 고생했던 생각이 났기 때문이다. 11월 중순으로 시술 날짜를 잡기로 했다.

2019년 9월 28일 토요일

오로지 여성의 이름으로

'그녀의 이름을 부르다'라는 주제로 충북 청주에서 3일 간 열린 여성문화제의 폐막작으로 영화 「김복동」이 선정되어 폐막식에 참석했다. 문화제 기간 동안 상영된 영화들의 면면을 들여다보니 '루스 베이더 긴즈버그', '로제타', '델마', '로지' 등 여성의 이름이 그대로 제목이 된 영화들이 문화제 기간 동안 상영되었다. 담당자는 행사를 준비하면서, 오로지 여성의 이름으로 된 영화를 찾는 것이 쉽지 않았다고 했다. 특히, 한국 영화에서는 더욱 찾기 힘들었다고 했다. 그러던 지난 7월, 영화 「김복동」의 개봉 소식을 확인하고 문화제 스태프들은 환호성을 질렀다고 했다. 영화 「김복동」이 이번 여성문화제의 기획의도와 너무 잘 맞아떨어졌기 때문이다. 담당자는 마치 여성문화제를 위해 만들어진 영화가 아닐까, 싶은 생각이 들 정도였다고 한다. 담당자의 설명을 듣고 있으니 영화 제목을 '김복동'으로 결정한 일이 마치 운명처럼 느껴졌다.

이름이란 무엇인가. 이름을 안다는 것은 무엇인가. 이름을 기억하는 것은 무엇인가. 오랜만에 영화 「김복동」 포스터를 바라본다. 그 속에 단호한 표정으로 서서 속울음을 울고 있는 김복동의 얼굴을 바라본다. 김복동의 마음을 느낀다. 김복동의 이름을 나직이 불러본다.

2019년 10월 7일 월요일

배리어프리 버전

주말부터 내린 가을비가 오늘까지 이어졌다. 우산을 잡은 손에 강한 한기가 느껴졌다. 순식간에 추운 가을이 왔다. 오후에 합정역에 있는 녹음실로 이동했다. 영화 「김복동」의 배리어프리 버전 제작을 위한 화면해설 내레이션을 녹음하기 위해서였다.

배리어프리(Barrier free)란 고령자나 장애인들도 편하게 세상을 살아갈 수 있는 사회를 만들기 위해 물리적, 제도적인 장벽을 제거하는 운동을 뜻하는 말이다. 영화에도 배리어프리 버전이 있는데, 장애가 있는 사람도 영화를 불편 없이 감상할 수 있도록 화면해설 음성과 함께 음성해설 자막을 원작에 덧입힌 영화를 말한다. 영화 「김복동」의 배리어프리 버전의 제작은 (사)배리어프리영화위원회에서 맡았다. 화면해설 내레이션을 녹음할 때는 원작과 배리어프리 버전의 차이를 최소화하기 위해 원작의 감독이 연출을 맡는 편이라고 한다. 영화 「김복동」의 배리어프리 버전 화면해설은 배우 박성훈 씨가 맡아주기로 했다. 박성훈 씨를 만난 것은 오늘이 처음이었다. 중저음의 깔끔한 목소리가 인상적이었다.

화면해설 녹음을 하는 동안 나는 눈을 감고 박성훈 씨의 목소리에 집중했다. 가장 중요한 것은 눈이 보이지 않는 이들이 「김복동」을 감상할 때 소리만으로도 영화를 제대로 본 것과 다름없게 하는 것이었다. 녹음을 하는 순간에라도 내가 직접 눈이 보이지 않는 사람이 되는 것이 중요했다. 그래서 눈을 감고 소리로만 영화가 제대로 이해가 되는지를 확인하며 작업했다. 그러기 위해 영화 속 김복동 할머니 방으로 들어오던 햇살이 노란색이라는 것을 설명했고, 다대포 바다에서 불어온 바람이 모래에 새긴 풍문의 물결무늬도 설명했다. 소리만으로도 화면을 보고 있다는 생각이 들게 만들고 싶었다.

녹음은 3시간을 훌쩍 넘겼다. 처음 해보는 작업이어서인지 익숙지 않았고, 그러다보니 생각보다 녹음도 오래 걸렸다. 무엇보다 이 정도면 충분한 설명인지에 대한 확신이 서지 않았다. 지금껏 살면서 세상이 그저 암흑인 상황을 생각하지 않고 살았기 때문일 것이다. 낯선 걸음은 그렇게 사람을 더욱 서툴게 만들었다. 오로지 눈이 잘 보이지 않았던 할머니도, 자신의 영화를 소리로만 감상한다는 생각을 하며 작업했다. 나중에는 머리가 조금 어지러워지기도 했지만 다른 이들에게 티 내지 않고 끝까지 최선을 다했다. 작업을 마치고 밖으로 나왔는데도 밖은 여전히 비가 내리고 있었다.

2019년 10월 8일 화요일

끝까지 싸우다 갈 거야

오늘 지인이 운영하는 카페에 갔다가 카페 입구에 붙어 있는 영화 「김복동」 포스터를 보았다. 두 달이 넘는 시간 동안 야외에 있던 포스터는 그 시간만큼 빛바래 있었다. 포스터 속 생생하던 김복동의 얼굴은 허옇게 변해 생기를 잃은 것처럼 보였고, 마이크를 쥐고 있던 김복동의 왼손에 서린 핏줄도 보이지 않게 변해 있었다. 할머니의 속울음이 표현되어 있던 눈빛도 흐른 시간 속에 지워져 있었다. 살아 있는 것은 그저, 할머니의 눈빛에 담긴 결의였다. 힘찬 결의였다. 포스터 속 문구인 '내 힘이 닿는 데까지 끝까지 싸우다 갈 거야'라는 김복동 할머니의 다짐은 할머니의 눈빛과 여전히 잘 어울렸다. '끝까지 싸우다 갈 거야'라는 문구를 자꾸만 반복해서 읽었다.

2019년 10월 17일 목요일

'올해의 양성평등문화콘텐츠상' 수상

영화 「김복동」이 (사)여성문화네트워크가 주최하는 2019년 '올해의 양성평등문화콘텐츠상'을 수상했다. 부상으로 문화체육관광부장관 표창과 함께 상금 500만 원이 수여됐다. 상금 500만 원은 김복동 할머니와 함께 오랜 시간 일본군 '위안부' 문제 해결을 위해 활동해 온 정의기억연대에 '영화 「김복동」 제작진' 이름으로 전액 기부했다. 영화 「김복동」이 상을 받는 것은 이번이 처음이다. 제작진이 따로 공모에 응하지 않았지만, 이름을 알 수 없는 누군가가 영화 「김복동」을 이 상의 후보로 추천했다고 한다. 게다가 이렇게 상까지 받게 되었으니, 참으로 기쁜 일이다.

그러나 이상하게도 나는 요즘 도무지 미소가 지어지질 않는다. 시상식에 참석했을 때도 도통 쑥스럽고, 이런 상을 받아도 되나 싶은 생각만 들 뿐 전혀 기쁜 마음이 들지 않았다. 이 작품으로 상을 받는다는 게 염치없는 일처럼 느껴진다. 다른 작품을 제작하고 상을 받을 때와는 다른 감정이다. 뭔가 알 수 없는 미안함, 부끄러움이 온몸에 서려 있다. 좋은 상 받았으니까 그냥 기뻐해도 될 것 같은데, 도통 그러지 못하고 있다. 몸이 좋지 않아서 이러는 걸까. 그저 자꾸 불편하다는 생각만 든다. 이런 상을 받으려고 한 일이 아니다. 시상식 내내 자꾸만 어디론가 숨고 싶다는 생각이 들었다. 결국 수상소감도 엉망으로 말하고 말았다. 사진 속 내 모습도 즐거워 보이지 않는다.

2019년 10월 21일 월요일

아픈 우주의 마음

영화 「김복동」의 생명은 언제까지일까.

이달에도 예정된 상영회가 몇 차례 있고, 다음 달 중순과 말에도 상영회가 열린다. 영화 「김복동」 상영회는 나에게 영화 속에 담지 못한 이야기를 말하는 자리인 동시에, 김복동 할머니의 삶에 대해 함께 이야기 나누는 자리이기도 하다. 또 치유되지 못한 우리 역사를 말하는 자리이기도 하며, 오늘을 사는 우리가 일본군 '위안부' 문제를 두고 할 수 있는 일이 무엇인지 이야기하는 자리이기도 하다.

지금까지 두 달이 넘는 시간을 관객과 만나다보니, 적어도 두 가지 이야기는 꼭 관객들에게 전하게 되는 듯하다. 하나는 영화를 제작하면서 들꽃 같은 김복동 할머니의 삶처럼 영화 「김복동」도 들꽃처럼 관객들의 가슴에 다가가 꽃피울 수 있었으면 한다는 바람이고, 또 다른 하나는 김복동이라는 이름을 관객들의 가슴에 새기고 물들여달라는 부탁이다. 김복동이라는 사람의 이름을 우리 모두가 또렷이 기억해야만 우리가 이 문제를 잊지 않고 있음을 일본 정부가 알 수 있고, 우리 정부도 알 수 있다. 우리가 이 역사를 머리에서 지워내는 순간, 일본군 '위안부' 문제는 연기처럼 사라지고 말 것이다. 그렇게 되지 않도록, 영화 「김복동」을 본 우리들이 김복동 할머니의 이름을 기억하고 역사를 제대로 새겨야 한다. 언제까지일지 알 수는 없지만, 그래서 언제든 어디서든, 나를 찾는 관객이 단 한 사람이라도 존재한다면 나는 기꺼이 그들을 찾아가 내가 생각한 이 이야기들을 전해주고 싶다.

친한 선배가 안색이 좋지 않은 나를 보고 묻는다. 영화 한 편을 위해 왜 그렇게까지 몸을 혹사하느냐고. 영화 그게 뭐라고 그렇게 까지 하느냐고. 나는 대답한다. 내가 앞으로 사는 동안 「김복동」 같은 작품을 또다시 만나게 될지 알 수 없기 때문이라고. 내 삶이 앞으로도 계속 이어질지, 아니면 잠시 후 멈추게 될지 알 수 없는 상황에서, 지금 이 순간 최선을 다하는 것 외에 내게 선택지는 없다고 말이다. 후회하고 싶지 않다. 마흔 남짓한 삶을 사는 동안 「김복동」이라는 작품을 연출한 사람으로 남을 수 있길, 좋은 영화의 감독으로 남을 수 있길 바라기 때문이다. 오랜 시간이 흘러 지금을 돌아볼 때 나는 지금 이 시간들을 어떻게 기억하게 될까. 분명한 것은, 내가 보낸 1년이라는 시간이 그저 스쳐지나고 마는 가벼운 시간은 아니었다는 것이다.

제대로 바다에 도착할 수 있을 거라는 생각도 하지 못한 채, 거센 물살에 실려 여기까지 이르게 되었다. 어느 순간 밀려드는 거센 물살을 피할 생각도 할 틈이 없었다. 이 물살을 피하지 않으면 다칠 수 있다는 생각도 했다. 한 사람이 살아온 100년 가까운 우주를 살피는 작업이 녹록지 않을 것임을 알았기 때문이다. 그런데 피하지 않았다. 그것도 내 운명이라고 생각했다. 이상하게도 아픈 나는, 그 우주에 대한 호기심이 더 생겼다. 아픈 사람으로서 아픈 우주를 들여다보고 싶었다. 그 우주의 시작과 끝을 아픈 나의 눈으로 살피고 싶었다. 다른 사람이 아닌 꼭 내가 해보고 싶었다. 아픈 사람으로 아픈 우주의 마음을 알 수 있을 거라 믿었던 것 같다.

그렇게 1년이 됐다. 1년이라는 시간이 이렇게 순식간에 흘러갈 거라고는 전혀 생각하지 못했다. 「김복동」은 여전히 살아서 한 걸음씩 나아가고 있다. 겨울의 인내에 들어가는 시기도 오겠지만 또 봄을 맞이할 것이다. 지금 이 순간은 끝이 아니다. 나도 「김복동」도 더 많은 사람들에게 다가가기 위해 잠시 숨을 고르며 살아남을 것이다.

| 에필로그 |

지난 3월, 건물들 사이에 황톳빛 흙이 파헤쳐진 사진을 보았다. 평화의우리집이 있던 자리였다. 지난해까지 멀쩡하던 건물이 왜 사라진 건지, 사진을 보는 내내 이해가 되지 않았다. 숨이 멎는 듯했다.

천천히 숨을 고르고, 다시 사진을 바라보았다.

2012년 당시 이곳에 입주하던 이순덕, 김복동, 길원옥 할머니의 모습과 이 집에 '평화의 우리 집'이라는 이름을 지었다며 환하게 웃던 김복동 할머니의 모습이 떠올랐다. 눈이 내린 어느 겨울, 유럽 순회강연을 떠나며 눈 위를 조심스럽게 걷던 김복동 할머니와 배웅을 하던 길원옥 할머니의 모습. 함께 지내던 이순덕 할머니가 세상을 떠난 뒤 "잘 가." 하며 눈물로 배웅하던 김복동, 길원옥 할머니의 무척 쓸쓸해 보이던 뒷모습. '2015 한일합의' 직후 외교부 차관을 단호하게 꾸짖으며 "왜 소녀상을 들먹거립니까."라고 말하던 김복동 할머니의 목소리. 추운 겨울, 김복동 할머니의 손과 발을 어루만져주던 고 손영미 소장의 손길. 동료들이 모두 떠난 평화의우리집에 홀로 앉아 쓸쓸히 창문 밖을 바라보며 내쉬던 길원옥 할머니의 깊은 한숨도 떠올랐다.

이제는 없는 평화의우리집의 흔적을 바라보는데, 문득 영화 「김복동」으로 그곳에서의 시간을 남겨둔 게 다행이라는 생각이 들었다. 그렇게라도 역사의 한 장면을 기억할 수 있는 계기를 만들어둔 것이 다행스러우면서도, 한편으로는 사라져버린 시간의 흔적을 바라보는 마음이 시리도록 아팠다.

이 책은 내 삶의 한가운데에서 겪은 치열했던 시간의 기록이다. 난생처음으로 영화를 만들고, 극장에 상영을 하고, 그 속에서 관객들과 함께 보낸 시간들. 잊힌 줄 알았던 그때의 기억들이 봄날의 꽃잎이 되어 하염없이 흩날린다. 우연인지, 운명인지 모르게 내 삶으로 들어왔던 그때의 시간들은 내 삶에 지워지지 않을 기억을 새겼다. 그리고 '김복동'이라는 이름을 남겼다. 영화 「김복동」을 제작하던 날들은 그렇게 지금도, 내 마음에 남아 있다.

영화 「김복동」을 개봉한 지 2년. 이렇게 나의 이야기를 책으로 남기는 것은, 영화를 제작하며 지나온 시간들을 영원히 기억하겠다는 의지의 표현이다. 기억한다는 것은 자꾸만 떠올리는 행위이다. 머리에서, 가슴에서 사라지지 않도록 끊임없이 되뇌는 것이다. 한 사람의 이름이 일깨워준 세상을 기억하게 하는 역할을 영화 「김복동」이 할 수 있다면, 또 이 책 『그 이름을 부를 때』가 할 수 있다면, 더할 나위 없는 기쁨이 될 것 같다.

마지막으로, 이 책이 나올 수 있었던 것은 나의 아내 소진이 있었기에 가능했다. 내가 다시 살아갈 수 있도록 자신의 생을 나에게 나누어준 데 대해 깊은 감사와 사랑의 마음을 보낸다. 눈물이 많은 우리의 두 아들 성율과 성빈에게도 '아빠는 괜찮으니 걱정하지 말라'고 말하고 싶다. 앞으로도 함께할 수 있는 많은 날이 남았다.

2021년 8월

송원근